LA VOIE DE L'EAU

La voie des Argosi est la voie de l'eau.

L'eau ne cherche jamais à bloquer la route d'autrui, en revanche, elle ne tolère aucun obstacle en travers de la sienne. Elle se meut librement, se glisse le long de ceux qui voudraient la capturer, et ne prend jamais rien aux autres. Oublier cela, c'est s'écarter du droit chemin car, malgré les rumeurs qui courent parfois, un Argosi ne vole jamais, jamais rien.

1

Le charme

– Ce n'est pas du vol, protestai-je d'une voix un peu trop forte, dans la mesure où mon seul public était un chacureuil de cinquante centimètres de haut occupé à triturer le cadenas qui protégeait le contenu d'une vitrine dans la boutique d'un prêteur sur gages.

Rakis, une oreille collée au cadenas, faisait lentement tourner les trois petites roues entre ses pattes habiles. Il feula d'un air furieux :

– Tu peux la fermer une seconde ? C'est pas aussi facile que ça en a l'air.

Son arrière-train dodu tremblait sous le coup de l'agacement.

Si vous n'avez jamais vu de chacureuil, essayez de vous représenter un chat avec une sale tête, une grosse queue touffue et de fines palmures duveteuses sur les flancs, qui lui permettent de planer – un spectacle à la fois ridicule et terrifiant. Sans oublier une âme de voleur, de maître chanteur et, si vous croyez à toutes les histoires de Rakis, d'assassin plus souvent qu'à son tour.

– J'y suis presque, souffla-t-il.

Ça faisait une heure qu'il disait ça.

Des rayons de lumière filtraient maintenant par les interstices des volets et sous la porte de la boutique. Des gens allaient bientôt surgir dans la rue principale pour ouvrir leur magasin ou boire un indispensable premier verre matinal au saloon. C'est comme ça que ça se passe ici, dans les terres de la Frontière : on s'arrange pour s'enivrer des vapeurs de l'alcool avant même le petit déjeuner. C'est l'une des nombreuses raisons pour lesquelles les gens du coin ont tendance à recourir à la violence au moindre différend. C'était aussi la raison pour laquelle j'avais les nerfs à vif.

– On aurait pu se contenter de briser la vitrine et de laisser un peu d'argent en dédommagement, dis-je.

– *Briser* la vitrine ? grogna Rakis d'un ton méprisant. Amateur, va. Tout doux, tout doux…, fit-il à l'intention du cadenas.

Il y eut un cliquetis et, une seconde plus tard, il brandissait l'objet en cuivre entre ses pattes.

– Tu vois ? *Ça*, c'est du cambriolage.

– Ce n'est *pas* un cambriolage, protestai-je pour ce qui devait être la dixième fois depuis qu'on s'était introduits dans la boutique à la faveur de la nuit. On lui a *payé* ce charme, tu te souviens ? C'est *lui* qui nous a volés.

Rakis prit un air dédaigneux.

– Et à ce moment-là, qu'est-ce que tu as fait, Kelen ? Tu es resté planté là comme un crétin pendant qu'il empochait cet argent qu'on a eu tant de mal à gagner. C'est tout ! (Pour ce que j'en savais, Rakis n'avait jamais gagné le moindre sou de sa vie.) Tu aurais dû lui arracher la jugulaire à coups de dents, comme je te l'avais dit.

La solution aux dilemmes les plus épineux, en tout cas pour les chacureuils, c'est de mordre au cou la source du problème, puis de filer avec le plus gros morceau possible de chair sanguinolente.

Je renonçai à répondre et j'ouvris la vitrine pour en sortir la petite clochette en argent reliée à un disque fin, lui aussi en argent. Son bord orné de glyphes brillait dans la faible lueur matinale. C'était un charme de silence, un véritable objet magique Jan'Tep. Grâce à lui, je pourrais jeter des sorts sans produire l'écho qui permettait aux chasseurs de primes de nous repérer. Pour la première fois depuis notre fuite des territoires Jan'Tep, j'avais l'impression que je pouvais – presque – souffler un peu.

– Hé, Kelen ? lança Rakis en sautant sur le comptoir pour examiner le disque en argent au creux de ma main. Ces trucs écrits sur le charme, c'est de la magie, non ?

– Plus ou moins. Ça sert à lier un sort au charme. Depuis quand tu t'intéresses à la magie ?

Il désigna le cadenas à code.

– Depuis que ce machin a commencé à briller.

Une série de trois glyphes complexes rougeoyaient sur le cadenas cylindrique en cuivre. L'instant d'après, la porte s'ouvrit en grand et la lumière du soleil inonda la boutique du prêteur sur gages. Une silhouette me plaqua au sol, opposant une fin brutale à une intrusion qui, à la réflexion, aurait gagné à être mieux préparée.

Quatre mois dans les terres de la Frontière m'avaient conduit à cette conclusion irréfutable : je faisais un très mauvais hors-la-loi. J'étais incapable de chasser, je me perdais sans arrêt et, apparemment, toute personne que je rencontrais trouvait aussitôt une bonne raison de me voler ou bien de me tuer.

Parfois les deux.

2

La voie des poings

Recevoir un coup de poing en plein figure, ça fait bien plus mal qu'on pourrait le croire.

Quand les jointures d'une main entrent en contact avec votre mâchoire, c'est comme si quatre minuscules béliers courroucés tentaient de s'introduire de force dans votre bouche. Vos dents vous trahissent en mordant votre langue et en expédiant au fond de votre gorge du sang au goût de fer. Le craquement que vous entendez ? Il est très similaire à ce que vous avez toujours imaginé être le bruit d'un os qui se brise, ce qui est sans doute la raison pour laquelle votre tête a déjà pivoté d'un quart de tour, de façon à quitter la scène de crime en compagnie de votre menton.

Le pire ? Une fois que vous commencez à retrouver l'équilibre et que vous ouvrez péniblement les yeux, vous vous souvenez que votre terrible adversaire est un gamin tout maigre couvert de taches de rousseur qui doit avoir à peine treize ans.

– Fallait pas vouloir me piquer mon charme, lança le Rouquin.

Il s'avança et je m'écartai d'instinct, mon corps préférant visiblement prendre le risque de s'écrouler tout seul plutôt que de recevoir un nouveau coup. Des rires s'élevèrent et les gens du coin, qui avaient quitté les boutiques et les saloons pour assister à la bagarre, se mirent à parier.

Sauf que personne ne pariait sur moi ; mon peuple recèle peut-être les meilleurs mages du continent, mais quand il s'agit de combattre à mains nues, nous sommes nuls.

– J'avais acheté ce charme ! protestai-je. Et maintenant, je l'ai remis dans la vitrine ! T'as aucune raison de...

Le Rouquin leva le pouce vers Rakis, perché sur l'enseigne du magasin suspendue à deux chaînes, qui tripotait la clochette en argent accrochée au charme. Chaque fois que le Rouquin me frappait, Rakis faisait tinter la clochette. Il trouvait ça très drôle. Voilà le genre de chose qui amuse les chacureuils.

– Tu crois que j'ai passé la nuit à chercher la combinaison de ce cadenas pour que tu lui rendes ce bidule ? me cracha-t-il.

– T'es qu'un voleur, lançai-je au chacureuil.

Le visage du Rouquin prit une teinte encore plus rouge ; il croyait que c'était à lui que je parlais. J'oubliais sans cesse que les gens ne comprenaient pas Rakis. Pour eux, il n'émettait que des grognements et autres feulements.

Le Rouquin poussa un cri et me fonça dessus. L'instant d'après, j'étais au sol, le souffle coupé, livré aux coups de mon adversaire.

– Tu peux pas esquiver quand t'es étendu par terre, gamin, déclara Furia Perfax avec son accent traînant de la Frontière.

Elle était adossée au poteau auquel on avait attaché nos chevaux, un chapeau noir incliné très bas sur le front, comme si elle faisait une sieste. Elle répéta :

– Tu peux pas esquiver quand t'es étendu par terre.

– Tu pourrais m'aider, tu sais, protestai-je.

Ou plutôt, c'est ce que j'aurais dit si j'avais eu de l'air dans les poumons.

Furia était mon mentor pour tout ce qui avait trait aux manières des Argosi, ces joueurs de cartes mystérieux qui se moquaient encore plus vite qu'ils ne frappaient et qui parcouraient le monde pour… en fait, personne ne m'avait jamais vraiment expliqué ce qu'ils faisaient. Furia était censée m'apprendre à survivre en tant que hors-la-loi et à échapper aux mages chasseurs de primes qui nous traquaient. Elle accomplissait sa mission en dispensant des axiomes tels que : « Tu peux pas esquiver quand t'es étendu par terre. » Cette réplique m'ennuyait presque autant que le fait qu'elle m'appelle sans cesse « gamin ».

– Je t'avais dit de laisser tomber pour le charme, gamin, fit-elle.

J'aurais peut-être tenu compte de son avertissement si elle ne s'était pas mise à sortir ces âneries d'Argosi sur « la voie de l'eau ». Ça m'avait tellement énervé que j'avais fini par suivre le conseil d'un chacureuil pour qui la solution à tout problème, quand ça n'impliquait pas d'arracher la gorge de quelqu'un à coups de dents, était de voler. Alors, c'était leur faute à tous les deux si je me retrouvais par terre, avec le Rouquin au-dessus de moi qui voulait absolument m'assommer.

Une chose que j'ai apprise au sujet des combats non magiques, c'est qu'il faut se protéger le visage, ce que je tentais de faire. Malheureusement, mon adversaire n'arrêtait pas de repousser mes mains pour mieux frapper. « Ancêtres, comment cette mauviette parvient-elle à me frapper aussi fort ? »

Toujours à califourchon sur moi, le Rouquin remonta le long de mon torse, me saisit un poignet puis plaça une main autour de mon index.

– On connaît tous le prix à payer pour un vol, déclara-t-il en commençant à le replier en arrière.

Je fus saisi de panique avant même que la douleur surgisse. Chaque sort Jan'Tep requiert de créer une forme somatique bien précise avec ses mains. Ce qu'il est impossible de faire avec des doigts cassés.

Je donnai un coup de hanche désespéré, ce qui envoya le Rouquin cul par-dessus tête dans la poussière. Je roulai rapidement sur le côté et me redressai. Mais mon adversaire m'attendait déjà.

– Je vais te saigner, dit-il.

« Je vais te saigner ». Une expression qui résumait parfaitement ce coin chaud et aride appelé les Sept Sables : un patchwork désertique qui n'était autre qu'une vaste étendue de poussière parsemée de trous paumés remplis de gens rustres et méchants qui, à la moindre occasion, oubliaient de faire semblant d'être civilisés. Or, les occasions ne manquaient pas.

Comme s'il craignait que je ne l'aie pas entendu la première fois, le Rouquin répéta encore plus fort :

– Je vais vraiment te saigner.

Je laissai tomber les mains le long de mes flancs, un réflexe développé pendant toute la première partie d'une vie entièrement consacrée à l'apprentissage de la magie, et non aux affrontements physiques ; on ne peut pas jeter un sort si on a les poings serrés comme un barbare. Je détendis mes doigts pour leur permettre d'atteindre les bourses de poudre attachées à ma ceinture. Il m'en fallait une quantité infime : un soupçon de rouge, une pincée de noir. Il me suffisait de les jeter en l'air, de créer la forme somatique adéquate avec mes mains, de prononcer l'incantation composée d'un seul mot, et le Rouquin en aurait pour son argent.

La plupart des mages Jan'Tep disposent de sorts bien plus puissants et plus élaborés que les miens. Je compense mon manque de talent par mon ingéniosité. Je suis ce que les miens appellent, avec dérision, un frondeur de sort : un mage qui combine le peu de magie dont il dispose avec tous les trucs qu'il trouve de façon à rester en vie. Dans mon cas, un peu de magie du souffle mêlée à une pincée de poudres explosives. Séparément, elles ne servaient à rien mais, rassemblées au moment adéquat, elles pouvaient provoquer une explosion capable de défoncer une porte en chêne comme si c'était une feuille de papier humide. Le Rouquin allait avoir la surprise de sa vie.

– Pas de magie, gamin, tu te souviens ? me lança Furia.

« Ah oui, c'est vrai. »

Si je convoitais ce charme de silence, c'est parce que dès que j'utilisais la magie, cela provoquait une sorte d'écho mystique permettant aux traqueurs de sort, des mages spécialisés dans la recherche d'autres mages, de retrouver ma trace. Et comme leur échapper était mon ambition suprême du moment, Furia avait déclaré que je devais cesser de compter sur la magie pour me sortir de toute situation embarrassante. Le problème, c'est que le Rouquin revenait déjà, les poings serrés, prêt à m'envoyer rejoindre mes ancêtres.

– Tu as gagné, dis-je en levant les mains et en reculant. Je vais te rendre le charme, et tu pourras garder l'argent.

Il se pouvait que ça ne fût pas mon moment le plus glorieux.

– Je veux le charme, le fric, et ton animal pour l'écorcher

vif, annonça le Rouquin en désignant l'enseigne où Rakis était perché. Je me ferai un chapeau avec sa fourrure, ou alors j'y foutrai le feu pour le regarder courir jusqu'à ce qu'il crève carbonisé.

Ces mots constituèrent aussitôt une pierre froide et dure dans mes intestins. Quelques mois auparavant, j'avais vu un membre de mon peuple utiliser la magie de la braise pour exterminer la tribu de Rakis. Cette vision était encore brûlante en moi, tout autant que la joie sur le visage de l'assassin. Qui ressemblait beaucoup à celle du Rouquin à cet instant.

Furia dit que la colère et la peur sont les deux faces d'une même pièce. Le Rouquin venait de jouer la mienne à pile ou face.

Une douleur perçante envahit mon œil gauche, comme une migraine, mais en bien pire. Je tentai de la chasser en clignant des paupières, en vain. Elle augmenta encore. Le soleil matinal s'effaça tandis que chaque ombre demeurait, grandissait et enflait à mesure que le monde s'obscurcissait tout autour de moi, comme lorsque les rêves deviennent cauchemars. À ce détail près que je ne dormais pas.

– Ressaisis-toi, gamin, m'ordonna Furia.

Elle m'avait déjà vu dans cet état, mais son avertissement vint trop tard : sa voix semblait me parvenir de très loin, à croire que Furia n'était déjà plus que le souvenir de quelqu'un que je connaissais.

En revanche, le rire du Rouquin ne cessait d'enfler à mes oreilles. Son sourire se faisait de plus en plus large, ce qui lui déformait les traits. Quand je suis dans cet état, je vois uniquement la laideur et la méchanceté des gens. C'était comme si je regardais le Rouquin se transformer en la pire version de lui-même : un être qui aimait faire du mal, capable de ricaner à l'idée de mettre le feu à la fourrure du chacureuil.

La colère en moi se fit si forte que je cessai de ressentir la douleur dans mon œil et ne remarquai même pas que j'avais plongé les mains dans les bourses à ma ceinture. L'instant d'après, je vis les particules de poudre rouge et noire flotter dans l'air. Juste avant qu'elles entrent en contact, mes mains créèrent la forme somatique : l'annulaire et l'auriculaire pressés contre la paume en signe de maîtrise ; l'index et le majeur tendus en signe d'envol ; et le pouce vers les cieux, en signe de « ancêtres, débrouillez-vous pour que je ne me fasse pas sauter les mains ».

– *Carath*, dis-je, mes lèvres prononçant à la perfection chaque syllabe.

Un éclair de rage et de fureur frappa. Pas suffisant pour tuer, mais plus qu'assez pour faire très mal. Des flammes rouge et noire s'enlacèrent dans l'air comme deux serpents nerveux, puis frôlèrent l'épaule du Rouquin et mirent le feu à la façade de sa boutique. Une jolie démonstration de puissance, si cette vitrine avait été ma cible. Le problème, c'est que se prendre des coups de poing empêche de viser avec précision.

La douleur dans mon œil disparut, les visions sombres se dissipèrent. Ne restait plus que la rue poussiéreuse et l'air consterné des spectateurs. Ces attaques prennent possession de moi, puis me laissent faible et déstabilisé – pas vraiment le meilleur état pour se défendre.

Quelles qu'aient été la surprise et l'indignation du Rouquin, il les oublia rapidement. Avant que je puisse me protéger le visage avec les bras, il me mit une droite juste au-dessus de la joue gauche. Son poing revint couvert de sang. Son air suffisant vira à la stupeur quand il remarqua aussi les traces beiges de la pâte de *mesdet* sur ses articulations. Il leva les yeux vers moi, et c'est là qu'il remarqua les fines lignes qui entouraient mon œil gauche telle une vigne faite de pure noirceur.

– L'ombre au noir, murmura-t-il.

L'expression se répandit dans la foule comme une traînée de poudre.

– La peste du démon ! s'exclama l'un des spectateurs.

Saisis d'horreur, la plupart reculèrent, mais le Rouquin était de toute évidence d'une autre trempe. Il n'avait même pas l'air effrayé quand il déclara :

– Je me disais bien que le voleur de ce truc devait être maudit par le diable.

S'ils m'avaient laissé une chance de m'exprimer, je leur aurais expliqué que l'ombre au noir n'est ni une épidémie, ni même un sort, plutôt une maladie mystique qui affecte quelques individus de mon peuple et n'est absolument pas, pour toute la connaissance que j'en ai, contagieuse. J'aurais cependant passé sous silence le fait qu'elle provoque des visions terribles qui vous rendent fou jusqu'à ce que votre magie devienne un danger pour tous, si bien que n'importe quel Jan'Tep qui croisait ma route se devait de me tuer.

Mais à cet instant, rien de tout ça n'avait plus d'importance parce que le Rouquin me comprimait le cou à deux mains. Je tirai sur ses poignets, paniqué, dans un effort pour me libérer, mais il serrait trop fort. J'étais parcouru de spasmes, je cherchais désespérément mon air. L'univers commença à rétrécir tout autour de moi. « Pourtant, me disais-je, il doit bien y avoir un moyen ingénieux de se libérer d'une clef de cou. »

J'avais encore plein de trucs à apprendre.

3

Le prix rouge

Je ne dus pas perdre connaissance plus d'une seconde, parce que juste avant que ma tête heurte le sol, j'ouvris les yeux et je vis le Rouquin s'envoler. D'abord, je crus que j'avais réussi à jeter un nouveau sort, puis je me rendis compte que Furia s'était contentée d'attraper le garçon par le col de sa chemise.

Dommage. Je n'aurais pas refusé un peu de magie supplémentaire.

Je crachai de la poussière. Mon adversaire était couché sur le dos à quelques mètres de là et Furia se tenait entre moi et un gros bras aux épaules larges, sans doute de la famille du Rouquin, car il avait les mêmes taches de rousseur et le même air méchant.

– Vaudrait mieux t'écarter, femme, dit-il en l'examinant avec ses petits yeux qui louchaient. Un démon possède l'esprit de ce garçon, et je vais l'envoyer au paradis noir.

« Le paradis noir ». Les terres de la Frontière ont plein d'expressions imagées et spirituelles de ce genre.

– Les amis, on va pas s'énerver pour une tache de naissance. Vous autres personnes éduquées et cultivées de la Frontière n'allez tout de même pas tomber dans le piège de ces vieilles superstitions, déclara Furia, donnant à ses paroles une tonalité à la fois solennelle et drôle.

Considérer ces gens comme éduqués et cultivés était très optimiste, mais plut à quelques-uns. Une femme fit un petit pas vers moi pour m'examiner.

– Si c'est juste une tache de naissance, pourquoi il la cache ?

Furia s'approcha de moi et passa un doigt autour de mon œil pour racler un peu plus de pâte, si bien que les traces devinrent encore plus visibles.

– Parce que c'est disgracieux, voilà pourquoi ! Le garçon est coquet !

Sur ce, elle rugit de rire.

La foule jugea son rire contagieux. Je ne sais pas comment elle se débrouille, mais Furia sait toujours ce qu'il faut dire pour rallier les gens à son point de vue.

La plupart des gens, en tout cas.

Car le Loucheur pointait un doigt sur moi.

– Moi, je dis qu'il a la peste du démon, et même si ça existe pas, ce sale petit Jan'Tep a essayé de voler quelqu'un de ma famille. Alors il doit payer le prix rouge.

Dans les Sept Sables, le prix rouge, c'est plus ou moins un synonyme de « je vais te saigner ».

– Il me semble que Kelen a déjà payé très cher pour ce colifichet, répondit Furia en désignant Rakis, toujours perché sur l'enseigne de la boutique, qui continuait à agiter la clochette en argent attachée au charme. Et ensuite, votre gars en a voulu encore plus.

– On s'en fout. Un voleur, c'est un voleur, et le prix rouge, ça veut dire qu'il va y laisser les doigts.

Furia fit l'un de ses grands sourires.

– Le bon sens nous commande d'en rester là. Pour l'instant, ce qui compte, c'est que votre fils a mis KO un garçon qui fait deux fois sa taille. Ça fait une bonne histoire à raconter à vos compagnons en buvant un coup au saloon.

Le Loucheur lui rendit son sourire.

– Ça sera encore une meilleure histoire si je leur montre les os des doigts de votre fils.

Un goût acide emplit ma bouche. J'étais déjà terrifié à l'idée que le Rouquin me brise les doigts. Mais si on me les coupait, ça signifiait que je ne pourrais plus *jamais* jeter le moindre sort de toute ma vie.

Furia baissa la voix, de façon que seuls le type et moi, on entende :

– Je pense pas que ça sera une si bonne histoire quand vos amis vous feront remarquer qu'après avoir essayé de couper les doigts d'un innocent, vous vous êtes fait botter le cul par une femme à peine plus grosse que votre bras gauche. Qu'en dites-vous ?

Un instant, je vis le Loucheur réfléchir, puis il remonta ses manches avant de comprimer ses grosses paluches en forme de poings pour faire craquer ses jointures.

– Pas de quartier sous prétexte que vous êtes une dame.

– Oh, j'ai rien d'une dame, alors vous en faites pas pour ça, répliqua Furia en retirant son chapeau de la Frontière qu'elle posa par terre, libérant ainsi une cascade de cheveux roux sur ses épaules. Vous avez envie d'une danse, l'ami ? Voilà ce que je vous propose, dit-elle en tapotant sa mâchoire avec un doigt ganté. Frappez-moi ici du plus fort que vous pouvez, puis, si vous êtes toujours pas satisfait, ça sera mon tour, et ensuite, on verra jusqu'où ça nous mène.

La foule bruissait d'excitation. Des pièces de monnaie changeaient de main, sauf que personne ne pariait sur le fait que Furia gagne ou perde, juste sur la vitesse à laquelle elle allait perdre, et à quel prix.

Depuis le peu de temps que je connaissais Furia, je ne l'avais jamais vue faire marche arrière. Certes, elle était une Argosi, mais j'avais tendance à penser que c'est surtout parce qu'elle était folle. Le problème, c'est que ce type l'était aussi et qu'il avait l'air assez costaud pour lui arracher la tête.

Je roulai sur le flanc et glissai mes mains sous moi, prêt à bondir.

Furia agita discrètement les doigts pour me faire signe de ne pas m'en mêler.

– C'est quand vous voulez, dit-elle au Loucheur.

Elle avait reculé le pied droit et tendait le cou pour que le gros type ait sa mâchoire en ligne de mire.

Il se retourna comme s'il s'apprêtait à lancer un bon mot à ses amis, puis frappa d'une telle force qu'il aurait pu déraciner un tamarix de plus de deux mètres de haut.

Depuis le début, je me disais que Furia allait esquiver ou plonger pour éviter le coup, qu'elle avait peut-être prévu de passer par-dessous pour le frapper à l'entrejambe ou à la gorge, mais il fut trop rapide. Elle reçut le coup en pleine mâchoire, sa tête jaillit vers la droite, puis ses épaules et le reste de son corps suivirent jusqu'à ce qu'elle se retrouve face à moi.

Elle resta debout, l'air hébété, comme si elle avait perdu connaissance mais que son corps l'ignorait encore. Je plongeai les mains dans les bourses à mes flancs. Si le Loucheur essayait de frapper à nouveau, j'allais l'envoyer au véritable paradis et je m'occuperais ensuite des conséquences. Mais je doutais que ce soit nécessaire, parce que je n'avais jamais vu quelqu'un recevoir un coup aussi puissant que Furia à l'instant.

Tout à coup, elle retroussa le coin de ses lèvres et me fit un clin d'œil.

Avant que je puisse pousser un soupir de soulagement, Furia Perfax se plaça face à l'homme qui l'avait frappée et déclara, très calme :

– Disons que c'était un coup d'essai. Vous voulez une deuxième chance avant que ça soit mon tour ?

Le Loucheur parut avoir avalé sa langue.

– Comment ? Comment vous… ?

Furia se pencha pour ramasser son chapeau.

– J'apprécie votre galanterie. Puisque vous vous sentez d'humeur si généreuse, nous laisseriez-vous partir, maintenant ?

Un calme sinistre s'abattit sur la rue. La foule nous observait en attendant que l'un de nous bouge. Il y eut de nouveaux paris, et plusieurs badauds sortirent un couteau de leur ceinture. Le Loucheur avait des amis prêts à le défendre. Dommage que ça ne soit pas notre cas. Pendant ce temps, le gros type ne quittait pas Furia des yeux, et elle non plus. Rakis feula depuis son perchoir :

– Pourquoi ils se matent comme ça ? Ils veulent s'accoupler, maintenant, ou quoi ?

La dernière chose dont on a envie dans une situation pareille, c'est de rire comme un idiot ; pourtant, c'est ce que je fis. Tout le monde me fusilla du regard, à l'exception des deux adversaires. Je ne voyais pas les yeux de Furia, mais ils semblèrent faire réfléchir le Loucheur au sujet du prix rouge.

– Je crois que vous avez compris la leçon, marmonna-t-il. Rendez le charme, et vous pourrez partir.

– Marché conclu, dit Furia. (Elle alla détacher nos montures.) Kelen, demande au chacureuil de descendre et de rendre gentiment sa babiole au monsieur.

Puis elle se retourna et partit en direction de la sortie de la ville.

Je cherchais encore à comprendre ce qui venait de se passer quand Rakis sauta de l'enseigne en écartant les pattes de façon à permettre aux fines membranes duveteuses de ses flancs de se gonfler d'air. Les gens semblèrent stupéfaits ou inquiets, et quelques-uns mirent les mains devant leur torse en imitant une petite maison avec leurs doigts. Sans doute une croyance populaire disant que ça permettait de chasser le diable. Il arrive qu'en présence de Rakis, les gens se révèlent superstitieux.

Le chacureuil se laissa doucement glisser jusqu'au sol, mais son atterrissage gracieux fut gâché par le regard noir qu'il me décocha tandis que, de ses pattes habiles, il détachait la clochette en argent du charme.

– Si t'avais égorgé ce gamin comme je te l'avais dit, on serait en train de lui bouffer les yeux à l'heure qu'il est.

Il jeta le charme par terre derrière lui puis fit tinter la clochette à mon intention.

– Je la garde, déclara-t-il.

Et il partit rejoindre Furia en me laissant seul dans la poussière au milieu d'une foule qui se demandait si, finalement, ça ne valait pas le coup de me couper les doigts.

– T'as pas intérêt à refoutre les pieds ici, l'ombre au noir, me lança quelqu'un.

Quelques autres murmurèrent leur assentiment.

J'acquiesçai et je me relevai.

À l'âge de seize ans, ma tête était déjà mise à prix dans

la moitié des lieux que j'avais fréquentés. Sans argent, sans puissance et sans ce charme, je signalerais à n'importe quel mage présent dans les terres de la Frontière tout endroit où je jetterais le seul sort que je connaissais.

Mes compagnons de voyage étaient une joueuse de cartes argosi qui ne formulait jamais de réponse claire et un chacureuil assassin dont la nourriture préférée était les yeux des humains.

Bienvenue dans la vie d'un frondeur de sort hors-la-loi.

4

De l'art de remporter un combat

On passa le reste de la journée à chevaucher sur une vieille route pavée qui serpentait au milieu de collines arides, tandis qu'un vent vif faisait voler du sable tout autour de nous telles des vagues sur un océan infini.

Selon Furia, les Sept Sables s'appelaient ainsi à cause des minéraux contenus dans leur sol, qui donnaient à la surface de chaque région une couleur différente. Aux alentours de ma cité Jan'Tep, que j'avais quittée quatre mois plus tôt, le sable était doré à cause du mélange de fer et de quartz. Plus au nord, les particules riches en olivine produisaient un vert émeraude étincelant, mais maintenant qu'on se dirigeait vers l'est, des dépôts riches en lazurite teintaient le sable en bleu azur. J'aurais pu trouver ces paysages splendides si, depuis que je voyageais, les gens ne passaient pas leur temps à essayer de me faire la peau.

Sans le charme, totalement désargenté et débarrassé d'une bonne part de ma dignité, je commençais à douter sérieusement de mon avenir en tant que hors-la-loi.

– Je crois que je vais mourir ici.

Ces propos avaient paru bien plus dramatiques dans ma tête. À cause de ma mâchoire meurtrie et de ma langue gonflée, ils sortirent sous forme de «ye... vais... ci».

Furia eut pourtant l'air de saisir le sens global de mes borborygmes.

– Les terres de la Frontière sont l'endroit le plus sûr pour nous en ce moment, gamin, avec l'ombre au noir et tout le reste. Il y a ici moins de mages que dans l'arcanocracie Jan'Tep, moins d'assassins que dans l'empire daroman, et je ne te parle même pas des vizirs berabesq. Ces types te mettraient sur un bûcher à l'instant où ils te verraient.

– Alors qu'ici, ces barbares veulent juste me sectionner quelques doigts.

Je me frottai de nouveau la joue en regrettant d'avoir dit adieu à mon clan. Ma mère aurait pu faire disparaître les contusions et la douleur avec ses baumes de guérison. Au lieu de quoi, j'étais condamné à errer dans les terres de la Frontière où le summum de la médecine, c'est une scie rouillée et le conseil de se préparer à la douleur.

Bien sûr, si j'étais resté à la maison, Shalla, ma sœur cadette, se serait moquée de moi pour m'être fait casser la figure. Je l'imaginai bras croisés, en train de me toiser d'un regard désapprobateur. «Un mage Jan'Tep de la maisonnée de Ke ne se bagarre pas avec des péquenauds de la Frontière ou de minables traqueurs de sort, Kelen.»

Shalla me manquait. On avait beau n'être d'accord sur à peu près rien, c'était ma sœur. Parfois, même mes parents me manquaient, alors qu'ils n'avaient pas hésité à contrecarrer ma magie, me privant ainsi de presque tout pouvoir, dès qu'ils avaient compris que j'étais atteint de l'ombre au noir. Mais celle qui me manquait par-dessus tout, c'était Nephenia, avec ses cheveux sombres et son sourire timide. Chaque fois que je croyais l'avoir comprise, elle me prouvait que j'avais tort. Nous n'avions échangé qu'un seul baiser, mais je jure que, même sous les bleus qui déformaient mon visage, je sentais encore la caresse de ses lèvres sur les miennes.

« Ancêtres, j'ai terriblement envie de rentrer à la maison. »

Mais il y avait encore plus de gens qui voulaient ma mort dans ma cité que dans les terres de la Frontière. Comment étais-je supposé m'en sortir face à des mages guerriers et autres traqueurs de sort alors que je ne parvenais même pas à gagner une bagarre contre une mauviette de treize ans ?

Rakis grogna depuis mon épaule. Il avait beau être un peu trop grand et trop lourd pour que cette position soit confortable pour lui comme pour moi, c'était son perchoir favori. Rien à voir avec une quelconque affection à mon égard : le nabot voulait juste dominer la situation.

– T'aurais dû m'écouter, fit-il d'une voix pâteuse.

Il lui arrivait de subtiliser la flasque que Furia gardait dans sa sacoche.

J'ouvris et refermai la bouche à plusieurs reprises jusqu'à prononcer correctement, malgré la douleur :

– Rappelle-moi ton conseil, déjà ?

Rakis souffla dans mon oreille. C'était sa version d'un soupir.

– Pour commencer, tu plantes tes dents dans le cou de ton adversaire, dit-il en ouvrant grand la gueule pour dévoiler ses crocs et ses mâchoires. Puis tu secoues jusqu'à lui arracher des bouts de chair. C'est pourtant simple.

– D'accord. J'essaierai de m'en souvenir, la prochaine fois.

Inutile de discuter technique de combat avec un chacureuil. Dès que j'essayais, il me mordait en répliquant : « Tu vois ? Qui a gagné, qui a perdu ? »

– Tu peux lui arracher les yeux, aussi, reprit-il. Ça marche bien.

– Pigé.

– Et ne jamais négliger les oreilles. On sous-estime toujours les oreilles, alors que ça fait vraiment mal.

Furia gloussa.

– Le petit salaud est encore en train de parler de bouffer des yeux, c'est ça ?

Elle ne possédait pas le mystérieux lien avec Rakis qui me permettait de traduire ses feulements, grondements et autres pets en mots mais, de toute évidence, elle avait fréquenté assez de chacureuils dans sa vie pour savoir qu'ils se considèrent comme les prédateurs suprêmes du règne animal.

– Là, il parle des oreilles, précisai-je.

Furia secoua la tête, et ses boucles de cheveux roux suivirent le mouvement.

– C'est leur grand truc. Les yeux, les oreilles, la langue. On pourrait espérer qu'ils aient parfois des idées nouvelles.

– Faut ch'en tenir à che qui marche.

Je tournai la tête vers lui.

– T'es bourré ou quoi ? T'as vraiment l'air bizarre.

Furia gloussa.

– Non, gamin, il a pas bu.

– Et donc ?

Un sourire satisfait s'afficha sur la tête poilue du chacureuil.

– Rakis, qu'est-ce que tu as fait ? demandai-je.

Il ne répondit pas tout de suite, alors je continuai à le

dévisager. Ce qu'il détestait. Au bout de quelques instants, il ouvrit grand la bouche et tira la langue pour me montrer les trois pièces qu'il avait cachées dessous.

– Espèce de… Tu les as reprises ? Pendant que je me faisais casser la gueule, tu es retourné dans la boutique et tu as encore volé un truc à ces types ?

Rakis bondit de mon épaule jusqu'au pommeau de ma selle puis plongea une patte dans sa gueule pour en extraire les pièces.

– C'est les bouseux qui nous ont volés en premier, tu te souviens ? marmonna-t-il. Il fallait bien que quelqu'un récupère cet argent gagné à la sueur de notre front.

Il entreprit de ranger les pièces dans un petit sac en velours noir dissimulé sous le pommeau. Il m'avait demandé de le lui acheter pour y mettre ses effets personnels. En étant très clair quant aux représailles sur d'éventuels doigts baladeurs. Pareil pour « notre » argent, gagné à la sueur de « notre » front.

On poursuivit notre route jusqu'à ce que le soleil disparaisse à l'horizon. Là, Furia me demanda :

– T'es prêt à discuter de ce qui s'est passé en ville, gamin ?

– Tu parles de la mort par strangulation à laquelle j'ai échappé ?

– Je parle de quand tu as failli arracher la tête à ce gamin avec ton petit sort.

Pour quelqu'un censé m'apprendre à rester en vie, Furia passait beaucoup de temps à s'inquiéter du bien-être de mes adversaires.

– Il n'y avait pas assez de poudre pour le tuer, insistai-je. Juste assez pour…

– Pour ? Le brûler ? Le défigurer à vie ?

– C'est à cause de l'ombre au noir, plaidai-je. Des fois, elle…

– L'ombre enlaidit le monde autour de toi, Kelen, me coupa-t-elle. Mais elle ne te fournit pas l'excuse de devenir laid toi-même. Ce n'est pas ça, la voie des Argosi.

« La voie des Argosi. Allez savoir ce que ça veut dire. »

Je voulus tourner la tête, mais elle tendit la main pour m'attraper le menton et le tint fermement tandis qu'on continuait à chevaucher.

– Ces marques deviennent plus grandes chaque fois que tu te sers de la magie, tu le sais, non ?

– C'est dans ton imagination, dis-je en la repoussant. Et puis, comment je peux me défendre si tu ne m'enseignes pas les techniques de combat argosi ?

– Je n'arrête pas de te le dire, gamin, les techniques de combat argosi, ça n'existe pas, dit-elle en plongeant la main dans son gilet en cuir noir pour attraper l'un de ses longs et fins roseaux de feu. Se bagarrer, ce n'est pas non plus la voie des Argosi.

« Se bagarrer », c'est ce que Furia disait chaque fois que j'avais des ennuis.

– Pourtant, je t'ai vue te battre contre ce type ! Il était immense, en plus !

– C'est vrai, il était costaud, reconnut-elle. Mais je ne me suis pas bagarrée. J'ai juste un peu dansé avec lui.

– Son coup de poing aurait arraché la tête de toute personne normale. Tu dois avoir une mâchoire en acier !

Elle sourit, comme si j'avais dit quelque chose de drôle, puis alluma son roseau de feu avec une allumette qu'elle sortit de la manche de sa chemise en lin. Après une longue et lente bouffée, elle lâcha un immense nuage de fumée qui nous enveloppa tous deux dans un brouillard bleuté.

– Gamin, je n'ai pas la mâchoire plus solide que la tienne. Pense à ce que tu as vraiment vu, pas à ce que tu t'attendais à voir.

Ayant passé les seize premières années de ma vie à visionner des sorts de façon à être capable de les jeter un jour, j'ai une excellente mémoire visuelle. Comme je me remémorais la bagarre, je vis Furia qui présentait sa mâchoire à son adversaire, son pied droit derrière elle. Le Loucheur l'avait frappée avec une force qui partait de ses hanches et de ses épaules. Puis… je me souvins alors de quelque chose d'étrange. Les événements s'étaient déroulés trop vite pour que je voie bien mais, en y réfléchissant, j'aurais juré qu'au moment où le coup avait porté, non seulement Furia était déjà en train de pivoter sur elle-même, mais son corps basculait aussi vers l'arrière. Ce qui signifiait qu'à l'instant où le poing du type était entré en contact avec son menton, elle avait anticipé le coup de façon à en atténuer la force.

– Tu l'as trompé ! m'exclamai-je. On a eu l'impression qu'il te frappait de toutes ses forces, alors que son coup a à peine porté, c'est ça ?

Furia se frotta la mâchoire.

– Son coup a porté, je te l'assure. Moins que ça, il aurait compris que j'avais esquivé.

– Tournoyer aussi vite, c'est comme…

– Danser, conclut-elle.

Quand on étudie la magie, on apprend avant tout la précision. Le jeté de sorts est une science exacte. Chaque syllabe que l'on prononce, chaque forme somatique que l'on crée avec ses doigts et l'image qu'on se représente, tout doit être impeccable. Mais rien de ce que j'avais appris n'équivalait au talent de Furia pour maîtriser une telle manœuvre.

– Le rythme doit être parfait, dis-je dans un murmure, ou presque.

– Le rythme, c'est de la danse, dit-elle, comme si ça expliquait tout.

Je ne comprenais toujours pas.

– Mais pour ça, tu devais savoir exactement quand il allait frapper avec son poing. Alors comment...

Et là, ça me revint : juste avant, elle avait tapoté un doigt sur son menton et s'était penchée pour en faire une cible évidente. D'un autre côté, tout le reste – le mouvement, les angles – devait être maîtrisé à la perfection.

– Il aurait pu te briser le cou, conclus-je.

– Peut-être.

Je sentis mes joues rougir sous le coup de la honte.

– Tu as risqué ta vie pour sauver la mienne. Une fois de plus.

Furia ajusta son chapeau et cacha ses boucles rousses dessous.

– Eh bien, ça fait de moi quelqu'un de noble, non ?

Avant que je puisse répondre, elle fit démarrer son cheval au trot et le mien l'imita.

– Allez, mettons un peu plus de distance entre cette ville et nous, histoire que je ne doive pas être anoblie deux fois dans la même journée.

5

Contes au coin du feu

Ce soir-là, on se prépara comme d'habitude à passer la nuit à la belle étoile : Furia m'envoya chercher du bois pendant qu'elle posait ses pièges tout autour du camp. Elle refusait de me les montrer, ce qui m'agaçait prodigieusement. Quant à Rakis, il partit chasser pour nous rapporter à dîner un lapin déjà un peu mâchonné. Sa fourrure avait pris une teinte brun-vert et ses rayures ressemblaient maintenant à de l'armoise.

Le pelage des chacureuils s'adapte à leur environnement, ce qui en fait des chasseurs particulièrement redoutables. La tactique préférée de Rakis, c'est de patienter derrière un buisson de sorte que, lorsque le lapin ou tout autre petit animal se rend compte qu'il n'est pas juste à côté d'une plante un peu trop touffue, ce soit déjà trop tard.

Les Jan'Tep ne mangent pas de lapin, pourtant j'avais découvert que j'aimais cette viande. Même s'il n'y a rien de mieux pour vous dégoûter que d'entendre Rakis tuer sa proie. Le problème, ce n'est pas tant la férocité avec laquelle il plante ses crocs dans la chair, mais le fait qu'il continue à parler à sa victime même après l'avoir tuée : « Et voilà, espèce de sale rongeur. Tu sais qui a eu ta peau, hein ? » Eh bien, c'est moi !

lançait-il à la carcasse de l'animal, tandis que du sang dégoulinait de sa gueule. « Quand tu arriveras au paradis des lapins, n'oublie pas de raconter à ton dieu aux grandes oreilles comment je t'ai égorgé. Et maintenant, j'ai très envie de dévorer ta chair de petit lapinou. »

Il s'essaie parfois à la prose. Malheureusement, la violence est son seul et unique sujet.

Une heure plus tard, la bestiole cuite et à moitié dévorée, Rakis continuait à raconter ses exploits et à décrire l'agonie de sa proie en ajoutant à chaque fois des détails.

– Vous avez vu les dents de ce lapin ? lança-t-il. Immenses. On aurait dit les crocs d'un lion. Je me demande même si c'était un lapin. Ça doit être un croisement entre un lapin et un ours.

Dans des moments pareils, il vaut mieux laisser Rakis déblatérer. C'est bon pour son ego de s'imaginer non pas en chacureuil de cinquante centimètres mais en énorme lion.

Parfois, ça m'est égal de l'écouter se vanter. Le soir dans le désert, une fois qu'on s'est occupés des chevaux et que le feu flambe, il n'y a pas grand-chose à faire. Je passe la plupart de mes soirées à observer les flammes en essayant de ne pas trembler quand je pense à tout ce qui pourrait mal tourner. Je tremblais beaucoup plus avant mais, ces derniers temps, je me suis habitué à avoir tout le temps peur.

Assise en tailleur près du feu, Furia jouait de la petite guitare qu'elle trimballait partout en racontant des histoires, elle aussi. Elle en connaissait des tonnes. Je suis presque sûr que la plupart étaient inventées, car elle y rencontrait toujours des gens incroyables à qui il arrivait des aventures rocambolesques dans des contrées exotiques dont je n'avais jamais entendu parler.

Dans la mesure où j'avais pas mal étudié la géographie, j'étais presque sûr qu'elle inventait aussi les paysages.

Comme Rakis avait l'esprit de compétition, il essayait lui aussi de placer ses propres récits. Qui variaient uniquement autour de deux sujets : des animaux trop grands pour être réels mais qu'il avait tués, et des trésors inestimables qu'il avait dérobés. Rakis non plus n'apportait pas la moindre preuve, pourtant, il m'obligeait à traduire à Furia ses récits à la gloire des chacureuils en demandant toujours que je les enjolive.

« L'histoire que je vais vous raconter s'est bel et bien produite... »

Furia faisait comme si elle le croyait. Au bout de plusieurs morsures au bras, moi aussi, j'avais appris à faire semblant.

Ce soir-là, Rakis s'était embarqué dans une histoire particulièrement saugrenue au sujet d'une créature qu'il avait réussi à tuer dont j'étais convaincu que ce n'était qu'une grosse souris, quand, contrairement à son habitude, Furia l'interrompit et rangea son instrument dans son sac en toile en disant :

– Ça suffit pour ce soir, les histoires.

– Et pourquoi ? lança Rakis. Je n'ai pas encore raconté celle de l'Argosi mordue au visage parce qu'elle m'avait coupé la parole...

Furia ignora ses feulements et se dirigea vers les sacoches pour y chercher quelque chose. Quand elle en ressortit la main, elle tenait un jeu de cartes que je reconnus aussitôt : des cartes en acier affûtées comme des lames de rasoir. Entre ses mains, c'était l'arme la plus dangereuse que je connaisse. Elle coupa le jeu et me tendit la moitié du paquet.

– On va s'entraîner au lancer de cartes à cette heure ? demandai-je.

Elle m'avait appris les bases le jour de notre rencontre et, depuis, j'avais beaucoup progressé.

– D'une certaine manière, dit-elle en observant la longue route qui s'étirait en direction de la ville. On se tait maintenant, d'accord, Kelen ?

– Qu'est-ce… ?

Elle secoua la tête. Je compris alors qu'il y avait un problème. Je fermai les yeux en essayant de percevoir ce que Furia avait entendu. Le désert semblait calme mais, si on écoutait bien, il était rempli de bruits : des animaux qui se déplaçaient dans les collines, des insectes qui bourdonnaient, le vent qui agitait le sable. Il me fallut un moment pour discerner un bruit de sabots parmi tout ça. « Un cavalier », me dis-je, même si je n'avais normalement pas une ouïe très développée. Je me demandai pourquoi Furia avait l'air inquiète à ce point. Même si quelqu'un de la ville avait décidé de s'en prendre à nous, ça ne me paraissait pas une menace très sérieuse.

J'entendis un grognement et découvris Rakis près de moi, le pelage noir et hérissé.

– Saloperie, dit-il.

Je murmurai :

– Qu'est-ce qu'il y a ?

– Ça pue la magie. La magie Jan'Tep.

Je dus me retenir de serrer trop fort les cartes dans mes mains, ce qui m'aurait coupé les paumes. Il n'y avait qu'une raison justifiant qu'un membre de mon peuple sillonne les terres de la Frontière en pleine nuit : un traqueur de sort était sur ma piste.

6

La soie et le fer

Le type qui voulait ma peau montait un cheval blanc. Il me sourit comme si nous étions de vieux amis, alors que j'étais certain de ne jamais l'avoir rencontré. Il était grand, et ses cheveux blonds retombaient en cascade sur de larges épaules recouvertes d'une longue cape rouge vierge de toute poussière. Il était affreusement beau.

Ça n'aurait pas dû m'affecter. On peut croire que la mort imminente fait disparaître toute vanité mais, quitte à mourir, je préférais être tué par quelqu'un de laid.

Le mage mit gracieusement pied à terre comme un cavalier confirmé, ce qui était étrange parce que, dans notre peuple, nous ne montons pas à cheval. Et quand ses pieds touchèrent terre, ils ne produisirent pas le moindre son.

– Les ancêtres sont avec moi, annonça-t-il. J'avais perdu la trace du fuyard que je cherchais et je pensais être venu ici pour rien. Et qui me tombe dans les bras ? Kelen, fils de la maisonnée de Ke.

– Bien dit, feula Rakis en sautant sur mon épaule. Tu devrais apprendre à parler comme ça.

– Je vais y songer.

J'avais le ventre serré, pas simplement par peur de ce qui allait se passer, mais parce que tout ça, c'était ma faute. Si je ne m'étais pas senti obligé d'utiliser ma magie contre un freluquet de treize ans, le traqueur de sort n'aurait même pas eu vent de ma présence. Si j'avais écouté Furia, ce mage n'aurait jamais su qu'on était là. Je l'avais conduit directement à nous.

– Vous vous trompez de gamin, dit Furia en adressant un grand sourire au chasseur de primes, comme si tout ça n'était qu'une erreur. Mon neveu ici présent s'appelle Corniaud, et il n'est pas plus Jan'Tep que moi.

Rakis lâcha un petit rire dans mon oreille :

– Enchanté, Corniaud.

Le mage s'arrêta à une dizaine de mètres, trop loin pour que je me serve de mes poudres magiques contre lui, mais assez près pour qu'il puisse me jeter des sorts désagréables.

– Je me trompe ? Comme c'est étrange, rétorqua-t-il.

Il se pencha pour ramasser une poignée de sable et murmura quelques syllabes avant de le jeter en l'air. Au lieu de retomber, les grains s'organisèrent dans le ciel jusqu'à reproduire mon visage. Puis deux sigils apparurent sous l'image, et je reconnus la calligraphie de mon peuple. Le premier signifiait « ombre au noir », le second « mort ».

Je n'avais jamais vu d'avis de recherche magique jusque-là, même si tout initié Jan'Tep apprend à les reconnaître. Ce sont des malédictions éphémères qui peuvent être proférées par n'importe quel mage suffisamment aguerri afin d'identifier plus facilement le fuyard. Ce n'est pas un sort facile à créer et, pour qu'il soit actif si loin de ma cité, il devait avoir été jeté par un mage seigneur de mon clan. Les miens me détestaient donc encore plus que je ne le croyais.

– Tu devrais être flatté du prix auquel ta tête a été mise, déclara le mage. C'est presque trois fois celui de ma cible initiale.

– Si vous voulez mon avis, reprit Furia en faisant tourner ses cartes en métal aiguisées dans une main, cette jolie image de sable ne ressemble pas du tout à Corniaud ici présent. Vous feriez mieux d'aller chercher des récompenses ailleurs, histoire qu'il n'y ait pas de malentendu supplémentaire entre nous.

Un sourire passa sur les lèvres du mage comme le sable retombait par terre. Je n'aurais pas dû le voir aussi bien dans la nuit, mais la magie qui tourbillonnait autour des bandes tatouées sur ses avant-bras éclairait son visage de six teintes différentes.

– Hé, Kelen ? me glissa Rakis.

– Quoi ?

– Le dernier type qu'on a failli tuer. Combien de bandes il avait fait étinceler ?

– Trois, répondis-je.

Tout initié Jan'Tep a reçu, dans son enfance, des tatouages qu'on réalise avec des encres métalliques pour le relier aux forces primitives des six différentes formes de magie : le fer, la braise, le souffle, le sang, le sable et la soie. La plupart des mages font étinceler deux ou trois bandes, ce qui oriente leur choix de spécialisation. Le fer et la braise conduisent souvent à une vie de mage guerrier, tandis que le fer et la soie forment la combinaison parfaite pour devenir enchaîneur. Mais je ne pouvais pas savoir quelle sorte de mage cet homme était devenu, car chacune de ses six bandes étincelait d'une lueur fantomatique.

– Donc six, c'est bien pire ? me demanda Rakis.

– Ouais.

Six bandes, ça voulait dire qu'on était foutus.

Je jetai un coup d'œil à Furia en espérant deviner son plan. Elle avait toujours un plan. Pour l'instant, elle se contentait de dévisager notre ennemi et d'attendre qu'il fasse le prochain geste.

– Vous avez posé des pièges tout autour du camp, dit le mage en avançant vers nous en zigzag pour éviter des trous et des pointes acérées que même moi je ne parvenais pas à distinguer.

– Qu'est-ce qui vous fait dire ça ? demanda Furia.

Le mage tapota sa tempe du doigt.

– La magie de la soie. Je vous surveille depuis des heures. J'ai attendu longtemps que vous pensiez aux préparatifs, dit-il en plissant les yeux. C'est remarquable, la façon dont vous évitez de réfléchir à vos pièges. On ne parvient presque pas à deviner vos plans. Vous avez un esprit incroyablement discipliné.

– Nan, dit-elle. C'est juste que j'ai pas de mémoire. Je suis maladroite, aussi.

Et là, elle jeta l'une de ses cartes en métal, qui fila comme un couteau en direction du cou du mage. Mais juste avant que la carte n'atteigne sa cible, elle retomba par terre.

– Remarquable, répéta-t-il, alors que ses mains n'avaient pas quitté ses flancs.

Ça n'avait pas de sens. Les boucliers requièrent des formes somatiques particulières. On ne peut pas se contenter d'en imaginer un pour qu'il fonctionne. Comment avait-il fait ça ?

– Hé, réveille-toi, dit Rakis, qui planta les griffes de ses pattes avant dans mes épaules. C'est le moment de faire exploser ce type.

Malgré mes doutes grandissants, je glissai ma moitié du jeu de cartes rasoirs dans ma poche et je plongeai les mains dans les bourses à ma ceinture pour envoyer deux pincées de poudre rouge et noire dans l'air, tandis que mes doigts créaient la forme somatique.

– *Carath*, dis-je pour invoquer le sort.

L'explosion déchira la nuit. Le rugissement fit écho dans le désert tandis que les flammes étaient réduites à néant à quelques centimètres de leur cible.

Ce n'était pas possible. Il n'y a qu'un moyen de maintenir un bouclier sans formes somatiques : se tenir dans un cercle de fil de cuivre avec des sigils enchantés. Or le mage continuait à marcher vers nous.

– Y a un problème avec ce type, grogna Rakis.

– T'as une idée de ce que ça peut être ? demandai-je.

Parfois, il percevait des choses, et pas moi.

– Ouais. Il est trop beau pour un humain.

Les intuitions des chacureuils ne sont pas toujours utiles. Le mage nous observait d'un air amusé.

– C'est donc vrai ? Le nekhek te parle comme ceux de son espèce avec les Mahdek il y a des siècles ? Je me demande bien ce que cette petite bestiole est en train de te dire.

Je réfléchis à ma réponse. Selon Furia, face à la mort, il faut toujours afficher de la confiance en soi.

– Il dit que vous puez et demande si vous avez mangé de la viande avariée.

Le mage secoua la tête d'un air déçu. De toute évidence, il n'apprécia guère mon humour, parce que l'instant suivant, j'étais plié en deux de douleur ; il était en train de réduire mes organes internes en bouillie.

Je me fis alors plusieurs réflexions. La première, c'est que j'avais intérêt à partir en courant. Ce qui bien sûr n'était pas possible, parce qu'on ne peut pas courir quand on a l'estomac, les reins, le cœur et le foie pressés comme pour en faire du jus. La deuxième, c'est que je devais cesser de suivre les conseils de Furia. La troisième, c'était une vraie question : comment ce type pouvait-il jeter des sorts sans même avoir à créer les formes somatiques et à prononcer les incantations ?

Rakis grogna et sauta de mon épaule pour filer sur le sable. Quand il fut assez proche du mage pour attaquer, il se dressa sur ses pattes arrière et bondit, mais retomba aussitôt comme s'il avait heurté un mur. Puis le mage acquiesça et, sans même un geste de la main, fit s'envoler Rakis qui atterrit sur le flanc à quelques mètres de moi. Je voulus m'approcher de lui, mais la douleur était telle que je ne parvenais même pas à bouger un bras.

Furia s'avançait lentement vers le mage en le surveillant comme un animal sauvage. Puis elle annonça :

– Il faudrait arrêter de tourmenter ce garçon, car je déteste l'idée de devoir décoiffer votre magnifique chevelure.

Le mage éclata de rire face à cette menace vide de sens, et la douleur dans mon ventre s'évanouit instantanément.

– Tu m'amuses, femme, et franchement, je n'ai aucune envie de me faire des ennemis parmi les Argosi. Vous aimez bien le troc, vous autres, n'est-ce pas ?

– Il m'arrive de procéder à des échanges, oui.

– Alors permets-moi de t'offrir le marché de ta vie : tu disparais de ma vue. En échange, j'endors le garçon avant d'expédier son âme vers les profondeurs auxquelles il est destiné. (Il jeta un coup d'œil à Rakis.) Le nekhek doit mourir, lui aussi. Puis tous ces épisodes désagréables seront derrière nous.

Furia fit un nouveau pas vers le mage.

– Je crains de ne pouvoir accepter ta proposition généreuse, l'ami.

Il la regarda d'un air perplexe.

– Ce garçon est un Jan'Tep. Il n'est rien pour toi, et tu acceptes de sacrifier ta vie dans le vain espoir de le protéger ?

– Pas du tout, le gamin est une plaie. Mais j'apprécie le chacureuil.

Je vis à peine sa main bouger et, tout à coup, une demi-douzaine de cartes en métal jaillirent en direction du mage. Avant même qu'elles rebondissent sur son bouclier, Furia avait réagi. Elle roula sur l'épaule et se redressa dans le dos du type. Puis elle leva les mains, et je vis le reste des cartes prendre la forme d'une hache. Furia l'abattit, ce qui aurait dû sectionner les mollets du mage, sauf que… il ne se passa rien.

– Tu as fini ? demanda-t-il.

– Je t'ai dit qu'il y avait un truc pas normal chez ce type, me souffla Rakis, qui s'était relevé et grattait la terre avec ses griffes, prêt à attaquer de nouveau. Personne peut être aussi beau.

– C'est pas ce genre de remarques qui va nous aider, dis-je.

L'apparence de notre adversaire n'était pas le problème ; c'était plutôt son… « Attendez une seconde… » Il avait beau être au milieu du désert, ses vêtements étaient aussi propres que s'il sortait de son sanctuaire personnel. Ce n'était d'ailleurs pas la seule chose étrange : la lueur projetée par ses bandes tatouées était bien trop vive, même pour un mage seigneur, alors que dire d'un chasseur de primes qui passait sa vie à arpenter les terres de la Frontière loin d'une oasis à la recherche de fugitifs Jan'Tep ? Et puis, il y avait ses bottes, qui ne faisaient pas de bruit quand il marchait. Ce type n'avait pas besoin de formes somatiques ou d'incantations pour jeter des sorts parce qu'en réalité, il n'existait pas.

– Il se sert d'illusions contre nous, m'écriai-je. En fait, il est juste dans nos têtes !

– En réalité, c'est plutôt vous qui êtes dans la mienne, répondit-il. Une trouvaille assez intelligente, si j'ose…

– Ça suffit, les bêtises, dit Furia en ramassant les cartes qu'elle avait jetées sur lui pour me rejoindre en courant.

Elle étala la moitié de son jeu dans chaque main pour former des éventails d'acier. Ils s'agitèrent avec grâce comme des touffes d'herbe dansant dans la brise.

– Qu'est-ce que tu fais ? demandai-je, les doigts dans mes bourses de poudre, prêt à jeter un autre sort, mais sans savoir où viser.

– Il nous cache quelque chose, dit-elle en continuant à agiter rapidement les mains. On ne perd pas tout ce temps à créer des illusions juste pour montrer à quel point on est fort. En fait, il n'est pas seul.

Ils étaient donc au moins deux. Je pestai en silence. Voilà pourquoi ce type ne nous attaquait pas ; il n'avait rien d'un incroyable mage seigneur ayant fait étinceler ses six bandes. Il se servait de la magie de la soie pour nous embrouiller l'esprit, tandis qu'un acolyte agissait en douce, caché quelque part près de nous.

Furia ne cessait de bouger, les cartes en métal aiguisées se déplaçant selon des trajectoires imprévisibles pour éviter d'être frappée. Sauf si le type en face était un mage guerrier, à qui il suffirait alors de trouver la bonne position pour jeter son sort.

– Prenez vos distances pour qu'ils ne puissent toucher qu'un seul d'entre nous avec un même sort, lança Furia.

Rakis grognait en direction de l'apparition.

– Je les sens tous les deux, maintenant. Y en a un tout près, mais l'autre doit être à au moins un kilomètre.

Un coup violent dans mon estomac me confirma que notre adversaire, celui que le mage de la soie rendait invisible à nos yeux, se servait de la magie du fer. Cela signifiait qu'il n'avait sans doute fait étinceler qu'une seule bande. Ce qui serait une très bonne nouvelle, si seulement je parvenais à le trouver. Un cri s'échappa de mes lèvres.

– Gamin, à terre ! me lança Furia.

Ce fut assez facile de m'exécuter, car j'étais à nouveau plié en deux de douleur. Une carte rasoir passa au-dessus de ma tête et, une seconde plus tard, j'entendis un gémissement quelque part derrière moi. La douleur dans mes organes disparut.

– Reste accroupi, Kelen, me dit Furia en jetant des cartes dans plusieurs directions.

Mais aucune n'atteignit sa cible. La magie du fer est très utile pour attaquer et se défendre, or le bouclier du cœur est l'un des quelques sorts qui peuvent être combinés avec un autre.

– Salope d'Argosi, cracha une voix.

Je regardai autour de moi, mais je ne vis rien.

Tout à coup, Furia gémit et tomba à genoux en faisant la grimace. Elle essaya de lancer une nouvelle carte, en vain. Les muscles de son visage se contractaient de la douleur infligée par le sort du mage du fer.

– Tu aurais dû accepter le marché, dit le mage de la soie tandis que, devenue inutile, l'image qu'il avait créée de lui-même s'effaçait peu à peu. J'aurais vraiment aimé te laisser la vie sauve, Argosi.

Furia se tordait par terre, les traits déformés par la souffrance. Si différente de la femme effrontée et fanfaronne qui, quelques instants plus tôt, affrontait le danger pour moi.

– Arrêtez ! hurlai-je dans la nuit. J'accepte le marché ! C'est ma tête qui est mise à prix, pas celle de l'Argosi ni du chacureuil !

Le rire qui résonna à mes oreilles jaillit de nulle part et de partout en même temps.

– Ça, ça m'étonnerait, Kelen de la maisonnée de Ke. C'est évident que c'est grâce à elle que tu as survécu ces derniers mois, ce qui va à l'encontre de nos lois et de notre peuple. Mais ne t'inquiète pas, on va bientôt te régler ton compte à toi aussi.

Rakis courait partout l'air enragé.

– Je le trouve pas, grognait-il. Saloperie de magie Jan'Tep !

– Gamin..., siffla Furia. Tais-toi et écoute.

– Je t'écoute. Qu'est-ce que tu veux que je... ?

– Non, cracha-t-elle en cherchant son souffle. Pas moi, idiot. Écoute-le, lui.

Tout à coup, je compris ce qu'elle voulait dire, et pourquoi. Alors même que le mage du fer continuait à lui broyer les organes, Furia s'obligea à ne pas crier pour me donner une chance de localiser notre adversaire.

– Rakis, bouge pas, ordonnai-je.

Je fermai les yeux et concentrai mon attention sur les bruits alentour, comme j'avais vu Furia le faire. Le mage du fer était peut-être invisible, mais il fallait bien qu'il respire. Il me suffisait de tendre l'oreille.

Je laissai les bruits du désert me submerger. Les insectes qui bourdonnaient, les animaux qui grattaient le sol. Le battement de mon cœur. La brise. Non, ce n'était pas la brise. Avec rien d'autre qu'une intuition, je sortis de la poudre de mes bourses, une grosse quantité, cette fois.

Il existe une variante de mon sort. Elle m'avait un jour permis de briser un bouclier Jan'Tep, car la poudre rouge dans la bourse à ma gauche était toujours imprégnée du sang de la mère de Rakis.

– *Carath Chitra*, prononçai-je en projetant les poudres dans l'air devant moi.

L'explosion brisa le bouclier de mon ennemi comme les dents de Rakis déchirent le cou des lapins, mais je m'étais trompé de près d'un mètre quant à la position du mage du fer. Il était indemne. Avant que je puisse recommencer, il se servait à nouveau de son épée de tripes et, l'instant d'après, je souffrais trop pour jeter un sort. En tournant la tête, je vis Furia étendue par terre, sans connaissance. Le mage du fer pouvait maintenant concentrer toute son attention sur moi.

« Cinq secondes, me dis-je. Si j'avais été plus rapide de cinq secondes, si mon sort avait été à peine un peu plus fort, si j'avais été à peine plus intelligent, je l'aurais vaincu. » Mais j'étais trop lent, trop faible et, par-dessus tout, trop stupide. Furia et Rakis allaient mourir à cause de moi.

– C'est fini, dit le mage de la soie dans mon esprit. Tu as réussi à fuir pendant un bon moment, Kelen, mais personne n'échappe longtemps à la justice Jan'Tep. Quand tu atteindras le passage gris, implore la pitié de nos ancêtres pour qu'ils n'envoient pas ton âme dans cet enfer si richement...

Ses mots se firent moins présents dans ma tête. J'avais toujours une épée dans le ventre, mais mon esprit commençait à s'éclaircir et ma vision se fit plus nette, les teintes plus distinctes. Je ne voyais toujours pas le mage de la soie mais, à une vingtaine de pas sur ma droite, apparut un type bossu vêtu d'un manteau de voyage grisâtre, la main droite tendue devant lui pour maintenir la forme somatique de l'épée de tripes. Ce qui avait fait taire son acolyte n'avait pas affecté ce mage.

– Rakis, je gémis en m'efforçant de rester debout.

– Il est à moi ! hurla le chacureuil en filant sur le sable.

Il bondit au dernier instant, la puissance de ses pattes arrière le propulsant à plus de deux mètres en l'air. Puis il écarta les quatre membres de façon que les palmures duveteuses de ses flancs aient le temps de se déployer avant qu'il s'abatte sur le mage du fer. Si vous n'avez jamais vu un chacureuil voler, je vous promets que l'effet est déconcertant. Le mage garda son bouclier actif, mais sa concentration sur l'épée de tripes faiblit.

Je pris une rapide bouffée d'air, et mes mains attrapèrent encore plus de poudre dans les bourses à ma ceinture tandis que mon esprit recherchait le calme et la clarté nécessaires pour jeter mon sort.

– Rakis, écarte-toi, maintenant !

Le chacureuil fonça dans les ténèbres.

– Transforme-moi ça en torche vivante, Kelen !

Le mage reporta son attention sur moi, mais avant qu'il puisse remettre de la force dans son épée de tripes, j'avais jeté les poudres en l'air, créé les formes somatiques avec mes mains et invoqué le sort :

– *Carath Chitra.*

Des flammes jumelles rouge et noire arrachèrent le bouclier du mage et le brisèrent. Puis elles l'entourèrent et le mordirent jusqu'à ce qu'il soit à l'agonie. Le sort ne tint pas longtemps, mais le mage non plus. Le peu qui restait de son bouclier magique lui avait permis d'avoir la vie sauve. Tandis qu'il s'effondrait sans connaissance, je découvris les brûlures sur son corps.

Le bruit de mes poumons, qui cherchaient de l'air comme si j'avais couru sur des kilomètres, emplit mes oreilles, et des rigoles de sueur dévalèrent mon front. Je me forçai à respirer plus lentement, suppliant mes jambes de se remettre en mouvement afin que je puisse aller voir Furia.

Rakis courut jusqu'à moi, sa fourrure devenue rouge et noir, elle aussi.

– Bien joué, pour une fois.

– Merci. Pour une fois.

– Mais on a un problème.

– Juste un ?

– Ouais, fit-il en désignant de la patte l'homme en manteau que je venais de vaincre. Si c'est lui qui jetait les sorts d'attaque, où est celui qui a foutu le bordel dans nos têtes ?

Il avait raison.

7

La voyageuse

On resta tous les deux immobiles dans l'attente de la calamité qui allait s'abattre sur nous.

– Peut-être que l'autre a fait une crise cardiaque, dit Rakis.

– Peut-être.

Je me frottai le bout des doigts pour tenter d'atténuer l'engourdissement qui les avait gagnés à force de jeter mon sort. Si je devais recommencer sans tarder, je risquais de me faire exploser les mains à cause du manque de précision. Rakis jeta un coup d'œil au mage sans connaissance étalé par terre derrière nous.

– Ce type a l'air plutôt vieux, Kelen. Et si l'autre l'était aussi ? La magie, c'est pas bon pour le corps, non ? Peut-être qu'il a cassé sa pipe ?

– Tout est possible, Rakis.

À quelques mètres de là, les braises de notre feu de camp éclairaient juste assez Furia pour que je puisse voir qu'elle respirait encore. Peut-être qu'elle allait s'en sortir. Peut-être que d'un instant à l'autre, elle allait se relever, s'épousseter et dire quelque chose qui serait sans doute très intelligent, mais qui n'aurait aucun sens.

– On a bien le droit d'avoir de la chance, de temps en temps, non ?

Rakis renifla l'air et tira sur la jambe de mon pantalon.

– Kelen ?

– Ouais.

– C'est pas pour aujourd'hui.

Un bruit de sabots nous parvint depuis la route.

– Combien ils sont ? demandai-je tout bas alors que je continuais à me frotter les doigts.

– Trois. Un homme et deux femmes, précisa-t-il en flairant de nouveau. L'homme est vieux. L'une des femmes est adulte, et l'autre, encore un bébé comme toi.

– J'ai seize ans, je suis plus un bébé.

– Je le dis comme je le sens.

Trois silhouettes apparurent sur la route à la lueur de la lune à moitié pleine. Je clignai plusieurs fois des yeux pour mieux les distinguer. La première était celle d'une grande femme vêtue d'une longue tunique blanc et marron serrée à la taille par des lanières de cuir, le bas du visage couvert du même tissu que ses vêtements. Elle portait sur ses épaules, comme un sac de pommes de terre, un vieillard maigre en manteau blanc sale. Et tirait un cheval qui, lui, avait sur le dos une fille habillée de la tenue commune aux terres de la Frontière. Un bandeau de couleur claire lui couvrait les yeux.

– Tu crois qu'elle est prisonnière ? demanda Rakis.

Il avait horreur de la captivité.

Je ne répondis pas, me disant qu'on aurait vite la réponse.

– Si vous voulez connaître une nouvelle aube, restez là où vous êtes ! leur criai-je. J'ai déjà fait flamber l'un de mes ennemis ce soir, et je serais ravi de recommencer si vous approchez trop !

Je trouvai ma réplique plutôt inquiétante, mais la femme qui s'avançait n'eut pas du tout l'air intimidée.

– Ce serait excessivement déraisonnable, dit-elle.

– Ah ouais ? Et pourquoi ? demandai-je en faisant de mon mieux pour paraître serein.

– Regarde tes mains.

Ce que je fis. Je me rendis compte qu'elles tremblaient. Le problème quand on a frôlé la mort, c'est qu'ensuite, on tremble de façon incontrôlable. C'est dur de tranquilliser son corps après une épreuve pareille.

– Moi, je tremble pas, grogna Rakis, le poil hérissé, en s'approchant d'elle.

– Demande gentiment à l'animal de ne pas m'attaquer tant que je ne me serai pas débarrassée de ce fardeau à l'odeur déplaisante, me lança la femme masquée en avançant de quelques mètres pour déposer l'homme par terre.

Le sort de soie à présent dissipé, je vis l'homme tel qu'il était vraiment : vieux et frêle, avec des traits ingrats et une peau épaisse qui avait souffert du soleil. Sans quitter des yeux les nouveaux arrivants, je me penchai pour remonter les manches de son manteau. Ses avant-bras osseux m'apprirent qu'il n'avait jamais fait étinceler que la bande de la soie. C'était sans doute pareil pour son acolyte, celui qui avait utilisé la magie du fer contre nous. Ces deux-là auraient été ridicules dans mon clan. C'étaient sans doute des parias comme moi, qui espéraient se racheter aux yeux des leurs en capturant une victime de l'ombre au noir.

La femme observa le type inconscient à ses pieds.

– Une fois toutes les illusions dissipées, nous sommes bien peu de chose, dit-elle.

Son expression, ou le peu que j'en voyais sous le tissu qui couvrait son visage, n'était ni moqueuse ni sympathique, plutôt perplexe. Elle reprit :

– C'est étrange qu'un mage se donne tant de peine pour paraître jeune et beau dans notre esprit. Tu crois que s'il avait attaché moins d'importance à son apparence, il m'aurait entendue surgir derrière lui ?

Ce n'était pas une question qui m'importait pour l'instant, car j'avais toujours les doigts engourdis, les mains tremblantes, et Furia n'avait pas repris connaissance. Ce que je voulais vraiment savoir, c'était si cette femme représentait un danger pour nous. Comme les gens répondent rarement de façon franche à la question « vous allez me tuer ? », je lançai à la fille avec un bandeau sur les yeux, qui était toujours à cheval :

– Tu es prisonnière ?

– Elle est sous ma protection, répondit la femme.

– J'aimerais l'entendre de sa bouche, rétorquai-je.

La fille à cheval leva les mains pour montrer qu'elles n'étaient pas liées et déclara :

– Qui mettrait son prisonnier sur son cheval et marcherait à côté, espèce de crétin ?

On ne devinait presque pas dans sa voix le ton traînant que je m'étais mis à associer aux gens de la Frontière. Sa diction était plus précise, proche de celle des émissaires daroman que je voyais parfois traverser ma ville natale. Si on m'avait questionné sur elle, j'aurais répondu que cette fille avait mon âge, qu'elle était riche et éduquée.

– Il me dévisage ? demanda-t-elle à la femme.

– Ouais.

– Demande-lui d'arrêter. C'est impoli.

Elle mit pied à terre et détacha quelque chose de sa selle. Je vis qu'il s'agissait d'un mince bâton en bois d'un mètre de long. Elle le tint devant elle en balayant de droite à gauche, juste au-dessus du sol.

Cela expliquait le bandeau sur ses yeux.

– Tu es aveugle, dis-je.

– Non, c'est toi qui es aveugle. Moi, je ne vois pas, c'est tout.

Puis elle se tourna vers la femme pour lui demander :

– De quoi il a l'air ? En tout cas, même sans le voir, je peux dire qu'il a l'air stupide.

– Excuse cette jeune fille, me dit la femme. Nous voyageons depuis bien des jours, maintenant. L'enfant a connu des moments difficiles et...

– Seneira, la corrigea la fille. Pas « cette jeune fille », ni « l'enfant ». Je m'appelle Seneira.

Son pied droit glissa alors sur une pierre plate. D'instinct, je tendis les bras pour la retenir. Heureusement, elle retrouva l'équilibre au dernier moment, si bien que nos fronts se heurtèrent dans un bruit sourd, et pire, bien pire, il se peut que mes lèvres aient effleuré les siennes.

– Il a essayé de m'embrasser ? protesta-t-elle en tournant la tête dans tous les sens alors qu'elle brandissait son bâton devant elle comme une épée.

Je reculai rapidement.

– Mais non ! Je ne... Ce n'est pas ça, mais... tu es aveugle ! Alors je ne voulais pas...

– Tu ne voulais pas quoi ? demanda-t-elle d'une voix tout à coup aussi froide que l'air de la nuit. Tu ne voulais pas embrasser une aveugle ?

« Ancêtres, je vous en supplie, envoyez-moi un autre chasseur de primes pour me tuer. Cette fois, promis, je n'essaierai même pas de me défendre. »

– Si tu voyais ce garçon, intervint la femme en tunique de lin, tu comprendrais qu'il est meurtri, perdu et encore terrorisé après avoir vaincu le mage du fer.

– Je ne suis pas terrorisé, dis-je, mais personne ne faisait attention à moi.

– Eh bien, il ferait mieux de garder ses mains et ses lèvres pour lui, rétorqua Seneira.

La femme soupira.

– Ma fille, tu sais très bien qu'il essayait juste d'éviter que tu tombes. Ses mauvais réflexes et sa maladresse doivent être source de pitié, et non une raison de le tourmenter.

– Merci de prendre ma défense de cette manière, c'est trop aimable, dis-je.

Elle ignora mon sarcasme et regarda Rakis à côté de moi.

– L'animal a un problème ? Il a l'air...

– Il va bien, répondis-je. C'est le bruit qu'il fait quand il rit.

Seneira parut se radoucir d'un coup.

– Très bien, dit-elle enfin en rabaissant la pointe de son bâton et en me tendant une main. On reprend au début. Je m'appelle Seneira.

Je lui pris la main et la serrai le plus brièvement possible.

– Kelen.

– Enchantée de faire ta connaissance, dit-elle.

Puis elle se tourna vers sa guide en reprenant :

– Tu vois ? C'est comme ça que les gens se présentent. Les gens normaux, en tout cas. Des gens qui ont des noms comme Seneira, Kelen, ou...

– Rakis, feula le chacureuil.

Maintenant qu'il avait fini de se moquer de moi, il bondit pour les renifler de près, puis grogna :

– Elles me plaisent pas.

– Personne ne te plaît, marmonnai-je.

– J'ai entendu un grognement. C'était quoi ? demanda Seneira.

– C'était Rakis, expliquai-je. Mon…

J'hésitai. Je déteste avoir l'air débile devant des inconnus.

– Dis-le, cracha le chacureuil. Sauf si tu penses pouvoir jeter des sorts avec neuf doigts seulement.

– Bon, d'accord. Rakis est mon… partenaire.

Seneira tourna la tête dans tous les sens.

– Ton partenaire ? Je n'entends personne d'autre. Qui est là ?

– Il parle de l'animal, intervint la femme. Un chacureuil.

La fille resta immobile. Puis elle lâcha, avant de s'asseoir d'un coup par terre :

– Parfait. Si ça ne vous dérange pas, je vais rester assise ici jusqu'à ce que le monde ait à nouveau un sens.

– Tu risques de rester assise longtemps, déclarai-je.

Malgré le lin qui couvrait presque entièrement le visage de la femme, j'eus l'impression qu'elle souriait quand elle dit :

– Enfin des paroles sages. Sept gouttes d'eau dans un désert aride.

Seneira mit la tête entre ses mains et lança :

– Peux-tu, s'il te plaît, cesser de parler comme ça ?

Je ressentis un peu de sympathie pour elle. Furia faisait souvent des remarques de ce genre…

– Qui êtes-vous ? demandai-je à la femme.

– Une voyageuse sans destination. Un guide sans but

précis ne se perd jamais. Un vagabond ne suit personne à part la route devant lui. Je m'appelle le Chemin d'Épines et de Roses.

Je n'y comprenais rien, mais ses réponses étranges m'indiquèrent qui elle était, ou plutôt, ce qu'elle était.

– Vous êtes une Argosi.

Sans prendre soin de me signifier que j'avais raison, elle s'approcha de Furia et s'agenouilla pour l'examiner.

– Sœur, pourquoi es-tu source de tant de déceptions ?

8
Le Chemin d'Épines et de Roses

– Remets du bois dans le feu, m'ordonna l'Argosi.

Puis, avec une grande délicatesse, elle prit Furia dans ses bras et la porta jusqu'au campement.

Elle ajouta :

– Il va falloir la maintenir au chaud, cette nuit.

– Elle va s'en sortir ? demandai-je.

Allez savoir pourquoi, je n'avais jamais imaginé que Furia Perfax puisse être gravement blessée. Elle était trop rapide, trop intelligente, trop forte pour laisser qui que ce soit la tuer. Mais en voyant l'inquiétude dans les yeux de l'autre Argosi, je pris tout à coup conscience que même Furia pouvait mourir.

– Le sort du mage du fer lui a brisé les côtes. Elle fait une hémorragie interne ; j'ignore à quel point c'est sérieux. Si jamais ses organes vitaux sont endommagés… Mais il est inutile d'explorer un continent dont nous ignorons tout. À condition qu'elle reprenne connaissance d'ici demain matin, il y a des raisons d'être optimiste. Bon, tu ravives les braises ou quoi ?

Je courus chercher du bois à mettre dessus. Comme le feu ne partait pas assez vite, je rajoutai un peu de poudre noire, puis de rouge. En quelques secondes, les flammes s'élevaient de nouveau.

– Parfait, dit la femme en installant Furia tout près. Maintenant, peux-tu me rendre un autre service ?

– Lequel ? demandai-je.

Elle désigna quelque chose derrière mon épaule.

– Peux-tu demander à ton… partenaire quel étrange rituel il est en train d'accomplir sur mon prisonnier ?

En me retournant, je découvris Rakis assis sur la poitrine du mage de la soie, en train de lui soulever la paupière d'une patte, l'autre prête à l'énucléer.

– Rakis, arrête ça tout de suite !

Le chacureuil grogna :

– Tu plaisantes ? Ce sac à peau de Jan'Tep a failli nous tuer. Je vais pas attendre qu'il se réveille pour le laisser recommencer. Et puis, j'ai faim.

– Qu'est-ce qu'il dit ? demanda l'Argosi.

– Il… vient de me rappeler que, même s'ils sont encore sans connaissance, les deux mages redeviendront vite une source d'ennuis.

Elle soupira en disant :

– L'animal a raison. Continue à surveiller le Chemin de… Pardon. Pour toi, c'est Furia, c'est ça ?

– Pas pour vous ?

– Moi, je la connais sous le nom du Chemin de la Pâquerette Sauvage.

– Quel nom stupide, râla Rakis, toujours perché sur la poitrine du mage de la soie.

L'Argosi s'approcha du chacureuil, puis s'agenouilla et s'abaissa jusqu'à sa hauteur.

– Seigneur des cimes, laisse-moi cet individu, s'il te plaît. Je ferai le nécessaire, je te le promets.

Rakis grogna et avança le museau pour la renifler de nouveau, l'air radouci. Le petit monstre adorait les compliments.

– Seigneur des cimes, ça c'est un nom qui me plaît, cracha-t-il. (Puis il bondit de la poitrine du mage et partit en direction de la nuit.) Je vais assassiner un lapin ou deux. C'est le job des seigneurs des cimes.

Juste après son départ, l'Argosi plongea la main dans les plis de sa tunique. Je crus qu'elle allait sortir un couteau et faillis m'y opposer. Furia faisait ce qu'il fallait pour vaincre son adversaire, mais je ne l'avais jamais vue tuer quelqu'un à terre. Là encore, je n'étais pas complètement d'accord avec cette position.

« Ancêtres, à force de fréquenter un chacureuil, je me mets à aimer le goût du sang. »

En réalité, l'Argosi ne sortit pas un couteau, mais un paquet soigneusement enveloppé de tissu. Qui contenait un petit mortier et un pilon ainsi que plusieurs bocaux. Elle en ouvrit deux et mélangea leur contenu.

– Qu'est-ce que vous faites ? demandai-je.

– Les brûlures du mage du fer ne sont pas mortelles, mais elles le deviendront si on ne fait rien.

– Attendez, c'est quoi le plan ? Soigner les blessures des deux types qui ont failli tous nous tuer ?

– Je trouve sans intérêt de négocier avec un mort.

– Négocier ? Vous êtes sérieuse ? Ces hommes sont des traqueurs de sort. Des chasseurs de primes. Les mages Jan'Tep ne les paieront que s'ils ramènent un cadavre, et vous voulez les soigner pour mieux les dissuader ensuite ?

Les yeux de l'Argosi se plissèrent alors qu'elle continuait à préparer sa mixture.

– Tu te promènes avec ma sœur, et elle ne t'a pas encore enseigné la voie de l'eau ? Il n'est pas dans notre coutume de mettre fin au voyage de quelqu'un sans d'abord lui proposer un autre chemin.

J'essayai, en vain, de formuler une réponse appropriée et je finis par renoncer, préférant retourner veiller sur Furia et m'assurer que mes doigts restaient au chaud pour le moment où j'en aurais besoin, ce qui ne tarderait pas. En agitant frénétiquement son bâton devant elle, Seneira me rejoignit auprès du feu. Et là, elle déclara :

– Je crois que ta vie est sur le point de devenir aussi débile que la mienne.

– Bonsoir, dit l'Argosi aux deux hommes quand ils se mirent à cligner des yeux.

Elle utilisa le ton tranquille de rigueur lors d'une rencontre avec d'autres voyageurs sur une route déserte, non celui pour affronter des ennemis qui ont essayé de vous tuer quelques instants plus tôt.

Après les avoir soignés, la femme qui se faisait appeler le Chemin d'Épines et de Roses les plaça tous les deux dos à dos. Je crus qu'elle allait les ligoter et j'étais sur le point de lui dire que c'était inutile, sauf si elle possédait du fil de cuivre ou d'argent ensorcelé, car, même prisonniers, ils pourraient toujours utiliser des sorts contre nous. Mais elle ne les attacha même pas. Elle avait sorti des plis de sa tunique un flacon à peine plus gros que son pouce, dont elle fit sauter le bouchon.

– Seneira et toi, vous allez tranquillement attendre là-bas, dit-elle en désignant un endroit enveloppé par l'obscurité à l'écart du feu.

– Pourquoi ? demandai-je.

– Ces hommes ont des raisons de vouloir te tuer, non ? Alors inutile de rajouter à la tentation.

Une fois que Seneira et moi, on se fut éloignés, l'Argosi tapota son flacon sur un doigt pour y placer un peu de poudre blanche, qu'elle fit respirer à chaque homme avant de remettre le bouchon et d'attendre. Quelques secondes plus tard, tous deux éternuaient et se réveillaient.

La première réaction du mage de la soie fut de lever les mains pour créer une forme somatique que je ne connaissais pas, mais dont je doutais qu'elle soit pacifique. Je plongeai les mains vers mes poudres, mais l'Argosi me lança un regard d'avertissement. Puisqu'elle ne pouvait me voir dans le noir, elle devait avoir anticipé ma réaction.

– Tu ne crains rien, me dit-elle.

Le mage de la soie sourit, si bien que la peau ridée de son visage autour de sa bouche se tordit.

– Oh que si, lança-t-il.

L'Argosi acquiesça.

– Certes, nous avons tous des craintes. Nous vivons dans un monde dangereux.

– Peut-être, mais moins dangereux pour des mages avec notre pouvoir que pour des vagabondes philosophes qui se mêlent des affaires des autres.

Si j'avais pris part à la conversation, j'aurais fait remarquer qu'aucun de ces mages n'avait fait étinceler plus d'une bande, ce qui les rangeait dans la catégorie des personnes les moins puissantes que compte mon peuple. Après moi, bien sûr.

L'Argosi ne fit pas ce genre de commentaire. Au contraire, elle paraissait songeuse, comme si elle réfléchissait à ce que le mage de la soie venait de dire.

– Je pense que vous avez raison. Le monde est bien plus dangereux pour les vagabonds philosophes.

Le mage du fer, un type roux qui avait peut-être dix ans de moins que son camarade, lâcha un rire rauque.

– Tu as vu comment l'Argosi revient déjà sur sa position ? Elle veut un pacte pour avoir la vie sauve.

Elle secoua la tête.

– Pardonnez-moi, mais vous faites erreur. C'est *vous* qui cherchez à avoir la vie sauve.

Le mage de la soie se mit à agiter ses doigts.

– Tu menaces un Jan'Tep ? Couche-toi par terre, femme, et baise mes pieds avant que je jette un sort qui te fera exploser l'esprit. Ton âme sera réduite en poussière sous tes yeux impuissants, et tu hurleras jusqu'au dernier battement de ton cœur.

« Pas mal », me dis-je.

Mon peuple n'est pas très fort en littérature, mais on sait apprécier une menace de mort bien tournée. Pourtant, l'Argosi réagit par un rire doux, presque musical.

– Je ne crois pas que vous ayez tant que ça envie de pénétrer ma tête, maître mage. On me dit souvent que je suis très mal embouchée.

L'expression dans les yeux du type me fit comprendre qu'elle était allée trop loin. Avant que je puisse faire quoi que ce soit pour l'aider, le mage de la soie fixa son regard sur elle. Puis il murmura un seul mot, et l'air entre eux se mit à trembler. Il était en train de jeter un sort de soie pas particulièrement puissant, mais qui, si j'avais bien compris, permettait de détruire l'esprit. J'étais sur le point d'ignorer l'ordre de l'Argosi de me tenir tranquille quand le mage de la soie hurla dans la nuit :

– Arrête ! Je t'en supplie ! Comment est-ce possible ?

L'air entre eux s'apaisa à l'instant où le sort se brisa. Il avait du mal à respirer.

L'Argosi haussa les épaules d'un air d'excuse.

– Nous sommes tous des voyageurs. C'est dans notre nature d'accepter chaque chemin pour ce qu'il est, sans peur ni jugement.

L'homme jeta un coup d'œil à la silhouette de Furia par terre.

– Mais elle…

– Vous avez eu ma sœur une fois. Je vous conseille de ne pas recommencer lorsqu'elle sera rétablie.

Elle se pencha pour lui murmurer d'un ton de conspiratrice :

– Ils sont nombreux à la trouver encore bien plus mal embouchée que moi. Emplis ton esprit de pensées moins nocives, maître mage. Ce n'est pas bon de garder autant de noirceur en soi.

Le mage du fer jeta à son compagnon :

– Arrête de te laisser embobiner. Jette-lui un autre sort !

Le mage de la soie secoua lentement la tête en répondant :

– Je refuse d'approcher son esprit de nouveau.

– Très bien, alors c'est moi qui vais m'occuper d'elle.

Le mage du fer leva la main droite pour créer une forme somatique. L'Argosi dressa un doigt en disant :

– Ça n'est pas très raisonnable.

Le mage l'ignora et pointa un doigt sur elle en prononçant l'incantation pour un sort de fer qu'on appelle le marteau de sang. Au début, il ne se produisit rien puis, tout à coup, il se plia en deux pour vomir.

– Qu'est-ce que tu m'as fait ? gémit-il.

L'Argosi écarta les mains pour montrer ses paumes vides.

– Rien, maître mage, à part appliquer un baume guérisseur sur tes blessures. Hélas, cette mixture contient de la fleur de nuit pour accélérer la guérison et apaiser la douleur.

– Mais c'est une herbe de faiblesse ! s'écria le mage du fer. Tu as empoisonné ma magie !

– Si peu. Je t'assure que le dosage a été fait avec soin. D'ici deux ou trois jours, tu pourras de nouveau jeter tes sorts Jan'Tep. Mais je te le déconseille. Laisse-toi le temps de guérir, ce qui te permettra peut-être de trouver une autre voie.

Le mage de la soie, qui semblait plus en forme, demanda :

– Et quelle voie ça pourrait être, Argosi ?

– Celle de la prise de conscience qu'il y a des choses en ce monde plus dangereuses que les sorts et les maîtres mages.

Elle soutint le regard des deux hommes. Même de là où j'étais, à une dizaine de pas dans la pénombre, je trouvais son calme terrifiant. Elle conclut :

– Des choses dont je fais partie.

Pendant un long moment, personne ne dit mot. L'Argosi avait l'air d'attendre quelque chose, un assentiment dans le regard de ces hommes, que je ne pouvais pas voir. Elle dut finalement obtenir ce qu'elle voulait, parce qu'elle dit en se redressant :

– Bien. Maintenant, nous pouvons entamer les négociations.

9

Les deux jeux de cartes

J'ignorais qu'il était possible de s'ennuyer juste après avoir failli mourir, mais l'Argosi me prouva le contraire. J'aurais cru que les négociations se limiteraient à une succession de menaces bien précises. En réalité, ce fut un véritable contrat verbal qui devait équivaloir, en termes de volume, au traité de paix ayant mis fin à la guerre entre l'empire daroman et l'arcanocratie Jan'Tep. Le temps que les deux mages reprennent leur route, j'étais presque sûr qu'ils avaient oublié la raison de leur venue.

Mes jambes et mon dos étaient raides à force de rester assis par terre. Seneira s'était assoupie deux fois, la tête sur mon épaule. C'était étrange d'être si proche de quelqu'un dont je ne savais rien, surtout qu'elle semblait avoir décidé que j'étais l'idiot du village. Pour sa part, elle avait l'air de penser que la vie étant désagréable au possible, il valait mieux en profiter pour dormir.

– Qu'est-ce que j'ai raté ? demanda Rakis en lâchant la carcasse d'un lapin à moitié dévorée près de l'endroit où je me trouvais avec Seneira.

– Esprits de la terre et de l'air, quelle est cette odeur atroce ?

s'exclama-t-elle en se redressant et en agitant violemment son bâton, tout en pestant contre les garçons de ferme idiots et leurs animaux doués de parole.

Je n'osai pas mentionner le fait que je n'avais jamais mis les pieds dans une ferme de ma vie. Rakis fut profondément offensé par sa remarque. Il ramassa son lapin en marmonnant :

– J'imagine que madame ne dînera pas.

– Vous voulez bien vous taire ? lança une voix rauque mais faible près du feu. On peut même pas mourir tranquille, ici !

Je bondis sur mes pieds et courus vers Furia. Elle était pâle et faible mais, quand elle croisa mon regard, elle me fit un petit sourire narquois. L'étau qui me comprimait la poitrine se relâcha, ce qui me permit de respirer vraiment pour la première fois depuis l'affrontement.

– Eh bien, gamin, fit-elle en tendant la main pour la porter à ma joue tout en écoutant la litanie d'insultes de Seneira. Ta petite amie a du vocabulaire, dis-moi.

– Elle s'appelle Seneira, répondis-je. Et elle ne m'apprécie pas beaucoup.

– Ne t'inquiète pas, on s'y fait, dit Furia en passant une main sur ses côtes, découvrant ainsi le bandage autour de son torse. Tu as eu le temps d'étudier la médecine pendant que je faisais une sieste ?

– Bonjour, sœur, lança l'autre Argosi en s'approchant de moi.

Elle passa la main sur sa nuque pour défaire l'attache qui retenait le bout de tissu blanc dissimulant la partie basse de son visage. J'avais cru qu'elle était défigurée, mais ce qu'elle révéla me semblait tout à fait normal. Elle avait la peau plus mate que Furia, elle semblait plus berabesq que daroman, mais elle aurait tout aussi bien pu être une Jan'Tep ou une habitante de la Frontière. Les vagues d'immigration successives ayant atteint ce continent avaient conduit à un mélange culturel, et les peuples étaient davantage liés par des intérêts que par la couleur de leur peau.

– Gamin ?

– Oui.

– Dis-moi, pendant le combat, je me suis cogné la tête très fort ?

– Non, je ne crois pas.

Elle soupira en disant :

– C'est bien ce qui me semblait. Salut, Rosie.

Je me tournai vers l'autre Argosi.

– Rosie ? C'est votre vrai nom ?

Elle eut l'air peinée. Et ennuyée.

– Un diminutif. Le Chemin d'Épines et de Roses, ça attire trop souvent les moqueries, surtout de la part du Chemin de la Pâquerette Sauvage.

– Et pour cause, dit Furia, en me tendant la main. Aide-moi, gamin. Inutile de repousser l'échéance.

Quelque chose dans son expression m'inquiéta.

– Quelle échéance ?

Elle lutta pour s'asseoir en grimaçant de douleur.

– Botter le cul de Rosie.

– Tu plaisantes. Elle nous a sauvé la vie ! Et puis, tu as trois côtes cassées. Tu as failli mourir !

– Ouais, eh bien la vie est courte. Faut faire ce qui compte tant qu'on peut.

Je jetai un coup d'œil à Seneira, occupée à brosser son cheval.

« Peut-être qu'elle, elle saura me dire ce qui se passe. »

L'autre Argosi ne semblait ni inquiète ni joyeuse.

– Je crains que nous ne devions retarder notre petite… Comment tu appelles ça déjà ? Bagarre. J'ai des nouvelles.

Elle glissa de nouveau la main dans les plis de ses vêtements et, cette fois, en sortit un jeu de cartes.

Furia pinça les lèvres en l'observant, puis plongea la main dans son gilet en cuir noir et sortit son propre jeu. Son vrai jeu, celui qui figurait chacun des quatre peuples majeurs par une couleur : les concordances. Mais il contenait aussi d'autres cartes qui, selon Furia, étaient propres à chaque Argosi : les discordances, qui illustraient les personnes ou les événements capables de changer le cours de l'histoire.

– D'accord, dit Furia. Mais la prochaine fois, on s'offrira une petite danse, toi et moi, Rosie.

L'autre Argosi s'installa face à elle et entreprit d'étaler les cartes de son jeu, face cachée. Furia fit de même.

– Qu'est-ce que vous trafiquez ? demandai-je. Il y a une minute, vous étiez prêtes à vous battre, et maintenant…

Furia leva la tête vers moi.

– D'après toi, gamin ? On joue aux cartes.

Lors de ma première rencontre avec Furia, elle m'avait appris des dizaines de jeux différents. J'avais une bonne mémoire et j'étais presque sûr de me souvenir de chacun, mais je ne connaissais pas celui-là. Apparemment, chacune choisissait au hasard sept cartes dans le jeu de l'autre, les examinait puis composait une forme avec. Puis elles répétaient le rituel tour à tour avec de nouvelles cartes jusqu'à épuisement des deux paquets, qu'elles mélangeaient de nouveau.

Seneira s'assit près de moi.

– J'imagine que ton Argosi ne t'a jamais expliqué pourquoi elles utilisent les cartes au lieu de parler comme des gens normaux ? me lança-t-elle.

– Je pense... Je pense qu'elles s'en disent davantage qu'on ne peut le voir sur les dessins, avançai-je, les yeux rivés sur l'étrange partie qui se jouait là. Les formes qu'elles créent en les disposant... peut-être qu'elles parlent de sujets qui ne peuvent être abordés avec des mots.

Seneira gémit.

– Tu t'exprimes comme elles, maintenant. J'espérais pourtant avoir quelqu'un de sensé à mes côtés.

– Dans ce cas, elle peut me parler, si elle veut, feula Rakis en sautillant jusqu'à nous. C'est moi l'être le plus raisonnable, ici.

– Rakis dit que tu peux...

– Je t'en prie, je ne veux pas savoir quand ton chacureuil te parle, me coupa Seneira.

– D'accord, mais pourquoi ?

– Parce que je suis convaincue que les chacureuils ne parlent pas, et j'espérais croire un peu plus longtemps que tu n'es pas complètement cinglé.

Rakis s'ébroua.

– Elle a pas tort, Kelen. J'ai toujours dit que tu étais un peu...

– Rakis, tais-toi.

L'étrange partie de cartes se poursuivit pendant une heure. De temps en temps, Furia brisait le silence avec des commentaires du genre : « Ça alors, qui aurait cru que la guilde des marchands de Gitabrie parviendrait à régler ce bordel ? » Ou encore : « Je me disais bien qu'un général daroman finirait par mettre la main sur ce crétin. »

L'autre Argosi, que j'avais toujours du mal à appeler Rosie, semblait préférer le silence, si bien que lorsque Furia fit un énième commentaire, elle jeta :

– Ça sert à quoi, ce genre de propos ?

– Moi, ça me sert. Tu te sens un peu nerveuse ? Si tu veux, tu peux prendre ton cheval et aller nous chercher de la gnôle en ville.

– De la gnôle. Des roseaux de feu. Cet argot de la Frontière que tu as adopté... Tu oublies toutes tes bonnes manières, sœur.

Furia posa ses cartes sur ses genoux.

– Un corps ne se perd jamais s'il n'a pas de destination, sœur.

On aurait dit qu'elles barbotaient dans un océan d'absurde. L'autre fit un signe de tête dans ma direction.

– C'est comme ça que tu lui enseignes la doctrine argosi ? Avec des dictons de bonne femme et des anecdotes ?

– Tu crois que ça ferait la différence si j'y mettais les formes ?

– De ce que je vois de ton élève, je crois que ça ne changerait rien du tout. Il s'est servi de sa magie alors qu'il n'aurait pas dû, si bien qu'il a attiré des Jan'Tep jusqu'ici et risqué la vie de cette fille qui est sous ma protection. Puis il a paniqué pendant la bagarre et, sans moi, vous seriez tous morts. Même s'il devenait centenaire, je ne suis pas sûre que tu réussirais à en faire un Argosi.

Rakis me tapota la jambe.

– Kelen, cette connasse d'Argosi vient de t'insulter.

– Ouais, répondis-je tout bas. Je crois qu'elle m'aime pas beaucoup.

– Mais si, mais si, me dit Furia. (J'oubliais toujours à quel point elle avait l'oreille fine.) C'est juste que Rosie essaie de me distraire pour que j'oublie qu'elle me cache une carte.

Un sourire passa sur le visage de l'autre Argosi.

– Et tu crois que c'est comme ça que tu vas réussir à me faire oublier que toi aussi tu m'en caches une ?

– Quoi, cette vieillerie ? lâcha Furia avec un geste du poignet qui fit apparaître une carte entre son pouce et son index. Elle a dû tomber quand j'ai mélangé mon jeu.

Elle la tendit à l'autre Argosi, qui l'examina longuement avant de la retourner et de la lâcher. C'était l'une des discordances de Furia, celle qu'elle avait peinte à mon effigie, où était écrit « Frondeur de sort ».

– Tu as la bonne image, mais pas le bon intitulé. C'est la différence entre toi et moi, sœur. Tu suis la voie des sentiments plutôt que celle de la connaissance.

– Ah bon ? Et si tu me montrais la connaissance, alors ?

L'autre Argosi tenait une carte dans la paume de sa main. Elle la fit tourner une fois, deux fois et, à la troisième, la carte tomba, face cachée. Même moi, je vis de loin qu'elle avait opéré un changement au passage.

– C'est ça, le signe qu'on doit suivre, maintenant.

Furia voulut la prendre, puis se ravisa.

– La différence entre toi et moi, sœur, c'est que je n'ai jamais besoin de faire mine de voir le vent pour savoir de quel côté il souffle.

Puis elle s'adressa à Seneira :

– Jeune demoiselle, si tu nous rejoignais, pour qu'on fasse vraiment les présentations ?

Seneira se leva et, avec son bâton, décrivit de grands cercles. Je la suivis, inquiet que la fatigue et le sol irrégulier ne la fassent chuter. Même si j'étais bien décidé à ne pas répéter ma désastreuse tentative de sauvetage. Furia me lança un coup d'œil en haussant un sourcil, et me dit :

– Tu crois vraiment à cette histoire d'aveugle, gamin ? Je te pensais plus malin que ça.

– Quoi ? Elle n'est pas...

– Les aveugles développent des techniques pour se déplacer sans voir, ils ne titubent pas comme elle. Et puis, ils se trouvent une vraie canne, pas un bâton ramassé par terre.

À l'Argosi, elle lança :

– Tu t'es trompée, il y a un instant, sœur. Ce n'est pas Kelen qui a attiré les chasseurs de primes ici. Ce qu'ils cherchaient, c'était la fille. C'est toi qui nous as apporté des ennuis.

Seneira s'arrêta à quelques mètres.

– Je suis désolée. Je ne voulais pas que quelqu'un souffre à cause de moi.

Des larmes humidifièrent le tissu qui couvrait ses yeux, puis dévalèrent ses joues.

– Ce n'est la faute de personne, déclara Furia en tapotant les bandages qui lui comprimaient les côtes. Je ne pense pas que tu aies voulu ces ennuis, pas plus que Kelen. Tu peux retirer ce bandeau de tes yeux, ma fille.

– Attendez, c'est quoi cette histoire ? demandai-je.

Furia tendit la main, prit la carte de celles de l'Argosi et la jeta en l'air au moment où Seneira dénouait son bandeau. Au moment où il tombait, la carte atterrit à mes pieds, face visible. Elle représentait une fille avec des traces noires autour de l'œil droit. Quand je relevai la tête, je me surpris à fixer les iris verts de Seneira et à y retrouver les mêmes marques autour de son œil.

– Je t'avais dit que je n'étais pas aveugle, dit-elle en laissant tomber le bandeau par terre. Juste que je ne pouvais pas voir.

Je tendis la main vers la carte, cette discordance que l'Argosi avait peinte car elle figurait, selon elle, une force capable de changer le cours de l'histoire. Et je lus les mots écrits tout en bas.

« L'ombre au noir. »

LA VOIE DU VENT

La voie des Argosi est la voie du vent.

Toutes sortes de vents soufflent sur terre : le vent du changement, le vent du chagrin, le vent de la joie, le vent de la guerre. Pour découvrir la vérité du monde, un Argosi se doit de les écouter, d'analyser leur contact sur sa peau et de suivre chaque discordance car, tous autant qu'ils sont, ces vents peuvent tout à coup devenir un ouragan capable de changer le cours de l'histoire. C'est pourquoi l'arrivée d'un Argosi est parfois considérée comme… troublante.

10
Diplomatie

– Rappelle-moi pourquoi on escorte Seneira jusqu'à Teleidos ? demandai-je en tirant sur mes rênes pour ramener mon cheval dans le droit chemin.

Il avait la mauvaise habitude de s'écarter de la route sans raison particulière, un trait de caractère qu'il partageait avec Furia.

– Et je ne veux pas entendre qu'il faut « suivre le vent ». Ce n'est pas une réponse.

Furia baissa son chapeau pour mieux se protéger les yeux du soleil.

– Bien sûr que si, c'est une réponse, gamin. Ce n'est pas celle que tu attends, c'est tout, fit-elle avec un regard d'avertissement. Alors si tu écoutais mon conseil et te détendais un peu ?

Je jetai un coup d'œil vers Rosie et Seneira derrière nous, trop loin pour nous entendre.

– Elle n'est même pas Jan'Tep. Alors comment peut-elle avoir l'ombre au noir ?

– Pour commencer, gamin, arrête de croire que les Jan'Tep sont une race à part. Vous êtes juste un peuple avec un peu de magie venu chercher sur ce continent une puissance que vous ne trouviez plus là où vous viviez.

Elle me fit une chiquenaude sur la joue et reprit :

– Vous avez plein de couleurs de peau, des têtes, des yeux, des nez différents… En somme, vous êtes juste une grosse ratatouille.

Cette comparaison m'énerva.

– La ratatouille a tout de même réussi à produire les plus grands mages du continent, et occupe les plus belles cités du monde.

Furia ricana.

– Ça m'impressionnerait si c'était ton peuple qui avait bâti ces cités, gamin.

Elle venait de marquer un point. Pourquoi m'obstinais-je à défendre les Jan'Tep ? Mes ancêtres avaient déclaré la guerre aux Mahdek avant de les massacrer pour leur voler leurs cités et accaparer les oasis où nous puisions notre magie. Il ne devait pas rester plus d'une centaine de vrais Mahdek de par le monde.

Furia était l'une d'eux.

– Désolé, dis-je.

– Désolé de quoi ?

– Parce que tu es une Mahdek.

– Je suis une Argosi, gamin. Le sang mahdek m'est inné. Le Chemin de la Pâquerette Sauvage est celui que j'ai décidé de suivre.

Couché entre le pommeau de la selle et l'encolure de mon cheval, Rakis observait le ciel sans nuages d'un air mélancolique. Il se joignit tout à coup à la conversation :

– Le sang chacureuil m'est inné. Le Chemin du Chacureuil

Sauvage est celui que j'ai décidé de suivre. Pourquoi compliquer inutilement les choses ?

Quand je traduisis pour Furia, elle gloussa en lâchant :

– La philosophie chacureuil, tout un programme.

Elle inclina son chapeau vers lui. Rakis apprécia et lui rendit son geste.

Je me sentais étrangement isolé. D'une certaine manière, Furia et Rakis avaient plus de points communs que moi avec eux : ils avaient chacun choisi un chemin. Ils étaient… quelque chose. Moi ? En tout et pour tout, j'avais pris une seule vraie décision dans la vie : fuir mon peuple. Et je commençais à me dire que c'était une erreur. Un hors-la-loi, ça n'est personne, ça n'a ni famille, ni amis, ni but. Se définir comme hors-la-loi, ça permet juste de dire tout ce qu'on n'est pas.

– Ça va, gamin ? demanda Furia.

– Très bien, dis-je en essayant de chasser mes pensées moroses et de réfléchir à la question que Furia avait, une fois de plus, réussi à esquiver. Que les Jan'Tep soient ou non une race à part, l'ombre au noir ne se manifeste que chez les mages. Seneira jure qu'elle n'en est pas une, alors soit elle ment, soit…

– Laisse tomber, gamin.

– Non !

Je me rendis compte que j'avais crié, et je me retournai pour voir si Seneira et Rosie m'avaient entendu. Heureusement, elles semblaient bien décidées à m'ignorer. Je repris :

– C'est ma tête qui est mise à prix, pas la tienne. Seneira a des chasseurs de primes qui la poursuivent, elle aussi, et ils n'hésiteront pas à me tuer au passage, alors j'ai au moins le droit de savoir pourquoi tu nous fais courir encore plus de risques que d'habitude.

– D'accord. Tu te souviens, dans cette ville, quand les gens ont vu l'ombre au noir autour de ton œil, ils ont dit que tu avais la peste du démon.

– Ouais, mais c'est de la superstition. Ça n'existe pas, la…

Furia me lança un regard noir.

– Ah bon ? Tu crois que quatre mois passés hors de tes terres suffisent à faire de toi un expert en épidémies ?

Ses traits et sa voix tout à coup tendus contrastaient avec son flegme habituel. J'eus alors une pensée qui me fit froid dans le dos.

– Tu as déjà connu une peste magique, c'est ça ?

Elle évita mon regard, continuant à fixer l'horizon droit devant elle.

– Ouais, gamin. J'ai déjà connu une peste. Je sais pas si elle s'est répandue à cause de la magie, d'une maladie ou d'autre chose, mais ça porte un nom. Ça s'appelle le Cri rouge. Et c'est aussi terrible que ça en a l'air. De bout en bout.

– C'est-à-dire ?

Furia se retourna vers Rosie. Toutes deux échangèrent un regard qui n'avait rien d'amical.

– Pose-moi la question à un autre moment, gamin.

J'aurais pu insister, mais je me contentai de me retourner vers Seneira, juste un instant.

Apparemment, un instant de trop.

– T'es encore en train de me dévisager ? jeta-t-elle.

En général, il faut au moins un jour pour que les gens me détestent, mais Seneira n'avait même pas attendu ce délai. Elle avait l'air convaincue que soit je la reluquais, soit je me moquais d'elle. Ni l'un ni l'autre n'était vrai. Je n'avais simplement plus l'habitude d'être en compagnie de quelqu'un de mon âge. Et ça ne m'aidait pas qu'elle soit jolie. Bien trop jolie pour que je me sente à l'aise en sa présence. Furia avait dit que c'était peut-être le signe annonciateur d'un désordre de l'esprit, et suggéré que je lui communique d'autres symptômes si jamais je les remarquais.

Mais mon malaise en présence de Seneira n'était pas seulement dû à ma maladresse légendaire. Rien que de lui parler, je me sentais étrangement coupable vis-à-vis de Nephenia. Pourtant, la véritable raison pour laquelle Seneira me troublait, c'était à cause des marques autour de son œil, qui ressemblaient tellement aux miennes que même si ça me faisait souffrir de la regarder, je ne parvenais pas à m'en empêcher.

– Si tu veux, je peux te prêter de la pâte de *mesdet*, lui dis-je en tendant la main vers ma sacoche. Comme ça, tu pourrais couvrir tes marques et tu n'aurais pas besoin de mettre ton bandeau chaque fois qu'on traverse un village.

Elle leva les yeux au ciel. Une vraie manie, chez elle.

– Du maquillage ! Mais bien sûr ! Comment n'y ai-je pas pensé plus tôt ? Peut-être parce que, justement, j'y ai pensé, figure-toi.

– Alors pourquoi… ?

– Parce que ça me brûle, voilà pourquoi ! Dès que j'essaie de mettre de la pâte dessus, j'ai la peau en feu.

J'acquiesçai. Ce n'était jamais très agréable de cacher mes marques, mais ça ne me faisait pas mal à ce point. Seneira, malgré ses vêtements simples, avait une attitude et un langage qui laissaient penser qu'elle venait d'un milieu aisé. Elle n'avait sans doute jamais connu beaucoup de difficultés au cours de sa vie. Moi non plus, jusqu'à quelques mois plus tôt.

– Peut-être que tu n'es pas habituée. Fais un petit effort.

– Un *petit effort*? répéta-t-elle.

– J'ai vu les effets, s'interposa Rosie de sa voix apaisante comme une brise tiède. C'est… insupportable. L'ombre au noir de cette enfant bouillonne dès qu'on essaie de la dissimuler et, de toute évidence, la douleur est terrible.

– Merci, fit Seneira.

– Même si je dois admettre que la plupart du temps, ça ne l'empêche pas d'être une peste.

– Peut-être que si tu ne m'avais pas enlevée…

– Sauvée, la corrigea Rosie.

– Attends, fis-je en me tournant vers Seneira, tout à coup inquiet de ne pas avoir bien saisi la situation. Tu as dit être avec elle de ton plein gré.

– C'est compliqué, répondit Seneira, qui tout à coup parut s'adoucir un peu. J'ai eu des ennuis et…

Elle hésita, puis fit un sourire machiavélique en déclarant :

– *Rosie* ici présente m'a aidée à m'en sortir.

Rosie fronça les sourcils en répliquant :

– Ce n'est pas mon nom. Je m'appelle le Chemin d'Épines et de…

Seneira l'interrompit :

– Aucune personne normale ne s'appelle le Chemin de… je ne sais plus quoi, alors soit tu me donnes ton vrai nom, soit je continue à t'appeler Rosie.

L'Argosi ouvrit la bouche pour répondre, puis se ravisa. Elle finit par dire :

– Rosie, ça ira très bien.

De toute évidence furieuse, elle adressa une grimace à Furia.

– Ha ha, pouffa Rakis. J'aime bien être avec ces deux-là, finalement. Elles m'amusent.

– Bref, reprit Seneira. J'étais poursuivie par les cinglés de Jan'Tep que vous avez rencontrés, et Rosie les a fait fuir. Mais ils ont réapparu, et j'ai compris que je ne m'en sortirais pas toute seule. Elle a proposé de me protéger et, maintenant, elle refuse de me conduire là où je veux aller.

– Elle a fugué, expliqua Rosie.

– J'ai seize ans ! À seize ans, on ne fugue pas, on va là où on a envie d'aller !

– Ce que tu es libre de faire, mais moi, je me dirige vers le nord, vers ta cité. Alors si tu veux ma protection, c'est là où tu iras, toi aussi.

– Attendez, dis-je à Rosie, si Seneira ne veut pas retourner chez elle, pourquoi vous, vous y allez ?

Ce fut Seneira qui me répondit. Apparemment, le moment de complicité avec moi était terminé.

– T'es vraiment stupide, toi. Je ne suis pas une Jan'Tep, je n'étudie pas la magie, et pourtant, j'ai l'ombre au noir. (Elle désigna Rosie et Furia.) Ces deux tarées sont des Argosi, ce qui signifie que dès qu'il se passe quelque chose d'étrange sur terre, elles éprouvent le besoin irrépressible de peindre une carte à ce sujet. Il faut croire qu'elles pensent que mes marques signifient quelque chose.

– Elles signifient quelque chose, insista Rosie.

– Peut-être, la corrigea Furia.

Toutes deux échangèrent un regard de connivence dont je me sentis exclu. De toute évidence, j'en savais aussi peu sur les Argosi que sur le monde hors de chez moi.

Lassé du mépris de Seneira, je décidai de changer de tactique. Furia dit qu'un bon moyen pour que les gens vous aiment, c'est de les faire parler d'eux. Je ne vois pas comment c'est possible, car on m'a toujours appris qu'il faut au contraire mettre ses qualités en avant pour que les gens aient une bonne opinion de vous. Pourtant, comme il lui arrive d'avoir raison, je demandai à Seneira :

– Si tu n'étudies pas la magie, qu'est-ce que tu as l'intention de devenir ?

Elle mit quelques secondes à me donner une réponse, et je compris ensuite pourquoi elle avait hésité. Pour finir, elle déclara :

– Un jour, je serai diplomate.

Il fallut longtemps à Rakis pour arrêter de rire.

11
L'apparition dans le sable

On se tint le plus possible à l'écart des populations, cette semaine-là. Même quand Seneira et moi, on cachait nos marques et qu'il ne se passait rien de particulier, les gens paraissaient mal à l'aise en notre présence. Comme si une petite partie d'entre eux flairait l'ombre au noir, si bien que la chair de poule les gagnait.

Moi, ça m'allait d'éviter les villes car, ces derniers temps, j'avais du mal avec les inconnus. Le problème, c'est que ça impliquait de dormir dans le désert, quelque chose dont on se lasse vite. Un sol dur, l'air froid de la nuit, parfois les tempêtes de sable, l'impression d'être sans protection face à un monde déchaîné. Et ce qui me vexait terriblement, c'est que Seneira, que je considérais comme une petite princesse, s'en accommodait bien mieux que moi.

– Tu me dévisages encore, dit-elle, allongée près du feu, sans même prendre la peine d'ouvrir les yeux.

Mais comment elle savait ça ?

– Désolé, dis-je.

– Hé, Kelen, feula Rakis, propose-lui de…

– Oh, toi, ça va.

La présence d'une fille de mon âge et ma naïveté étaient une source d'amusement sans fin pour le chacureuil. Il suggérait sans cesse divers rituels d'accouplement que je devrais selon lui effectuer avec Seneira, insistant sur le fait qu'ils se pratiquaient dans des «cultures de bonne réputation», alors que j'étais presque certain qu'il inventait tout. Quand je lui rappelais qu'il y avait déjà une autre fille dans mon cœur, il me rétorquait que mes chances de revoir Nephenia au cours de ma vie, qui serait certainement très brève, étaient presque nulles.

– T'es encore plus casse-pieds que d'habitude, dit-il en sautant de mon épaule pour s'éloigner dans les ténèbres. Puisque c'est ça, je vais assassiner quelqu'un.

– On dit chasser, tu sais.

– Pas à ma manière.

Je me rallongeai pour chercher le sommeil. Au bout d'une minute à m'agiter, je compris qu'il ne viendrait pas. Ce n'était pas juste la dureté du sol et l'air froid, c'était un bourdonnement constant dans ma tête, qui ne faisait que traduire mon anxiété. Depuis que le mage de la soie m'avait montré l'avis de recherche, je n'arrivais pas à fermer l'œil sans me demander ce qui allait bientôt me tomber dessus.

Pour ne rien arranger, je ne pouvais pas parler de mes craintes à Furia, maintenant qu'on voyageait avec Rosie et Seneira. Au début, dès que je m'agitais la nuit, Furia se mettait à raconter une histoire ou bien à déblatérer sur une plante ou un insecte en se questionnant sur leur provenance. Mais elle passait désormais chaque soir à jouer aux cartes avec Rosie, sans presque dire un mot. Ça aussi, ça me rendait nerveux.

Pour finir, je pris l'habitude de partir me promener dans le désert dès que je ne parvenais pas à dormir. Dans cette région, le sable était surtout bleu, ce qui donnait l'impression de marcher dans la mer. Ça me plaisait. Loin du feu, la brise faisait comme des vagues dans le sable. Si on regardait assez longtemps, on pouvait presque y deviner des dessins : des animaux, des bateaux, des visages… Ils apparaissaient pendant quelques secondes avant que le vent les chasse et qu'une nouvelle image se forme. Parfois, quand la brise était assez faible, les formes subsistaient et un visage donnait alors l'impression de s'animer, les yeux ouverts, les lèvres à peine mobiles.

Celui que je voyais le plus souvent, c'était Shalla, ma sœur. Parfois, si je clignais des yeux, je parvenais à me la représenter, comme si un vent d'ouest soufflait depuis les territoires Jan'Tep pour reconstituer ses traits en un million de particules, son regard concentré et son froncement de sourcils me signifiant bien que j'étais une perpétuelle source de déception. Évidemment, ce n'était qu'un tour que me jouait mon esprit : la lumière des étoiles et de la lune vous laisse imaginer ce que vous voulez, il suffit d'être assez fatigué pour ça. Et pourtant, je ne pouvais m'empêcher de me demander ce que ma sœur m'aurait dit, si elle avait été là.

Je découvris que je n'avais pas besoin de me poser la question.

– Enfin ! s'exclama l'image de Shalla qui tourbillonnait sur le sable à mes pieds. J'ai cru que tu ne comprendrais jamais.

12

L'avis de recherche

Je passai plusieurs explications possibles en revue : serait-ce encore un mage de la soie qui s'attaquait à mon esprit ? C'était peu probable ; il ne pouvait pas y en avoir autant dans les terres de la Frontière. Et puis, maintenant que je connaissais la sensation d'un sort de soie qui pénètre votre âme, j'étais presque certain de le reconnaître. Bien sûr, il se pouvait que je sois fou. Ce qui m'aurait paru une réaction assez normale, avec tous ces gens qui essayaient de me tuer. Mais c'était trop facile, comme explication.

Il y avait une troisième possibilité, quoique encore plus troublante.

– Imbécile, c'est moi, dit Shalla, alors que les grains de sable se réarrangeaient pour dessiner un petit sourire narquois sur ses lèvres.

– Mais… comment tu fais ça, Shalla ?

Son sourire devint suffisant.

– Ça te plaît ? C'est moi qui ai créé ce sort. Bien sûr, il existe des précédents, mais je suis presque sûre d'être la première mage à réussir à projeter mon image à une telle distance.

À l'époque de mon initiation, j'étais assez calé en théorie de la magie, alors je ne pus m'empêcher de réfléchir à la manière dont elle faisait ça. Je crus d'abord que le fait d'entendre sa voix impliquait qu'elle utilise la magie de la soie, mais les sorts de soie voyagent mal, et puis là, j'avais vraiment l'impression que Shalla murmurait à mon oreille.

– La magie du souffle, finis-je par dire. Tu te sers du vent pour transporter ton image et ta voix jusqu'à moi.

La tête dessinée dans le sable acquiesça.

– Le souffle, avec un soupçon de magie du sable pour raccourcir le délai. Sinon, il y aurait trop de décalage dans nos propos. Le plus dur, ça a été de te localiser. Heureusement, j'ai récupéré un peu de ton sang séché sur la table de travail de Père, ce qui m'a permis de lier le sort à toi.

La façon détachée avec laquelle elle parlait de ces jours pendant lesquels mes parents m'avaient ligoté à une table pour anéantir mes tatouages, m'interdisant à jamais l'accès à cinq des six formes de magie, me rappela la raison pour laquelle j'avais voulu partir de chez moi.

– Qu'est-ce que tu veux, Shalla ?

– Ne te fâche pas. J'ai mis des siècles à élaborer ce sort. Et il faut que les vents soufflent dans la bonne direction, donc je ne sais pas quand je pourrai recommencer.

– Pourquoi te donner autant de mal ?

Le sable se déplaça à nouveau, et ma sœur eut l'air étonnamment blessée par mes propos.

– Parce que je me fais du souci pour toi, Kelen. J'ai besoin de savoir que tu vas bien.

– Je vais très bien.

Tout à coup, le vent reprit et la voix de Shalla se chargea d'accents coléreux.

– C'est pas vrai ! Mère prend toutes sortes de potions pour te retrouver avec des sorts de divination. Elle t'a vu te faire tabasser par un garçon. Elle en a pleuré pendant des heures, elle a menacé de quitter Père s'il ne partait pas à ta recherche.

– Et qu'a répondu le grand et noble Ke'heops ?

Il y eut un silence, puis un changement dans le vent, si bien que l'image de Shalla commença à disparaître. Je crus que le sort était brisé mais, l'instant d'après, le sable se reforma.

– Tu sais qu'il ne peut pas prendre le risque de s'absenter maintenant, Kelen. Le conseil ne l'a pas encore élu prince de clan. Il doit assurer ses arrières jusqu'à ce que les autres mages seigneurs offrent enfin à notre maisonnée le prestige et la puissance qu'elle mérite.

– Eh bien, je lui souhaite bonne chance, dis-je tout en sachant que ça allait déplaire à Shalla.

Car mon peuple ne croit pas à la chance.

Le sable qui dessinait ses sourcils se souleva.

– Tu ne t'intéresses plus à nous ? Tu ne m'as même pas demandé de nos nouvelles. Ra'meth est toujours en vie, tu sais. Il est affaibli, mais il a encore des alliés au conseil. Tennat et ses frères ont juré ta perte, ainsi que celle de tous ceux qui t'ont aidé.

– Nephenia…

Je n'avais pas voulu prononcer son nom tout haut, mais maintenant que c'était fait, je ne pouvais qu'ajouter :

– Comment va-t-elle ?

Shalla hésita. Je compris qu'elle se demandait si elle ne pourrait pas obtenir quelque chose de moi en échange de cette information. Mais ma sœur n'est pas aussi cruelle qu'elle aimerait le croire.

– La souris va bien. Tu te souviens qu'elle s'appelle Neph'aria, maintenant ?

« Neph'aria. » En effet, j'avais oublié qu'elle s'était vu attribuer un nom de mage. Maintenant, elle pouvait commencer à exercer sa puissance, prendre sa mère sous son aile et s'affranchir du joug de son père.

« J'espère que tu connaîtras le bonheur, Neph, même si ça ne pourra jamais être avec moi. »

Shalla dut me sentir flancher et, cette fois, elle en profita :

– Elle fréquente Pan'erath, maintenant, tu sais.

– Pan ?

Panahsi avait été mon meilleur ami. Mon seul ami, en réalité. Mais tout avait basculé le jour où j'avais pris le parti de Furia en découvrant la vérité sur les atrocités commises par notre peuple. Or, les Jan'Tep ne supportent pas la dissidence. Panahsi avait été presque un frère pour moi, mais il était désormais Pan'erath, un mage Jan'Tep loyal, tandis que moi, j'étais un paria.

– La famille de Pan'erath est plus puissante que jamais, reprit Shalla. Sa grand-mère a offert sa protection à Neph'aria et à sa mère en échange d'une alliance entre leurs deux maisonnées.

– Tu es en train de me dire que Nephenia va épouser Pan ?

L'image dans le sable acquiesça.

– Dans un an… à moins que tu y mettes ton grain de sel. (Le murmure dans la voix de Shalla se fit presque suppliant.) Reviens, Kelen. Les terres de la Frontière sont un endroit trop dangereux pour toi. Reviens servir ton peuple afin qu'il puisse te protéger.

Je faillis éclater de rire.

– Me protéger ? Et comment mon peuple me protégerait-il alors qu'un membre du conseil a mis ma tête à prix ?

– Quoi ? Ce n'est pas possible. Personne ne...

– Shalla, j'ai vu l'avis de recherche.

L'image dans le sable s'agita.

– Je vais mener l'enquête, Kelen, je te le jure. Si c'est Ra'meth ou l'un de ses alliés qui a fait ça, ça entre en violation de l'édit du conseil interdisant à nos maisonnées de s'affronter. Il sera exclu du conseil. Si je parviens à le prouver, lui et toute sa famille seront chassés des territoires Jan'Tep.

Un petit sourire apparut dans le sable à cette idée.

– Pas de bêtises, Shalla. Ra'meth est dangereux. S'il découvre que tu te mêles de ses affaires, il...

Elle ricana et des grains de sable se soulevèrent, comme chassés par son souffle.

– Kelen, Ra'meth ne me fait pas peur. Tu l'as battu toi-même, tu te souviens ?

Sans attendre ma réponse, l'image de Shalla disparut, me laissant comme un idiot en train de parler tout seul dans le désert.

13
Les voix

Furia et Rosie jouaient encore aux cartes quand je regagnai le camp. Rakis était parti chasser. « Assassiner », comme il disait. Seneira demeurait invisible.

– Où est Seneira ? demandai-je aux deux Argosi.

Furia leva la tête de ses cartes.

– Elle n'est plus là ?

Elle voulut se lever, mais Rosie posa une main sur son épaule.

– Parfois, pendant les crises, et elles ont lieu chaque nuit, elle préfère être seule.

– Les crises ? Quelles crises ? demandai-je.

Rosie inclina la tête en m'observant.

– Tu n'as pas de symptômes de l'ombre au noir ?

Bien sûr que si, mais seulement de temps en temps, peut-être une fois par mois, ou bien si je laissais la colère m'envahir. En tout cas, pas chaque soir !

– Laisse-la tranquille, m'avertit Rosie. C'est quelque chose qu'elle doit traverser seule.

L'Argosi faisait passer la souffrance pour un mal nécessaire et noble, alors que l'ombre au noir était juste quelque chose de détestable. La douleur, les visions… La dernière chose dont j'avais envie quand ça m'arrivait, c'était d'être seul.

– Vas-y, gamin, me dit Furia en faisant signe à Rosie de ne pas bouger. Agis en ton âme et conscience.

Je m'éloignai du feu pour suivre les traces de Seneira, que je retrouvai dans un petit bosquet d'arbres squelettiques grâce au bruit de son souffle dans la nuit.

– Seneira ?

– Va-t'en, dit-elle d'une voix rauque.

À croire qu'elle criait depuis des heures, mais si ça avait été le cas, je l'aurais entendue.

– Je veux t'aider, c'est tout.

– Et comment ? Tu sais arrêter les crises ? Tu peux faire partir l'ombre au noir ? Tu arrives à chasser la douleur, même un peu ?

Je distinguais sa silhouette blottie contre un arbre. Je m'avançai tout doucement.

– Si tu me demandes de partir, je m'exécuterai, c'est promis, mais tu sais, tu n'es pas obligée d'endurer ça toute seule. Et si tu revenais près du feu, où il fait bon ?

– Je ne veux pas que les autres voient ça.

– Voient quoi ?

J'étais assez proche d'elle maintenant, si bien que quand elle se tourna vers moi, je distinguai ses traits à la lueur de la lune. Les marques de l'ombre au noir autour de son œil tourbillonnaient comme si elles étaient vivantes.

Malgré mes bonnes intentions, je faillis reculer. J'avais l'ombre au noir depuis plus longtemps que Seneira mais, même pendant les pires crises, les marques ne me faisaient pas ça. Je me rendis compte que, depuis que je la connaissais, les siennes avaient grandi. Elle nous avait dit avoir l'ombre au noir depuis un mois, or cette saloperie progressait sur elle bien plus vite que sur moi.

– Ça fait mal, Kelen, dit-elle. Pourquoi ça fait si mal ?

Je mis mon malaise de côté pour m'agenouiller près d'elle. Elle tenait entre ses mains un petit objet ovale relié à une fine chaîne en argent.

– C'est un charme ?

Elle fit signe que non et me le tendit en appuyant sur un bouton. Je dus le lever à la lueur de la lune pour découvrir la minuscule peinture d'un jeune garçon aux traits semblables à ceux de Seneira. J'en déduisis qu'il s'agissait de son petit frère.

– Tyne a économisé tout son argent de poche pendant un an pour m'offrir ce pendentif, m'apprit-elle. Il a eu sept ans en mon absence. Je lui avais promis que, pour son anniversaire, je lui donnerais mon portrait à mon tour, mais avec… C'est impossible, maintenant.

Je lui rendis le médaillon et m'assis près d'elle. Elle remit la chaîne autour de son cou.

– Combien de temps dure la douleur ?

– Ça n'est jamais pareil. Des fois, quelques secondes à peine, d'autres, plusieurs heures.

– Ça ressemble à un coup de couteau ? demandai-je. Comme si quelque chose brûlait dans ton œil ?

Elle acquiesça, mais elle n'avait pas l'air convaincue.

– C'est… dur à décrire. J'ai l'impression qu'on me jette des gouttes d'acide sur la peau, mais c'est à l'intérieur que ça fait le plus mal.

– À cause des visions ?

Le pire pour moi, c'étaient les images cauchemardesques

qui m'envahissaient au moment des crises. Le monde et les gens devenaient laids. Cruels. C'était comme si je voyais tout à coup le pire en chacun.

– J'entends des voix, me souffla Seneira. Elles me disent des choses affreuses, Kelen. Elles se moquent de moi, elles me jurent qu'elles peuvent me faire faire ce qu'elles veulent. C'est comme… comme…

– Comme si le démon voulait que tu saches qu'il prendra le contrôle de toi un jour ?

Elle hocha la tête et me regarda, l'air d'espérer que je dise quelque chose. Comme je ne le fis pas, elle fondit en larmes.

Ne sachant pas de quelle manière réagir, je lui pris la main.

– Tu vas…

– Non, s'il te plaît, dit-elle, ne me mens pas.

Elle regarda au-delà des arbres notre feu de camp qui rougeoyait dans le lointain.

– Les Argosi agissent… comme si tout était normal, comme si je devais faire la paix avec ce qui m'arrive. Mais j'en suis incapable. Je suis incapable de faire comme si tout allait bien alors que je sens qu'au fond de mon âme, rien ne va. Quoi qu'il arrive, je dois faire face.

Il y avait dans ses propos une détermination que je ne pus qu'admirer. Je m'adossai à l'arbre en serrant sa main dans la mienne.

– L'ombre au noir, c'est terrible, dis-je. Quand les crises surgissent… c'est la pire chose au monde. Ne laisse personne te dire le contraire.

– Qu'est-ce que tu fais quand tu as une crise, toi ?

Je haussai les épaules.

– J'essaie d'ignorer les visions et j'attends que la douleur passe.

Elle ouvrit la bouche pour répondre mais, tout à coup, elle se plia en deux, comme si elle venait de recevoir un coup de poing dans le ventre.

– Oh, dieux du Ciel et du Sable, ça recommence ! Faites que ça s'arrête, je vous en supplie !

– Seneira, dis-je en tentant de prendre ma voix la plus apaisante, regarde-moi, d'accord ? Regarde-moi.

Quand elle leva les yeux, je découvris avec horreur que les marques étaient de nouveau mobiles. Le vert de ses yeux disparut, remplacé par du noir.

– Je les entends, Kelen. Tout ce qu'elles disent... leurs rires. Je t'en supplie, fais en sorte que ça s'arrête.

– Ignore-les, d'accord ? Ces voix ne sont pas réelles. Essaie de penser à quelque chose de plaisant. Ton frère, les gens que tu aimes, les endroits que tu préfères.

Elle ferma les yeux très fort, et je l'entendis grincer des dents. De petits sanglots franchirent ses lèvres, qui devinrent des noms.

– Tyne... Père... Revian... L'Académie...

Elle répéta ces mots encore et encore en me serrant si fort la main que je sentais mes os se comprimer les uns contre les autres et ses ongles me transpercer la peau. Je m'obligeai malgré tout à ne pas la lâcher.

– Je suis là, dis-je, ce qui me paraissait vraiment inutile, mais qui dut pourtant faire la différence, parce qu'au bout d'un moment, Seneira releva la tête.

Les marques autour de ses yeux avaient cessé de bouger, et ses iris reprirent leur couleur verte.

– Merci, Kelen.

La douleur et les voix parurent se calmer pendant une minute, puis recommencèrent. Ça continua comme ça pendant environ une heure. Au bout d'un moment, elle me demanda :

– Tu veux bien attendre avec moi ? Encore un peu ?

La façon dont elle disait ça… C'était comme si toutes ses forces s'évanouissaient sous les assauts de la douleur, que sa détermination se noyait au milieu de ces voix qui la harcelaient. Je la sentis s'arc-bouter pour surmonter la nouvelle crise et je regardai vers l'est, espérant distinguer les premières lueurs du jour, mais je ne vis que les ténèbres. L'aube n'apparaîtrait pas avant plusieurs heures encore.

– Je suis là, dis-je. Je resterai tout le temps qu'il faudra.

Seneira finit par s'endormir et s'appuya contre moi en frissonnant, tellement épuisée que je n'eus pas le courage de la réveiller pour la ramener au camp. Je finis par me décider à la porter, ce qui ne fut pas simple. Elle n'était pas très lourde, mais consacrer sa vie à devenir mage ne rend pas très costaud. Je fus reconnaissant quand Rosie nous vit approcher et la prit dans ses bras sur le reste du chemin.

– Elle a la peau toute froide, dit l'Argosi en la posant sur une couverture près du feu. J'imagine que la crise a été un peu prononcée.

– Un peu prononcée ? répétai-je, incrédule. Vous plaisantez ! L'ombre au noir est une véritable torture pour elle !

– Rosie ne voulait pas paraître indifférente, dit Furia en s'agenouillant pour examiner Seneira. C'est juste qu'elle ne sait pas faire autrement. Le Chemin d'Épines et de Roses n'est pas très doué pour les sentiments.

L'autre Argosi plissa les yeux.

– Je doute que sa maladie réagisse aux sentiments. Sauf si tu penses que ça peut l'aider de lui raconter des histoires ou de lui chanter des berceuses pour l'endormir.

Furia passa la main sur les cheveux humides de sueur de Seneira et rétorqua :

– Ça ne peut pas faire de mal.

– Le Cri rouge n'a pas été apaisé par des mots doux ni par ton bon cœur, sœur. Ceux qui ont contracté la maladie auraient été davantage soulagés par une mort rapide et sans douleur que par tes vains efforts pour les consoler.

Les flammes se reflétèrent de façon sinistre sur la peau des joues de Furia quand elle lança un regard noir à l'autre Argosi.

– Rosie, ça n'a rien à voir avec le Cri rouge, alors arrête.

L'autre n'eut pas l'air impressionnée.

– Tu déshonores le courage de cette fille sous ma protection avec ton apitoiement. Si ce qu'elle a est une nouvelle forme de peste magique, alors il faut se préparer à l'inévitable et, dans ce cas, je crains que tu manques de…

Rakis surgit des ténèbres. Il renifla Seneira, puis leva la tête vers les deux Argosi et feula dans leur direction.

– Qu'est-ce qu'il y a, Rakis ? demandai-je.

– La fille ne dort pas, grogna-t-il. Elle est terrifiée par ce que ces deux-là se racontent.

À part moi, personne ne comprenait ce qu'il disait, mais Furia vit ma tête et devina. Elle lança :

– Le jour va bientôt se lever. On ferait bien de dormir un peu, histoire de voir où cette nouvelle journée nous mènera.

Rosie acquiesça mais, en se tournant, elle lança :

– Un Argosi suit le vent jusqu'à l'endroit où il le conduit, sœur. Mais n'oublie jamais que la voie de l'orage est juste derrière.

Rakis lui lança un sale regard.

– Je vais vraiment lui voler ses affaires dès qu'elle aura le dos tourné, à celle-là.

Je jetai un coup d'œil à Seneira. Elle avait les yeux fermés, mais j'aperçus des larmes qui coulaient sur ses joues. J'essayai de trouver des paroles réconfortantes, quand je vis Rakis se blottir dans son cou pour lui transmettre sa chaleur.

Je n'aurais jamais pensé qu'il puisse vouloir protéger un autre humain… N'importe quel humain, en réalité, puisque la plupart du temps, il ne cherchait pas à me protéger non plus. Mais je ne lui en voulus pas de son instinct, au contraire, je le partageai. Seneira n'était pas mage, elle ne venait pas de mon peuple, pourtant, l'ombre au noir l'attaquait encore plus férocement que moi.

Quelque chose clochait. Rakis le sentait et, même s'il faisait mine de n'aimer personne, il ressentait le besoin de veiller sur elle.

J'éprouvais sans doute la même chose.

Seneira n'ouvrit pas les yeux, mais elle tendit la main pour caresser Rakis.

– Que ça soit bien clair, Kelen, me dit-il en fermant les paupières, si t'essaies de faire comme elle, je t'arrache la main.

14
Teleidos

Le lendemain matin, Furia et Rosie étaient apparemment tombées d'accord sur la voie du vent, ou de la brise, ou allez savoir quelle autre bizarrerie argosi, parce que lorsqu'on reprit la route vers la cité de Teleidos, leurs échanges étaient bien plus cordiaux. Si j'étais heureux que les tensions se soient apaisées, quelque chose me tracassait encore.

Je ralentis mon cheval pour attendre Furia.

– T'as un souci, gamin ?

Je chuchotai :

– Si Rosie pense que Seneira a une maladie contagieuse, pourquoi on la ramène chez elle ? On ne devrait pas plutôt la maintenir éloignée des lieux peuplés ?

– Déjà, personne ne sait de quel mal souffre cette fille, alors ne t'attarde pas trop sur ce que dit Rosie. Ensuite, contrairement aux maladies normales, les épidémies magiques ne se propagent pas par l'air ou le contact physique. De toute façon, par précaution, au cas où tu n'aies pas remarqué, on ne laisse personne l'approcher. Ou presque…

Je décidai de faire mine de ne pas comprendre à quoi elle faisait allusion.

Rakis émit l'équivalent d'un gloussement en chacureuil.

– Tu vois ? Je suis pas le seul à penser que...

– Et le Cri rouge ? demandai-je. Rosie et toi, vous n'arrêtez pas de...

– Le Cri rouge, c'est de l'histoire ancienne, gamin, répondit-elle en talonnant son cheval. Oublie ça.

Je n'appris rien de plus sur les épidémies magiques, ni sur la raison pour laquelle elles préoccupaient tant les Argosi. Un regard à Rosie me fit comprendre qu'elle ne m'éclairerait pas davantage.

Seneira paraissait en meilleure forme que la veille au soir, mais ne revint pas sur ce qui s'était passé pendant la nuit. Elle instaura une sorte de distance respectueuse entre nous, ce qui me fit bizarre après avoir passé tant d'heures main dans la main avec elle. D'un autre côté, je comprenais : l'ombre au noir est quelque chose qu'on parvient à supporter en l'ignorant, sauf dans les moments où c'est trop dur. La douleur était terrible, mais comme l'avait dit Seneira, une fois qu'elle se dissipait, c'étaient les voix – dans mon cas, les visions – qui restaient gravées dans votre esprit.

Seneira n'avait pas envie de parler de son état, en revanche, elle fut plus qu'heureuse de nous faire un cours sur les Sept Sables.

– L'empire daroman a creusé cette route dans le désert il y a plus de deux siècles, expliqua-t-elle. Non pour s'emparer des terres de la Frontière, mais pour que ce soit plus pratique en cas de guerre contre une nation située de l'autre côté.

– Pourquoi ne pas avoir cherché à annexer les Sept Sables, tout simplement ? demandai-je.

– Parce que ça ne les intéressait pas, répondit-elle en

écartant les bras. Pourquoi s'embêter à gouverner une nation quand il suffit de lui prendre toutes ses ressources ?

– Je ne savais pas que les terres de la Frontière constituaient une nation, dis-je.

Ce qui se révéla être une erreur. Rakis renifla l'air et me dit :

– Kelen, tu viens de la foutre en rogne.

– Les Sept Sables *sont* une nation, affirma-t-elle sèchement. Ce n'est pas parce que les grandes puissances s'en servent comme d'une zone tampon pour éviter de s'entre-tuer qu'on n'est pas *aussi* une nation.

Rosie rapprocha son cheval du mien et ajouta :

– Les généraux daroman, les vizirs berabesq et les princes de clan Jan'Tep ont intérêt à ce que les Sept Sables restent indépendants. Ça leur permet de maintenir la paix entre leurs trois peuples, et que le pouvoir y soit faible. Ça empêche que l'endroit devienne une menace pour eux.

– Ce n'est pas la seule raison, continua Seneira. Les Berabesq utilisent nos citoyens pour convoyer des marchandises à destination des Daroman et des Jan'Tep, ce qui leur permet de ne jamais avoir à serrer la main de ces « infidèles » dont ils ont juré la perte. Les nobles daroman emploient nos guildes de mineurs pour extraire de l'or, de l'argent et du fer dans les montagnes sans se sentir concernés par le sort de ces populations. Quant aux Jan'Tep..., reprit-elle en me jetant un coup d'œil. Va savoir ce que veut ton peuple, Kelen, mais je te promets qu'il est prêt à tout nous prendre sans rien offrir en retour.

Elle fit accélérer son cheval, me laissant avec l'impression qu'elle me tenait responsable des mauvaises actions de mon peuple, quand bien même, à une ou deux exceptions près, ledit peuple souhaitait ma mort.

Quand Seneira fut trop loin pour entendre, Rosie déclara tranquillement :

– À force de passer du temps avec cette gamine, je peux vous dire qu'il y a très peu de sujets divertissants. Je suggère de mettre celui des Sept Sables de côté.

Sans blague.

Quand Seneira avait évoqué son école, j'avais cru qu'elle parlait d'un établissement dans un trou paumé comme il y en a tant dans les Sept Sables : un seul bâtiment avec un unique enseignant. Je ne m'attendais pas du tout à découvrir une structure comme l'Académie.

Quand j'étais encore initié Jan'Tep, j'avais vaguement eu vent d'une université ayant ouvert ses portes en plein milieu du désert. Chaque année, un représentant venait tenter de recruter de futurs élèves sur nos territoires, mais il rencontrait très peu de succès parmi les familles de mon clan, car à quoi bon étudier dans une école qui n'enseignait pas la magie ? Si bien que, pour moi, Teleidos n'était qu'un point sur une carte jusqu'à ce que, cet après-midi-là, on pénètre dans une vallée fertile avec une belle rivière, et qu'on découvre une splendide cité qui étincelait comme un joyau sur le sable du désert.

La plupart des villes de la Frontière se limitent à quelques bâtiments miteux tassés les uns contre les autres le long d'une rue poussiéreuse couverte de nids-de-poule. Par contraste, les boutiques et les villas de Teleidos en pierre blanche polie aux teintes bleutées et bronze s'élevaient à dix mètres de hauteur le long d'avenues concentriques. Je dénombrai huit boulevards qui partaient du centre comme des rayons, et une dizaine de grands bâtiments qui auraient pu être des palais ou des tribunaux autour d'une tour plus haute que tout édifice que j'avais jamais eu l'occasion de voir.

– L'Académie, dit Seneira avec le respect d'une convertie.

Même moi, je ne pouvais rester insensible à cette vue. Je m'extasiai :

– Elle doit faire trente mètres de haut !

Furia précisa :

– Gamin, cette tour fait cent vingt mètres de haut. Et cinquante de large.

« Cent vingt mètres de haut. »

– Comment on peut construire quelque chose d'aussi grand ? demandai-je.

– Comme n'importe quel autre bâtiment de ce genre, en dépensant beaucoup d'argent. Mais la question que tu devrais poser, c'est plutôt : pourquoi s'embêter à construire quelque chose comme ça ?

– Pourquoi, alors ?

– Parce qu'on est cinglé et qu'on veut prouver des choses à tout le monde.

Furia remit son cheval au pas, si bien qu'elle échappa au regard furieux de Seneira.

– L'Académie est née d'une belle idée, continua-t-elle alors qu'on reprenait notre route. Un taré a dépensé toute sa fortune pour faire venir les meilleurs professeurs du continent. C'est comme ça qu'il réussit à attirer tous ces gosses de riches. En Darome, en Gitabrie, même de l'autre côté de la mer dans les lointaines contrées tsehadi, on sait que si on veut faire une grosse huile de son enfant, il faut l'envoyer à l'Académie.

– Vous dénigrez sa démarche, intervint Seneira, et vous

avez tort. L'Académie n'est pas simplement une école, c'est une idée. L'idée que des gens de tous horizons peuvent étudier ensemble et trouver un terrain d'entente, l'idée que la connaissance et l'art comptent davantage que la géographie. Et Beren Thrane n'est pas un taré, c'est un visionnaire ambitieux qui a consacré toute sa vie à créer quelque chose d'important, quelque chose qui puisse faire de ce monde un endroit meilleur.

– D'accord, d'accord, dit Furia, qui leva les mains en signe de reddition.

Puis elle haussa un sourcil en demandant :

– Ce visionnaire ambitieux serait-il, par hasard, un membre de ta famille ?

Seneira n'eut pas l'air ravie de cette question, mais elle reconnut :

– C'est mon père.

– Attends, dis-je. Ton père possède la ville, et tu t'es enfuie ? Mais pourquoi ?

– Mon père ne possède pas la ville. Il a construit l'Académie et, au fil des années, une ville s'est développée autour. Et la raison pour laquelle je me suis enfuie ne regarde que moi.

– Quand elle a contracté l'ombre au noir, elle a eu peur de semer la panique, donc que les étudiants quittent l'Académie, expliqua Rosie. Que l'œuvre de la vie de son père soit réduite à néant.

Seneira lui jeta un regard noir.

– Tu peux me lancer tous les regards que tu voudras, gamine, mais je suis une Argosi ; si tu veux me perturber, tu as plus de chances de faire trembler une mare boueuse que moi.

Ça ne dissuada pas Seneira mais, plus intrigué que jamais, j'insistai :

– Où tu voulais aller ?

– Loin.

Rosie traduisit sa réponse :

– Elle voulait se rendre en territoire Jan'Tep pour trouver un traitement.

– Merci bien, marmonna Seneira. Tu es décidément très forte pour garder les secrets.

– Les secrets, ce n'est pas la voie des Argosi.

« Ça, c'est sûr », pensai-je en me demandant à nouveau pourquoi Rosie était si décidée à ramener Seneira chez elle.

« En revanche, je suis aussi à peu près sûr que les secrets pavent une bonne partie du Chemin d'Épines et de Roses. »

15

De retour

Le crépuscule tombait sur la vallée comme on approchait de la ville en suivant la rivière. Rakis ne cessait de bouger, il sautait de mon épaule gauche à mon épaule droite en grognant en direction de l'eau sombre et des buissons denses qui s'agitaient sur notre passage.

– Qu'est-ce qu'il y a ? demandai-je.

– Des marais, répondit-il en grondant.

– Et ?

– C'est dégoûtant. Je suis sûr que c'est plein de crocodiles là-dedans. (Il n'y a pas beaucoup d'animaux qui font peur à Rakis, mais les crocodiles en font partie.) Des démons sur pattes avec des crocs.

Quand on atteignit les portes de la cité, Furia nous fit signe d'attendre. Elle mit pied à terre et s'approcha des gardes pour négocier notre passage. Les Argosi sont incroyablement doués pour obtenir ce qu'ils veulent. Seneira remit son bandeau et ajouta une capuche pour se cacher encore davantage.

– Tu es très connue dans le coin ? demandai-je.

– J'ai vécu ici toute ma vie, et mon père est le doyen de l'Académie. D'après toi ?

Avant que je trouve une réponse suffisamment caustique, elle posa une main sur mon bras.

– Kelen, je suis désolée, je ne voulais pas être...

– Casse-pieds ? Pédante ? Insupportable ? Mal élevée ? proposa Rakis.

Je décidai d'ignorer ses suggestions et, au lieu de ça, je demandai :

– Qu'est-ce qui se passe ?

Et là, je me dis que l'ombre au noir n'était peut-être pas la seule raison pour laquelle Seneira avait fui Teleidos.

Elle hésita, puis rajusta sa capuche, qui cachait pourtant déjà la plus grande partie de son visage.

– J'ai l'impression de rentrer à la maison, mais de ne plus être la fille que j'étais lors de mon départ.

Avant que je puisse la presser d'en dire davantage, Furia ressortit de la cabane des gardes et nous fit signe de mettre pied à terre pour franchir les portes de la ville avec nos montures.

De loin, Teleidos donnait l'impression d'une ville lisse et ordonnée à laquelle la géométrie de ses avenues incurvées conférait un calme relevant presque du spirituel. Pourtant, à l'intérieur de ses murs, elle regorgeait de lumière, d'artères fréquentées et commerçantes, et résonnait d'une cacophonie de rires.

Partout où je posais les yeux, je découvrais des signes de richesse et de prospérité que je n'avais vus nulle part dans les terres de la Frontière. Il y avait là des saloons et des tavernes, mais aussi de véritables restaurants, ce qui n'existait pas chez les Jan'Tep. Les marchands de vêtements exhibaient leurs plus belles pièces sur des mannequins distingués. Des artisans montraient leur habileté à travailler le bois, la pierre et le tissu sous les regards admiratifs des badauds. Les enchères montaient parfois avant même que les objets soient terminés. On pouvait tout trouver à Teleidos, y compris des *librairies*. Au pluriel.

Le plus étrange, c'étaient les habitants. Dans les villes des terres de la Frontière que j'avais visitées, les seules personnes dehors le soir étaient soit ivres mortes, soit des bandits. Mais sur les trottoirs de Teleidos, j'aperçus des femmes et des hommes élégants qui se promenaient, parlaient, mangeaient. Encore plus étrange, il y avait là beaucoup de gens de mon âge.

– Des étudiants de l'Académie, me glissa Seneira alors qu'on s'avançait dans la foule à côté de nos chevaux.

Le tissu fin de son bandeau lui permettait de voir, même s'il lui masquait les yeux. Et pourtant, dès que quelqu'un nous regardait, elle baissait la tête et se déplaçait de l'autre côté de sa monture.

Rakis avait du mal à contenir son excitation. Il tendit les pattes arrière, prêt à bondir.

– Regarde, Kelen ! Tu as déjà vu autant de proies à la fois ?

Je l'attrapai par la peau du cou, ce qui n'est jamais une très bonne idée, mais on ne pouvait se permettre le moindre incident, et j'avais encore mal à la mâchoire depuis la dernière fois où j'avais eu des ennuis à cause de lui.

– N'y pense même pas, crachai-je.

Il me fit le regard d'un chiot laissé dehors sous la pluie.

– Pas même une poche ? Je parle pas d'un portefeuille. Juste un petit souvenir.

Depuis quatre mois que Rakis et moi étions partenaires, j'avais compris que lui interdire de voler ne faisait que renforcer sa détermination, alors je transigeai :

– Attends qu'on soit prêts à repartir pour donner à une ville entière l'envie de nous pourchasser.

Il renifla mon oreille pendant une seconde et je tressaillis, m'attendant à une morsure, mais il se contenta de demander :

– OK, mais je peux quand même voler l'Argosi, hein ?

Je me tournai vers lui et lâchai :

– Rosie ? Vas-y, sers-toi.

Bien que les muscles faciaux d'un chacureuil ne soient pas faits pour sourire, Rakis affichait une expression toute prête pour des occasions comme celle-là. Qui me terrifiait.

– C'est par là, dit Seneira en désignant l'une des avenues circulaires.

On s'éloigna des boutiques et de la foule, puis elle nous fit prendre une rue perpendiculaire et tourner sur une nouvelle avenue courbe plus proche de l'Académie. Le quartier était rempli de villas aussi vastes que des palais qui, nous expliqua Seneira, étaient les résidences des maîtres venus du monde entier pour enseigner à l'école.

– Et où est la tienne ? demandai-je.

Elle ne répondit pas tout de suite et prit bientôt une impasse qui débouchait sur une maison agréable, mais étonnamment modeste à côté des autres.

– C'est là où vit le doyen de l'Académie ? m'exclamai-je.

Seneira acquiesça.

– C'est la maison où mon père a grandi, à l'époque où Teleidos n'était qu'une bourgade. Il dit que ça lui suffisait à l'époque, alors pourquoi posséder plus grand maintenant ?

Rakis sauta de mon épaule pour regarder la maison toute blanche.

– Il est plein de fric et il vit là-dedans ? Donc c'est un crétin.

Je parie qu'il n'y a pas un seul objet en argent ou en platine dans toute la baraque.

– Bon, dit Furia en attachant son cheval à un arbre, avant de sortir un sac de sa sacoche. Ne retardons pas davantage les joyeuses retrouvailles familiales.

Rosie et elle prirent l'allée en direction de la maison, mais Seneira hésita.

– Qu'est-ce qu'il y a ? demandai-je.

Je crus qu'elle fixait la maison mais, en réalité, elle regardait au-delà. Je fus surpris de sentir sa main se glisser dans la mienne.

– Je n'avais pas organisé mon départ. J'ai juste laissé un mot sur la table. Comme si…

– C'est ta famille, dis-je. Ils ne peuvent qu'être contents de te retrouver.

Ce n'était somme toute qu'une supposition. Car, chez moi, ça aurait été un peu différent. Mais en songeant à Shalla, j'ajoutai :

– Pense à ton petit frère. Comment il s'appelle, déjà ?

– Tyne, dit-elle, et rien que ce nom lui arracha un sourire.

Je le pris comme une autorisation pour l'attirer vers la maison.

– Pense à quel point Tyne va être heureux de retrouver sa grande sœur. Je te le jure, cinq minutes après avoir franchi cette porte, ça sera comme si tu n'étais jamais partie.

J'aurais mieux fait de me taire.

16
La maison vide

– Mais où sont-ils ? répéta pour la troisième fois Seneira en courant d'une pièce à l'autre, d'un pas et d'un ton de plus en plus frénétiques.

Je ne savais pas quoi penser de cette maison sombre et déserte. Puis je remarquai la façon dont Furia et Rosie progressaient lentement en observant chaque détail. Il y avait un problème. Le premier indice, et le plus évident, c'était le repas entamé sur la table de la salle à manger. Rakis sauta pour renifler une assiette qui avait l'air de contenir de la volaille et des légumes. Puis il se retourna vers moi, la bouche ouverte, comme chaque fois qu'il respirait une odeur nauséabonde.

– Ça date d'au moins trois jours, dit-il en revenant à côté de moi. Quel gâchis !

Par terre, là où il atterrit, je remarquai une fourchette que personne n'avait pris la peine de ramasser. Les occupants étaient partis à la hâte.

En entendant les pas précipités de Seneira résonner à l'étage, je montai voir avec Rakis. En plus des chambres, d'une étude et d'une petite bibliothèque, on découvrit une salle de bains moderne. En temps normal, je n'y aurais guère prêté attention, à part pour me demander depuis quand je ne m'étais pas lavé, puis je vis, grâce au reflet pâle de la lune par la fenêtre, que la baignoire en cuivre était remplie d'eau. Le bain était bien sûr à la température de la pièce, car il datait très certainement du jour où le repas avait été abandonné. Comme je m'éloignais, je butai contre un seau en bois qui se renversa. Son contenu se répandit par terre. Il y avait là deux choses étranges : d'abord, la baignoire était équipée d'un robinet relié à un tuyau traversant un petit poêle. Pourtant, celui-ci était vide de tout bois et cendres, ce qui signifiait que l'eau de ce bain n'avait jamais été chaude. La deuxième chose étrange, c'est que lorsque je me baissai pour tâter l'eau qui s'était renversée du seau, je remarquai qu'elle était glacée.

– Ça pue la magie, ce truc, dit Rakis en venant la flairer.

J'attrapai le seau et, même dans la faible lumière, je remarquai les glyphes sur la bande en cuivre qui encerclait les morceaux de bois.

– Un charme de fraîcheur, dis-je en observant de nouveau le contenu de la baignoire.

Le cri de Seneira me fit accourir dans la plus petite des chambres. Elle contenait très peu de mobilier, mais les animaux en tissu sur le lit et les deux épées en bois au mur la désignaient de toute évidence comme celle d'un petit garçon. Les draps étaient froissés, les couvertures jetées à terre.

– Ils ont été enlevés ! lança Seneira, les poings serrés.

– Par qui ? demandai-je.

– Je ne sais pas ! Mon père a plein d'ennemis à cause de l'Académie.

– Ta famille n'a pas été enlevée, déclara Rosie en arrivant dans la chambre, Furia sur ses talons.

– Tu n'en sais rien ! Tu n'es que…

– Ma fille, regarde autour de toi.

Seneira obtempéra, ce qui m'émerveilla. Elle avait beau être dans tous ses états, elle était malgré tout capable de se contrôler. À sa place, j'aurais tout retourné en proie à la panique. Mais en suivant son regard, je remarquai les signes. Il y avait une pile de linge propre sur la table de nuit. Les draps du lit n'étaient pas simplement froissés mais aussi tachés, ce que Rakis nota dès qu'il entra dans la pièce.

– Pisse et sueur, dit-il en battant en retraite.

J'observai le lit avec plus d'attention. C'est là que je remarquai le drap déchiré de chaque côté. Ce qui peut se produire si la personne alitée passe à maintes reprises ses ongles dessus. Ce qui me rappela le réflexe fiévreux et désespéré de Seneira lors de sa dernière crise majeure, quand elle m'avait serré la main au risque de la broyer. Les indices que Rosie et Furia avaient remarqués commençaient à faire sens.

Les draps maculés de sueur, les couvertures rejetées : quelqu'un avait eu de la fièvre. Le linge de rechange sur la table de nuit : cette fièvre durait depuis un moment. Le repas abandonné sur la table de la salle à manger suggérait que la situation avait empiré d'un coup. J'imaginai le père de Seneira entendre son fils crier et gravir l'escalier quatre à quatre. Pour découvrir quoi ? Que la fièvre avait encore monté. Alors il se sert du seau avec le charme de fraîcheur pour emplir la baignoire et y plonge son fils dans une tentative désespérée de faire tomber la fièvre. Comme c'est inefficace, il prend son fils dans ses bras et part chercher de l'aide. Vu l'état de décomposition de la nourriture sur la table, personne n'était revenu à la maison depuis au moins trois jours.

Je découvris le regard horrifié de Seneira, et je sus qu'elle aussi avait compris. Elle était même allée un cran plus loin.

– L'ombre au noir, murmura-t-elle. Tyne a l'ombre au noir.

Ce fut inutile de vouloir empêcher Seneira de sortir de la salle de bains en courant pour se lancer à la recherche de son frère.

– Père a dû l'emmener à l'un des hôpitaux de la ville, dit-elle en dévalant l'escalier.

– Hé, petite, attends ! lança Furia, mais Seneira l'ignora.

Rosie fut plus réactive. Elle sauta par-dessus la rambarde pour atterrir au rez-de-chaussée, genoux pliés, devant Seneira.

– Ton empressement ne va pas t'aider, ma fille. Tu dois d'abord écouter chaque vent…

– Ça suffit, les bêtises argosi ! C'est mon frère dont on parle ! S'il a l'ombre au noir, ça veut dire que…

Rosie posa la main sur la joue de Seneira avec une douceur qui contrastait avec tout ce que je connaissais d'elle. Tout à coup, je repensai à son véritable nom : le Chemin d'Épines et de Roses.

– Tu penses que tout ça est ta faute car tu as le cœur noble et bon, si bien que tu ne supportes pas d'être à l'origine de la souffrance des tiens. C'est une bonne chose, mais si tu veux aider ton frère, tu dois tempérer ton ardeur avec de la sagesse et du courage.

Seneira l'observa, et je vis en elle deux pulsions complémentaires : le dégoût de recevoir des leçons et le besoin de voler au secours de son frère.

– Dis-moi ce que je dois faire, finit-elle par prononcer péniblement.

– Déjà, nous devons savoir où ton père a emmené ton frère, dit Furia en descendant l'escalier. Dans un hôpital normal, il y aurait trop de monde. On saurait vite de quoi Tyne est atteint, et la crainte de l'ombre au noir se répandrait comme une traînée de poudre. Puisque cet endroit n'a pas encore flambé, dit-elle en désignant la maison vide, on peut penser que la nouvelle est restée secrète.

– Il y a une faculté de médecine à l'Académie, dit Seneira, et l'espoir s'afficha aussitôt sur son visage. Mon père aurait pu y introduire Tyne par l'un des souterrains et mettre des gardes devant une chambre.

Rosie n'avait pas l'air convaincue.

– C'est bien compliqué et téméraire, comme plan, et puis ça requiert l'implication de beaucoup de monde.

– Tu n'as jamais bien compris les gens, sœur, lui dit Furia. Quand un homme est inquiet, il a besoin de se réfugier là où il se sent à l'abri.

– Très bien, alors on commence par la faculté de médecine, dit Rosie en se tournant vers Seneira. Ma fille, tu nous attends ici.

Seneira acquiesça, puis passa devant Rosie et franchit la porte, nous obligeant tous à la suivre.

Furia gloussa en passant près de l'autre Argosi stupéfaite :

– Tu vois de quoi je parle ?

17

La grande tour

De près, la tour était encore plus impressionnante que lorsque je l'avais aperçue au loin derrière les murailles de la ville. Elle se dressait au centre d'une cour pavée qu'éclairaient des lanternes cuivrées de telle manière que, bien après le coucher du soleil, les étudiants pouvaient quand même traîner sur les bancs et lire, bavarder ou admirer leur majestueuse école.

– C'est toujours aussi fréquenté la nuit ? demandai-je à Seneira.

On pourrait sans doute gagner la tour à la faveur de la pénombre mais, même depuis notre point d'observation, je voyais par la grande double porte le flot de lumière et l'activité intense à l'intérieur.

– L'Académie ne ferme jamais, répondit-elle.

Son visage s'était fait plus anxieux à mesure qu'on approchait, sans doute parce que son désir de revoir son frère allait à l'encontre de sa crainte d'être découverte avec l'ombre au noir. Car si l'un de ses camarades la croisait avec son bandeau sur les yeux, il ne manquerait pas de lui poser des questions.

– Tu n'aurais pas dû nous accompagner, lui dit Rosie, qui

ignora le regard d'avertissement de Furia. Ta présence ne fait que nous compliquer la tâche.

– Ah bon ? rétorqua Seneira. Et combien de temps vous allez passer à trouver votre chemin, sans moi ? Et même si vous y arrivez, pourquoi mon père ou ses gardes feraient-ils confiance à une bande d'inconnus qui se contentent d'affirmer qu'ils connaissent sa fille ?

Rosie eut, juste un instant, une expression qui me fit comprendre qu'on ne savait pas tout. J'allais m'en mêler quand je vis Furia me faire un tout petit geste de la main accompagné d'un regard m'intimant de me taire.

– Il nous faut une diversion, fit-elle.

Je m'agenouillai devant Rakis, qui avait fait virer sa fourrure au noir, ce qui le rendait presque invisible dans la pénombre, à part les yeux.

– Partenaire ?

Il me regarda en agitant les moustaches. Il était en train de se demander ce qu'il pourrait m'extorquer en échange de ce service, puis il dut se souvenir que je n'avais plus rien, car il s'était déjà emparé de tout mon argent.

– Tu la veux comment, ta diversion ?

– Assez grande pour qu'on puisse pénétrer dans cette tour sans être remarqués, mais pas au point d'avoir tous les habitants de la ville munis de torches enflammées à nos trousses.

Il me fit l'un de ses sourires terrifiants.

– Efficace mais discret. Pigé.

– Qu'est-ce qu'il dit ? demanda Furia.

Je me redressai.

– Que chacun d'entre nous devrait faire la paix avec ses dieux respectifs.

Rakis s'ébroua, et sa fourrure passa du noir de jais à une teinte rouge avec des rayures argentées. Puis il détala en grognant comme il savait si bien le faire, bondit sur un réverbère et, de là, sur la tête d'un étudiant tout proche.

– Attention au chacureuil assoiffé de sang ! J'ai très envie de chair humaine, ce soir, et j'égorgerai tout sac à peau qui se mettra en travers de mon chemin ! s'écria-t-il en attaquant la nuque du jeune homme sans se soucier du fait que, à part moi, personne ne pouvait comprendre ce qu'il disait.

Le garçon se mit à hurler en essayant d'attraper Rakis sans la moindre chance d'y parvenir, car le chacureuil ne cessait de changer de position. Un groupe d'étudiants particulièrement courageux vint à sa rescousse, mais presque tous fuirent face à l'animal menaçant. Rakis sautait d'un sauveteur à l'autre et mordait une oreille ou un nez avant de laisser sa victime brailler de terreur, puis il fila sur les pavés en direction de la tour.

« Bravo pour la discrétion », me dis-je, comme on lui emboîtait le pas.

On découvrit un immense hall avec des échoppes placées sous les arcades tout autour. Deux splendides escaliers en pierre s'élevaient en spirale pour se rejoindre à chaque étage de la tour. Au centre, j'observai une sorte de cage aérienne reliée à un système complexe de poids et de poulies que deux employés gantés manœuvraient à l'aide de manivelles. Comme tout le monde, ils regardaient Rakis, occupé à escalader les cordes en proférant des menaces qui auraient pu être inquiétantes si, à part moi, quelqu'un avait pu les comprendre.

– La faculté de médecine est au sous-sol, nous dit Seneira en nous entraînant vers l'un des escaliers.

J'hésitai en jetant un coup d'œil à Rakis pour m'assurer qu'il pouvait s'en sortir seul. La plupart des gens avaient cessé de paniquer et poussaient maintenant des cris admiratifs, car le chacureuil s'était mis à réaliser différentes acrobaties en se servant de ses palmures pour glisser depuis le plafond avant de remonter à toute vitesse le long des cordes de la machine aérienne. Le petit monstre adorait être au centre de l'attention.

– Le chacureuil a la situation en main, me dit Furia en me poussant en direction de l'escalier.

Deux étages plus bas, on tomba face à une porte ornée d'un arbre stylisé peint en rouge.

– Le signe de la guérison, par ici, m'expliqua-t-elle.

Ce n'était pas très différent de la première forme de sigils Jan'Tep pour désigner la magie du sang, à ce détail près que nos sorts sont tout autant destinés à faire souffrir qu'à guérir.

À l'intérieur, on traversa des couloirs et des salles peuplés d'individus vêtus de blanc. Ils arboraient tous le symbole de l'arbre rouge sur la poitrine, si ce n'est que l'arbre n'avait pas toujours le même nombre de branches.

– Les branches indiquent leur rang au sein de la profession médicale, expliqua Seneira, qui se blottissait derrière Furia et Rosie pour éviter d'être reconnue.

Elle se mit à progresser avec davantage de confiance lorsque les couloirs se firent moins fréquentés.

– Voici l'aile des chambres individuelles, dit-elle enfin. D'habitude, on les réserve aux dignitaires d'autres nations qui viennent se faire soigner dans les Sept Sables afin que leur maladie reste secrète.

Tout au bout d'un long couloir, un homme était assis sur une chaise devant une chambre, un gros gourdin posé en travers des genoux.

– Il faut croire qu'on va avoir besoin d'une nouvelle diversion, déclarai-je en cherchant les poudres à ma ceinture.

Je me disais que s'il y avait une petite explosion, le garde serait obligé de quitter son poste. Et qu'avec un peu de chance, on pourrait tous s'engouffrer dans la chambre avant qu'il se retourne.

Mais Seneira m'immobilisa la main en me soufflant :

– Plus besoin de se cacher.

Avant que l'un de nous puisse l'en empêcher, elle sortit de l'ombre et s'avança vers le gardien en disant :

– Bonjour, Haight. Je viens voir mon frère.

18

La fièvre

On aurait dit que le gardien voyait un fantôme. Il se leva d'un bond.

– Seneira ? On te croyait...

Elle le prit un instant dans ses bras.

– Je vais bien, Haight.

Il la regarda, puis nous observa en serrant les doigts plus fort sur son gourdin.

– Pourquoi tu portes un bandeau, Seneira ?

– J'ai juste un petit problème aux yeux. Je veux voir Tyne. Il est là, n'est-ce pas ?

Haight hésita, mais il devait savoir qu'il n'est pas facile de s'opposer à Seneira. Il s'écarta à regret puis regarda Rosie, Furia et moi passer devant lui, cherchant sans doute à évaluer la force nécessaire s'il devait utiliser son gourdin contre nous.

Après avoir franchi la porte, on découvrit une vaste chambre presque plongée dans le noir, à l'exception d'une petite lanterne placée au-dessus d'un lit étroit. Un homme était affalé dans un fauteuil placé dans un angle.

– Père ? dit Seneira d'une voix un peu hésitante, comme si elle craignait de le réveiller.

La silhouette se tourna vers nous. Je ne distinguais pas ses traits, car il avait la lumière dans le dos. Il resta immobile quelques secondes, comme hébété, puis fut pris de tremblements. Et là, un sanglot déchirant jaillit de sa gorge.

– Seneira !

Il courut vers elle, et elle dut le soutenir au moment où il la prit dans ses bras.

– Père, je suis désolée, commença-t-elle. Je ne voulais pas…

– Tu es revenue, dit-il dans un murmure rauque, celui d'un homme qui a pleuré au point d'en perdre la voix. Tu es revenue.

Il répéta ces mots encore et encore en serrant sa fille contre lui, la tête enfouie au creux de son épaule.

Rosie, Furia et moi, on se tint à une distance respectueuse afin que le père et la fille puissent partager sereinement ce moment de soulagement et de chagrin. Mais bientôt, un grattement contre une grille en métal attira notre attention.

– Hé, quelqu'un veut bien m'ouvrir avant que je meure de claustrophobie là-dedans ? feula Rakis.

– Qu'est-ce que c'est que ça ? demanda le père de Seneira en apercevant les yeux de fouine de l'autre côté de la grille.

– C'est Rakis, expliqua sa fille. Il est avec Kelen. C'est son…

« Je t'en supplie, pas "animal de compagnie". Ancêtres, par pitié, ne la laissez pas dire "animal de compagnie". »

– Ami, compléta-t-elle d'un ton un peu étrange.

Rakis grogna.

– Comme si je pouvais être ami avec un sac à peau.

Las d'attendre qu'on lui ouvre, il parvint à passer une patte par la grille et tritura le loquet jusqu'à ce qu'il cède. Puis il bondit dans la chambre en écartant les membres pour glisser élégamment jusqu'au sol. Il alla renifler le père de Seneira et leva la tête vers lui en disant :

– Tu as le droit de pleurer, petit père.

Rakis n'est pas très doué pour exprimer ses sentiments.

Seneira reprit :

– Voici mon père, Beren Thrane, le doyen de l'Académie.

Puis elle nous présenta chacun à notre tour. Elle avait à peine ouvert la bouche que Beren courut vers Rosie pour la prendre dans ses bras, la soulevant presque de terre.

– Vous avez réussi ! J'avais perdu espoir, pourtant j'aurais dû savoir que si quelqu'un pouvait retrouver ma fille, c'était un Argosi !

Rosie paraissait mal à l'aise, d'autant qu'elle dut affronter le regard furieux de Seneira.

– Me *retrouver* ? Père, tu as embauché Rosie pour partir à ma recherche ?

Beren parut troublé et se tourna vers l'Argosi.

– Rosie ? Je croyais que vous vous appeliez le Chemin d'Épines et de Roses ?

– Ce n'est pas le sujet, le coupa Seneira en jetant un regard noir à la femme qu'elle pensait avoir croisée par hasard dans les terres de la Frontière. Rosie, tu m'as menti. Tu as dit...

– Je ne t'ai pas menti, ma fille. Tu as émis des hypothèses, et je t'ai laissée parvenir à tes propres...

– Tu ne vas pas t'en tirer comme ça ! Et qu'est-ce que tu fais de la « voie de l'eau », du fait de ne pas se mettre en travers de la route de quiconque ?

– Je considère que sauver la vie de quelqu'un, ce n'est pas synonyme de se mettre en travers de sa route, rétorqua Rosie.

Furia me donna un coup de coude en disant :

– Maintenant, tu comprends pourquoi un Argosi voyage le plus souvent seul ?

Une petite voix qui s'éleva du lit attira l'attention de tout le monde :

– Senny ?

Seneira courut vers le lit. La lumière de la lanterne éclaira ses traits peinés quand elle s'approcha de son petit frère. Elle se pencha pour le prendre dans ses bras. Quand elle le reposa, le devant de sa chemise était humide de sueur.

On s'avança tous dans la chambre. Tyne était très différent du petit garçon à l'air malicieux représenté sur le médaillon de Seneira. Je découvrais là un enfant au teint presque gris, à l'exception de la marque noire qui encerclait son œil droit. Uniquement vêtu d'un pantalon en lin, il tremblait. Un instant, je crus qu'il avait froid, puis je remarquai combien sa peau était rouge, et combien il transpirait. Rakis alla se percher sur la tête du lit.

– Kelen, ce gamin est en train de se consumer de fièvre.

Tyne commença à caresser le chacureuil, mais ses paupières se refermèrent vite et son bras retomba sur sa poitrine dans une position étrange.

– Comment c'est arrivé ? demanda Seneira à son père.

– Comme pour toi, ma chérie, dit-il en attrapant la main de son fils pour la remettre dans une position plus confortable. Un matin, il s'est réveillé fiévreux. Quand je suis entré dans sa chambre, j'ai remarqué les traces noires autour de son œil. J'ai tout fait pour contenir la fièvre, mais elle n'a fait qu'empirer, jusqu'au soir où il s'est mis à hurler. J'ai essayé de le rafraîchir, en vain. (Il baissa les yeux vers son fils. Il avait l'air épuisé.) Les attaques sont terribles… et incessantes.

– Je ne comprends pas, dit Seneira. Moi aussi, j'ai eu de la fièvre, mais ça n'a duré qu'un seul jour, et les attaques n'ont commencé que bien des semaines plus tard.

Le petit garçon fut tout à coup pris de convulsions. Il se cambrait comme si on tirait sur une chaîne passée autour de son torse. Il avait les yeux écarquillés, les iris tout noirs. Seneira poussa un cri et se précipita pour l'empêcher de s'agiter dans tous les sens. L'une des mains de Tyne se prit dans les cheveux de sa sœur, puis il serra les doigts et se mit à tirer. Je courus pour lui saisir le poignet et éviter qu'il lui arrache la moitié du cuir chevelu.

– Lâche-le, me dit Seneira, tandis que les larmes jaillissaient de ses yeux. Tu lui fais mal.

– Mais non, protestai-je.

Et là, je vis la peau de son poignet manquer de se fendre sous la force de mes doigts.

Furia attrapa un pan de drap qu'elle enroula autour de sa main pour saisir l'avant-bras de Tyne sans comprimer sa chair. Je reculai. Un instant plus tard, le petit garçon se détendit, mais la sueur couvrait son front et une veine battait très fort dans son cou.

– Senny ? dit-il au bout d'un moment. C'est toi ?

Il n'avait visiblement aucun souvenir des dernières minutes. Seneira se pencha et lui sourit à travers ses larmes.

– Oui, c'est moi, nabot. Quand est-ce que tu vas sortir de ce lit pour aller ranger ta chambre ?

– Je suis malade, Senny.

– C'est juste une mauvaise grippe. Dans quelques jours, tu seras guéri et on ira faire du cerf-volant.

Les yeux du garçon s'éclaircirent peu à peu, mais ses iris étaient encore très noirs.

– Tu étais partie.

– Un petit moment. Mais je suis revenue, et je vais tout faire pour que tu retrouves la santé.

Elle caressa les cheveux humides sur le front de son petit frère.

– Rien ni personne ne nous empêchera de te guérir, tu entends, nabot ?

– Tu étais partie, répéta Tyne en fermant les yeux.

Puis il ajouta dans un murmure :

– T'aurais pas dû revenir, Senny. C'est ce qu'ils voulaient.

19

Le sommeil

On n'obtint rien de plus de Tyne ce soir-là, mais son avertissement ne pouvait être uniquement le résultat de cette fièvre et de cette souffrance qu'aucun enfant n'aurait dû endurer. J'étais terrorisé.

– Ça va, gamin ? me lança Furia.

Il n'y avait que deux sièges dans la chambre, que nous avions laissés à Seneira et à son père pour qu'ils soient au plus près de Tyne. Ils lui tenaient chacun une main sans se quitter des yeux, l'air à la fois soulagés, mais coupables. Furia et moi, on était assis par terre, dos contre le mur froid de l'hôpital. Je n'aimai pas trop le regard que me décocha mon mentor argosi.

– Pourquoi tu me demandes ça ?

Elle haussa les épaules et, pour la troisième fois, plongea la main dans son gilet, se rappelant juste à temps que ce n'était pas une bonne idée de fumer dans la chambre d'un enfant malade.

– C'est normal d'avoir peur, dit-elle en remettant sa main sur l'un de ses genoux. Tu es fatigué. Tu n'as pas dormi dans un lit depuis des mois. Ton peuple te traque, et le reste du monde est prêt à faire pareil s'il découvre que tu as l'ombre au noir.

Un petit sourire passa sur ses lèvres alors qu'elle désignait Seneira, et elle ajouta tout bas :

– Et puis tu rencontres une fille qui a plein d'ennuis, ça se voit comme le nez au milieu de la figure qu'elle te plaît, et tu ne sais pas comment…

– Furia ? je l'interrompis. Tu veux bien faire quelque chose pour moi ? Quelque chose d'important ?

– Quoi, gamin ?

– Promets-moi de ne jamais, jamais me donner de conseils amoureux, d'accord ?

Elle gloussa.

– Je crains que ça soit impossible, gamin.

– Pourquoi ?

Elle tendit la main vers mon épaule.

– Parce que tout le monde voit que tu as besoin de conseils, gamin.

Rakis releva la tête d'un tiroir où il avait réussi à s'introduire.

– Kelen, l'Argosi a raison : tes techniques d'accouplement ont vraiment besoin d'être améliorées.

– Toi, retourne à ton inspection du matériel médical, lui dis-je, ce qui était sans doute une erreur, dans la mesure où je venais d'avoir avec lui une dispute cinglante au sujet d'un scalpel qu'il voulait emporter, sous prétexte qu'il trouvait ça « brillant et joli ».

Rakis avec une lame affûtée dans la bouche était un problème dont le monde n'avait nul besoin.

– Quand est-ce que revient Rosie ? demandai-je, surtout

pour détourner l'attention de Furia et de Rakis de sujets que je préférais éviter.

L'autre Argosi avait évoqué une enquête sur d'autres victimes éventuelles de l'ombre au noir, nous laissant veiller sur Seneira.

– Va savoir, se contenta de dire Furia. Le Chemin d'Épines et de Roses n'aime pas quand une situation devient trop personnelle.

– Attends... Tu veux dire qu'elle est partie pour de bon? Comme ça? Sans même dire au revoir?

– Dire au revoir, ce n'est pas la voie des Argosi, gamin.

Allez savoir pourquoi, je fus pris de frissons à l'idée qu'un jour, à mon réveil, Furia pourrait avoir disparu sans prévenir. Je cherchai un moyen de le lui dire sans passer pour une mauviette quand Seneira me fit sursauter. Je n'avais pas remarqué qu'elle se tenait debout devant nous.

– Père et moi allons rester au chevet de Tyne cette nuit. Mais vous, vous pouvez aller dormir à la maison, si vous voulez.

Furia me jeta un coup d'œil, comme si elle m'en voulait de ne pas avoir entendu Seneira arriver.

– Pour l'instant, on tient le coup. Retourne auprès de ton frère, dit-elle.

Tyne ne cessait de passer de la conscience au délire, le corps agité de convulsions chaque fois qu'une crise le saisissait. Sa sœur et son père tentaient alors de le maîtriser, mais on aurait dit un poisson qui frétille au bout d'un hameçon. À croire que quelque chose d'invisible tenait la canne à pêche. Seneira nous adressa un signe de tête et voulut tourner les talons, puis se ravisa.

– Est-ce que vous... allez partir, maintenant que vous avez aidé Rosie à me ramener chez moi?

L'expression de Furia s'adoucit et, quand elle ouvrit la bouche, ce fut pour prononcer des paroles que je ne lui connaissais pas.

– Ne t'en fais pas, petite sœur. Tout ceci est un poids bien trop lourd à porter, même pour des épaules fortes comme les tiennes. Nous allons continuer encore un peu sur la même route que toi.

– Merci, dit Seneira avec un sourire reconnaissant avant de retourner au chevet de son frère.

– On aurait dit du Rosie, dis-je.

Furia tendit la main vers son gilet pour la quatrième fois, puis interrompit son geste et tapota sa poche, comme si elle n'avait jamais eu l'intention de faire autre chose.

– Ne dis pas n'importe quoi, gamin.

– Pas du tout. D'habitude, tu parles comme un berger daroman ivre, mais là, tu viens de parler exactement comme Rosie.

Je croyais qu'elle allait continuer à nier, mais elle se contenta de répondre :

– La première chose que tu apprends sur les routes, gamin, c'est que le langage, c'est autant ta façon de parler que les mots que tu prononces.

Je réfléchis à ça. La plupart du temps, Furia s'arrangeait pour qu'on ne sache pas ce qu'elle pensai et aussi, le plus souvent, pour qu'on ne la prenne pas au sérieux. Dans ces cas-là, son accent traînant de la Frontière l'aidait bien. Mais cette fois, elle voulait rassurer Seneira. Jusque-là, c'était Rosie qui s'en était chargée, alors Furia s'était mise à adopter le ton de Rosie pour que Seneira lui fasse confiance.

– Même les choses simples, tu les compliques, lâchai-je.

Furia sourit.

– C'est le Chemin de la Pâquerette Sauvage, gamin.

Elle sortit un jeu de cartes et nous distribua huit cartes à chacun en m'expliquant les règles. On fit quelques parties. Je jetais de temps en temps un coup d'œil à Seneira et à son père, puis reportais mon attention sur les cartes. Au bout d'un moment, j'entendis Rakis ronfler dans un tiroir. Je n'avais pas l'impression qu'il s'était écoulé tant de temps que ça, mais je vis alors que Seneira et Beren dormaient aussi, chacun la tête posée sur le lit de Tyne.

Comme c'était mon tour de battre les cartes, je voulus saisir le paquet, mais le découvris étalé par terre. J'allais me moquer de Furia parce qu'elle avait laissé tomber ses cartes, et là, je me rendis compte qu'elle avait les yeux fermés. Ce n'était pas normal. Elle ne dormait jamais tant qu'on n'était pas en lieu sûr, avec des pièges autour du camp, ou bien chaque accès barré si on était dans un lieu clos. Je voulus lui donner un coup de coude, mais j'avais les paupières si lourdes que je parvenais difficilement à les garder ouvertes. Puis je fus obligé de fermer les yeux.

« Pourquoi je ne peux pas rouvrir les yeux ? »

Il y avait maintes explications plausibles au fait que je m'endorme : j'étais épuisé, je m'ennuyais, je n'avais rien mangé depuis des siècles. Mais j'avais une bonne raison pour ne pas perdre connaissance : ma peur de mourir.

« Réveille-toi », m'ordonnai-je.

Ce qui n'eut aucun effet, car quelque chose m'empêchait d'ouvrir les yeux.

« La peur. Trouve ta peur. »

Je cherchai en moi ma pire terreur, celle d'être tué dans mon sommeil. Alors que, d'habitude, je faisais tout pour éviter cette vision. Des sueurs froides m'envahirent, qui repoussèrent la somnolence et le sommeil. Je ne sais pas trop ce que ça révélait de moi, le fait que je sois capable de rester éveillé là où Furia, pourtant toujours sur ses gardes, avait échoué. Je finis par ouvrir les yeux, et c'est là que je le vis.

Il était grand et beau. En tout cas, plus grand et plus beau que moi. La lanterne au-dessus du lit l'éclairait suffisamment pour que je distingue ses traits basanés. Il portait un pantalon en cuir et de grosses bottes munies d'éperons. Il avait une chemise en lin blanc et un bracelet en pierres noires qui brillaient à son poignet gauche. Et un chapeau daroman, que je crus d'abord identique à celui de Furia, jusqu'à ce que je remarque des symboles en argent sur la bande tout autour : des glyphes. Je connaissais bien cette écriture magique, pour avoir baigné dedans depuis l'enfance. C'est là que je remarquai les manches de sa chemise remontées, et que j'aperçus trois bandes tatouées sur chacun de ses avant-bras.

« Un Jan'Tep », me dis-je, comme les derniers vestiges du sort de sommeil qu'il m'avait jeté se dissipaient.

Je me levai.

– Bonjour, Kelen, fils de la maisonnée de Ke, déclara-t-il, les mains le long de ses flancs, prêt à jeter un autre sort. Quelle surprise de te trouver ici.

20
Le visiteur

Il me restait une douzaine de cartes rasoirs, alors mon premier geste consista à en sortir une de ma poche pour la lancer sur ce nouvel ennemi. Mais avec mon éternelle maladresse, je ne réussis qu'à déchirer le tissu de mon pantalon et à me couper le doigt.

– Tout doux, gamin, fit le mage, les mains déjà en train de créer la forme somatique d'un sort de braise.

Grâce à ses manches retroussées, je voyais la bande tatouée de la braise rougeoyer sur son avant-bras. Je n'identifiai pas le sort. Ça n'avait l'air ni d'un feu, ni d'un éclair. Mais la magie de la braise implique le plus souvent de l'énergie. Couplée à de la douleur.

Du coin de l'œil, je vis quelque chose passer près de mon oreille et percuter l'intrus en plein visage. Le chapeau de Furia. Ce ne fut pas douloureux, mais ça le perturba un instant.

– C'était quoi ce truc, gamin ? demanda-t-elle en secouant furieusement la tête pour se réveiller.

– De la magie de la soie, expliquai-je en lançant une carte rasoir sans la force nécessaire pour toucher ma cible.

– Ce n'est pas de la soie, juste du souffle avec un brin de…

Les mots de l'intrus furent interrompus par Rakis, qui bondit du tiroir sur les épaules du mage pour le mordre au cou. J'agrippai alors les jambes du type, serrant jusqu'à le faire basculer sur une table d'examen. Mais il réussit à se débarrasser de Rakis tout en dégageant un pied pour me donner un grand coup dans les côtes. Je roulai au sol, si bien qu'il eut du mal à me toucher avec un sort, ce qui me laissa les mains libres pour sortir de la poudre des bourses à ma ceinture.

– Qu'est-ce qui se passe ? demanda Seneira en titubant vers nous.

Un claquement retint mon attention. Furia tenait dans les mains un objet que je n'avais encore jamais vu : un épais tube en métal de vingt centimètres de long. Elle fit un geste du poignet et, tout à coup, un autre tube surgit de l'intérieur du premier, puis un autre, et encore un autre. L'objet mesurait maintenant près d'un mètre de long. Il atteignit la tempe de l'intrus.

– Le gamin et moi, on peut déjà te faire assez mal, l'ami, mais crois-moi, tu n'as pas envie d'une petite danse avec le chacureuil.

Le mage leva la tête pour découvrir Rakis maintenant perché au sommet d'une armoire médicale, la fourrure rouge sang sans la moindre rayure, l'air de se demander s'il allait égorger le type ou lui arracher les yeux. Pour faire bonne mesure, il poussa un grognement.

L'intrus ne se départit pas de son sourire.

– Pas mal, votre petit numéro de cirque. Vous avez même un animal dompté.

Rakis grogna :

– Je vais vraiment lui bouffer les yeux. Je vous laisse les oreilles.

Le mage posa les yeux sur moi.

– Qu'est-ce que tu en dis, Kelen, fils de Ke'heops ? Tu penses que ton amie argosi peut me blesser avec son bâton en acier et le chacureuil avec ses griffes avant que je vous lance un bon petit sort ?

– On répondra à cette question un autre jour, déclara Rosie en surgissant derrière lui, armée d'une aiguille pointue qui luisait au bout d'un doigt et qu'elle pressa doucement contre la gorge du mage. Puisque nous en sommes aux présentations, moi, c'est le Chemin d'Épines et de Roses.

– Ravie de voir que tu as décidé de te joindre à nous, lança Furia.

Sans perdre son calme, le type demanda :

– Le Chemin d'Épines et de Roses ? Et j'imagine que cette aiguille, c'est ton côté épineux ?

– C'en est un parmi d'autres, répliqua Rosie en se penchant pour lui murmurer à l'oreille. Tu veux voir le reste ?

Il leva lentement les mains.

– OK, les amis, avant que quelqu'un fasse une bêtise : je suis un invité.

– Un invité ? répétai-je. Vous...

– Dexan ? lança Beren Thrane, l'air encore endormi. Dexan Videris ?

– En personne, répondit l'homme avec un petit rire, comme si tout ça n'était qu'un vaste malentendu. Voudriez-vous bien demander à ces gens de me lâcher ?

Beren nous observa d'un air horrifié, comme si on était responsables de ce chahut.

– Je vous en prie, laissez-le. Cet homme est là à ma demande.

Dexan ricana.

– C'est comme ça que vous qualifiez le fait d'envoyer quatre anciens shérifs daroman pour sortir un homme de son saloon préféré ? (Il laissa tomber les mains le long de ses flancs.) Au cas où vous vous poseriez la question, monsieur Thrane, je n'ai rien contre ces gens. Mais ça ne me paraît pas juste de tuer quelqu'un simplement parce qu'il vient exercer son métier. (À nous, il déclara :) Désolé pour le sort de sommeil. Je ne savais pas trop où je mettais les pieds. Et je suis très fier qu'il ait marché. Je n'ai jamais été très fort avec la magie du dodo.

Le sort était faible, il n'aurait pas dû être efficace, mais nous étions tous tellement fatigués que nous n'avions pas pu y résister. Si l'intrus avait été le mage de la soie de la semaine précédente, nous serions tous morts, à cette heure.

– Vous êtes mage ? demanda Seneira à Dexan. Du même peuple que Kelen ?

– Même territoire, clan différent, répondit-il en inclinant son chapeau à son intention. Dexan Videris, pour vous servir. Même si je devrais préciser que ni Kelen ni moi ne sommes plus vraiment des Jan'Tep.

– Vous êtes un paria ? demandai-je.

– Un frondeur de sort, annonça-t-il fièrement. J'imagine que toi aussi, vu la façon dont tes mains ne cessent d'avoir envie de plonger dans les bourses à ta ceinture.

Rakis me cracha :

– Il ment. Il savait déjà que tu étais un frondeur de sort, Kelen.

– Auriez-vous l'amabilité de demander à cette bestiole de ne pas me mordre ? demanda Dexan à Beren Thrane.

Le doyen sembla tout à coup se rappeler que nous étions

dans la chambre d'hôpital de son fils, au sein de son Académie, et reprit le contrôle de la situation.

– Écoutez-moi tous. Kelen, mon garçon, j'ignore ce que contiennent ces bourses, mais sors tes mains de là. Et vous, chère dame, vous seriez aima…

– Je suis pas une dame, le corrigea Furia.

Rakis leva les yeux au ciel en lâchant :

– C'est reparti pour un tour.

Sans doute habitué à parlementer avec des gens issus de tous les continents et de toutes les cultures, Beren ne se démonta nullement.

– Pardonnez-moi, madame, je ne voulais en aucun cas vous offenser, mais je dois demander que vous et le Chemin d'Épines et de Roses retiriez vos armes de la gorge de mon hôte.

Furia s'exécuta en donnant un coup avec la paume de sa main sur l'objet en métal, si bien que les cylindres se remboîtèrent les uns dans les autres. Rosie retira sa main et, quand je la regardai à nouveau, la pointe avait disparu.

Beren dirigea un regard las vers l'armoire où Rakis était perché.

– Quant à vous, seigneur chacureuil…, fit-il avant de se tourner vers moi pour me demander : Il comprend quand on lui parle ?

– Quand ça l'arrange, oui. Rakis, descends de là.

Le chacureuil fit son cirque habituel, bondissant très haut de façon à étendre ses palmures et glisser jusqu'à mon épaule. Sa fourrure prit une teinte orangée à rayures rouges pour bien rappeler à tout le monde qu'il pouvait être dangereux.

Beren se tourna ensuite vers Dexan.

– Quant à vous, maître Videris, si vous pouviez…

– Monsieur, le corrigea Dexan, « maître » désigne autre chose pour mon peuple.

– Parfait, lâcha Rakis. Ils sont deux à s'y mettre, à présent.

– Monsieur Videris, reprit Beren en haussant le ton pour tenter de montrer qu'il était, lui, le maître des lieux, pourriez-vous m'expliquer ce qui vient de se passer ? Vous semblez avoir terriblement mis en colère les amis de ma fille.

Le frondeur de sort gloussa, comme si tout ça était très amusant pour lui.

– C'est simple, Beren. Kelen ici présent est recherché pour… La première règle d'un frondeur de sort, c'est de ne jamais se mêler des affaires d'un autre frondeur de sort, alors il vous le dira lui-même s'il le souhaite. (Il hésita un instant.) Je tiens juste à préciser que rien de ce pour quoi il est poursuivi n'est sa faute.

« C'est gentil à lui, pensai-je. Mais… qu'est-ce qu'il en sait ? »

– Quand je suis entré et que j'ai annoncé son nom et sa maisonnée, reprit Dexan, il a compris que j'étais mage, moi aussi, il a donc dû penser que j'étais l'un des traqueurs de sort à ses trousses.

Beren Thrane me regarda avec une sorte de compassion et passa un bras protecteur autour des épaules de Seneira.

– Je sais ce que c'est, pour vous autres jeunes gens, d'être poursuivis pour de mauvaises raisons…

– Maintenant que nous nous sommes tous présentés, le coupa Furia en plongeant la main dans son gilet, cette fois sans s'arrêter avant d'avoir porté un roseau de feu à ses lèvres (qu'elle n'alluma pas), quelqu'un pourrait-il m'expliquer ce qui se passe ?

Beren acquiesça, et un sourire de ravissement illumina son visage quand il désigna Dexan.

– Il m'a fallu bien des efforts et une certaine somme d'argent pour le faire venir, mais je pense que cet homme peut éliminer chez mes enfants cette malédiction appelée l'ombre au noir.

– Quoi ? m'écriai-je. Mais comment… ?

Je vis alors que Dexan m'observait. Il fit même un pas vers moi. Et là, à peine visible, je distinguai une cicatrice autour de son œil droit. La peau avait guéri, mais il restait de légères traces des marques entortillées.

– Ouais, dit-il, remarquant sans doute l'espoir sur mon visage, j'ai un traitement contre l'ombre au noir.

21

Le traitement

On s'approcha du lit de Tyne pour regarder le frondeur de sort qui se faisait appeler Dexan Videris examiner les traces autour de l'œil du petit garçon endormi.

– Veuillez m'excuser d'avoir envoyé ces hommes à votre recherche, dit Beren, tout à coup inquiet à l'idée de placer la vie de son fils entre les mains d'un inconnu. Je cherchais désespérément de l'aide pour mon petit garçon, alors quand j'ai entendu parler de vous, je n'ai pu me résoudre à prendre le risque que vous nous refusiez vos services.

– Je ne peux pas dire que j'aie apprécié le collier à piques que ces anciens shérifs ont utilisé, répondit Dexan en se frottant le cou. Je sens encore les pointes dans ma chair...

– À nouveau, je suis vraiment désolé...

Le mage lui tapota l'épaule.

– Vous avez agi comme n'importe quel père, alors je ne vous en veux pas. Pour cette fois.

Puis il déclara en se rapprochant de Tyne :

– Je vais toucher ses marques. Ça va être douloureux, j'aurais donc besoin que quelqu'un tienne l'enfant.

Beren s'avança, mais Dexan secoua la tête.

– Non, pas vous. Je ne peux pas demander à un père de faire souffrir son fils.

Il se tourna vers moi en demandant :

– Tu veux me donner un coup de main, Kelen ? Je pense que ça peut t'intéresser.

Je jetai un regard à Furia comme pour lui demander la permission, puis, honteux de ma réaction, j'attrapai le garçon. Il était tellement faible et petit que je pensais que ça ne serait pas très dur de le tenir, mais lorsque Dexan commença, j'eus besoin de toutes mes forces.

Le frondeur de sort plongea la main dans une poche de sa chemise et en ressortit une pointe luisante en pierre noire.

– C'est de l'onyx, expliqua-t-il. Mais pas n'importe lequel. Il vient d'ici.

– Ça peut aider Tyne ? s'enquit Seneira.

– Je ne pense pas. Ce n'est pas simple de faire partir l'ombre au noir. Ça prendra des jours, et encore, seulement si la condition majeure est remplie.

– S'il s'agit d'argent..., commença Beren.

– Ne vous en faites pas, vous m'en devrez beaucoup pour m'obliger à revivre ça, mais je parlais d'autre chose. Maintenant, que tout le monde se tienne tranquille, je ne veux pas faire souffrir cet enfant plus que nécessaire.

Le mage pressa le bord de la pointe en onyx contre la chair gonflée et noircie autour de l'œil droit du petit garçon. Tout à coup, Tyne se cambra si fort que j'eus du mal à le contrôler.

– Tiens bon, m'ordonna Dexan.

Ce que je fis, sans pouvoir m'empêcher de suivre tous ses gestes des yeux.

Les traces noires autour de l'œil de Tyne se déplacèrent

sur sa peau. Le petit garçon hurla si fort que Seneira voulut repousser Dexan.

– Arrêtez, vous êtes en train de le tuer !

Dexan lui résista et continua à presser la pointe en onyx contre la peau de Tyne tout en prononçant un sort à voix basse et en créant avec sa main libre une forme somatique que je n'avais jamais vue. Une sorte de fumée, ou plutôt de brume noire, s'éleva de l'œil du jeune garçon.

– Bon sang, dit Dexan en rangeant la pointe en onyx dans sa poche. Je suis désolé. Je ne peux rien faire.

Seneira s'approcha de son frère avec une serviette pour essuyer la sueur sur son front.

– Quoi ? Pourquoi vous ne pouvez rien faire ?

Dexan se plaça face à moi.

– Que sais-tu exactement de l'ombre au noir ?

Je choisis mes mots avec soin. J'ignorais quelle partie de l'histoire du peuple Jan'Tep avait été révélée depuis la disparition de la mage douairière. J'avais livré mes découvertes au conseil des mages, Shalla les connaissait aussi, ce qui signifiait que mes parents étaient au courant, mais avaient-ils révélé la vérité depuis ? Ou bien mon peuple continuait-il à prétendre que sa culture était noble et qu'elle recherchait la magie uniquement à des fins de protection ? J'avançai :

– Je sais que c'est lié à une magie démoniaque.

– Pas loin, mais pas tout à fait. L'ombre au noir n'est pas un lien entre une victime et des énergies démoniaques. C'est un rapport direct entre la victime et un vrai démon. C'est pour cette raison que ceux qui en sont atteints subissent des visions terribles et ressentent le besoin de commettre des actes violents. C'est le démon qui vous titille, qui exige votre asservissement, qui essaie de prendre totalement le contrôle de votre corps. Il préfère les mages, car ça fait plus de dégâts. (Malgré moi, je tremblais.) Cela éclaire cette malédiction particulière d'une tout autre manière, n'est-ce pas ?

– S'il vous plaît, le supplia Beren. Pourquoi ne pouvez-vous pas aider mon fils ?

Dexan soupira.

– Parce que cette malédiction possède deux versants.

Il retourna au chevet de Tyne et tendit un doigt en se contentant d'effleurer les marques noires.

– Ceci est un aspect, mais l'autre partie, c'est la personne qui lui a jeté ce sort. Celui qui a fait ça à votre fils est bien plus puissant que moi. Tant que ce fils de pute sera en vie, je ne pourrai pas briser le sort. Si j'essaie, je vais finir par tuer votre enfant.

– Et Seneira ? demandai-je. Vous pouvez la guérir ?

Dexan fit signe que non.

– Je n'ai pas besoin de torturer cette fille pour savoir que c'est le même mage qui a infligé ça à son frère et à elle. Je suis désolé, les amis. Vraiment.

Il s'éloigna du lit et se dirigea vers la porte.

– Attendez ! m'écriai-je. Qu'est-ce que vous faites ?

Dexan se retourna.

– Je te l'ai dit, la seule façon d'aider ce garçon, c'est de trouver la personne qui lui a jeté cette malédiction et de la tuer.

– Et c'est ce que vous allez faire ? Trouver le mage qui…

– Première règle des frondeurs de sort, gamin : ne pas se mêler des affaires d'un autre mage.

Il me regarda, et je vis sur son visage ce qui ressemblait vaguement à de l'humilité.

– Je ne suis pas comme ces maîtres mages de ton clan, Kelen. Je suis juste un frondeur de sort comme toi. J'ai quelques tours dans mon sac, rien de plus.

Il leva les avant-bras pour exhiber ses tatouages presque effacés.

– Ça fait très longtemps que j'ai quitté l'oasis de ma cité, mes pouvoirs diminuent d'année en année et j'ai des gens à mes trousses, exactement comme toi. (Il lança un regard à Beren et à Seneira.) Je suis désolé pour le petit garçon. Si vous trouvez qui lui a fait ça et que vous le tuez, je reviendrai et je ferai tout mon possible pour les guérir, lui et sa sœur.

Il quitta la chambre. Beren s'approcha de Furia et moi. Et là, son geste montra l'ampleur de son désespoir : alors que nous n'étions pour lui que des gens rencontrés quelques heures plus tôt à peine, il tomba à genoux.

– Je vous en prie, dit-il en nous prenant les mains. Aidez-moi à découvrir qui a fait ça à mon fils. Et aidez-moi à le tuer.

Je sentis les marques noires autour de mon œil me démanger. Je retirai ma main de la sienne puis passai la porte en courant pour rejoindre Dexan Videris et l'espoir de me guérir.

22

La proposition

– Attendez ! criai-je dans le couloir.

Il s'arrêta.

– Je me demandais combien de temps tu mettrais à me rattraper.

– Je... Ce...

– Calme-toi, Kelen, dit-il en tapotant les cicatrices autour de son œil. J'ai connu ça, tu te souviens ? Je sais ce que c'est. Je sais à quel point ça te poursuit, y compris la nuit, dans tes rêves.

– Vous pouvez m'en débarrasser ? De mon ombre au noir, je veux dire.

Il soutint mon regard avant de répondre :

– Je suis désolé. Mais non.

– Et pourquoi ? La personne qui me l'a donnée n'est plus en vie ! Alors pourquoi vous ne...

– C'est à cause de l'apparence de tes marques, gamin. Les tiennes sont trop parfaites, trop lisses. Quelqu'un t'a tatoué avec la bande de l'ombre, n'est-ce pas ?

J'acquiesçai.

– Ma grand-mère.

– Je ne sais pas ce qui lui a pris, mais le procédé que j'ai mis au point ne marchera pas sur toi. Sauf si…

Il se tut.

– Quoi ? Sauf si quoi ?

– Je ne sais pas. Laisse-moi réfléchir.

J'attendis le cœur battant, suppliant mes ancêtres que cet individu parvienne à m'aider, qu'il me débarrasse de la malédiction et me rende ainsi ma liberté. Je pourrais alors… rentrer chez moi, retrouver Nephenia et les miens. Peut-être même reprendre l'étude de la magie.

Dexan m'observa.

– Je comprends ce que tu éprouves. Toi et moi, on a beaucoup de points communs, tu sais. (Il eut une nouvelle hésitation.) Kelen, j'ai une idée, qui nécessite quelques recherches et expériences. (Il m'attrapa par le col et me prit la main.) Mais écoute bien, gamin : même si je réussis, ça sera douloureux et onéreux, peut-être plus que tu n'auras envie de payer.

Il semblait sous-entendre que ça n'impliquerait pas que de l'argent. Parmi mon peuple, il n'est pas rare de demander en guise de paiement plusieurs mois de travail ou bien la manipulation de sorts dangereux. Mais à l'idée de me débarrasser de l'ombre au noir, de pouvoir rentrer chez moi…

– Allez-y franchement, demandai-je. Qu'est-ce que vous voulez ?

– À ça aussi, j'ai besoin de réfléchir. Laisse-moi quelques jours.

Il me lâcha la main et repartit dans le couloir.

– Attendez ! criai-je à nouveau. Comment je vous retrouverai ?

Il ne prit pas la peine de s'arrêter.

– C'est moi qui te retrouverai quand je serai prêt. Tu sais, gamin, le bazar que tu laisses après toi n'est pas très difficile à repérer.

J'étais sur le point de rejoindre la chambre de Tyne pour voir si je pouvais être d'une quelconque utilité mais, avant que je revienne sur mes pas, Furia apparut dans le couloir. Elle marchait comme si elle allait m'écraser au passage. Elle s'arrêta à cinquante centimètres de moi. Elle avait l'air plus dégoûté que jamais. Elle m'examina des pieds à la tête. J'avais l'impression d'être une tache sur une chemise neuve.

– C'est ça, ce que tu es ?

– Je…

– Kelen de la maisonnée de Ke, je veux vraiment savoir ce que tu es.

Elle ne s'adressait presque jamais à moi avec le nom qui me venait de mon peuple.

– Je ne…

– Réponds-moi !

– Oui ! Oui, c'est ce que je suis ! Un gamin de seize ans qui n'a rien, à part une prime sur la tête et une malédiction qui le transformera un jour en monstre. Alors oui, Furia, j'ai besoin de trouver un moyen de survivre en ce monde avant de pouvoir aider les autres !

– Et Seneira ? Il y a quelques soirs de ça, tu t'insurgeais dans tous les sens en disant qu'il fallait l'aider. Et tout à coup, tu es prêt à abandonner ces gens pour courir après un charlatan qui t'a fait croire qu'il avait un traitement contre l'ombre au noir ?

– Je…

Il y avait un goût amer dans ma bouche. De la culpabilité, sans aucun doute.

– Seneira a une famille, elle. Regarde où on est ! Elle a un père qui a de l'argent et de l'influence. Moi ? Tout le monde veut ma mort, Furia ! Et toi, tu ne m'apprends même pas la voie des Argosi pour que je puisse...

Elle leva les bras au ciel.

– Je n'arrête pas de te le dire, il n'y a pas de voie des Argosi, pas celle que tu cherches, en tout cas. C'est un chemin que tu suis pour toi, et non une série de petits sorts que tu apprends pour impressionner les autres.

– Eh bien, dans ce cas, je devrais peut-être trouver quelqu'un pour m'apprendre à impressionner les autres, rétorquai-je, au bord des larmes. Parce que je ne vois pas comment tes paroles, qui sont la plupart du temps dénuées de sens, vont me permettre de venir en aide à de parfaits inconnus !

– Comme moi je te viens en aide, tu veux dire ?

Mais ma colère avait pris le dessus.

– Ne fais pas mine de te préoccuper de mon sort, Furia. Tu as surgi dans ma cité parce que le prince de clan allait mourir, et puis tu as... Comment tu dis, déjà ? Suivi la voie du vent ? En quête d'une discordance à peindre sur l'une de tes stupides cartes pour la montrer à tes amis argosi.

Elle me dévisagea longuement. Ses traits prirent des formes si différentes que j'aurais eu du mal à dire ce qu'elle pensait, mais tout tournait autour de la colère, la pire colère que je lui connaissais. Elle serra les poings.

– Tu vas me frapper, Furia ?

Elle ferma les yeux quelques instants.

– Non, Kelen. Je ne frappe pas les enfants.

Beren me trouva devant la chambre de Tyne. Je n'avais plus grand-chose à faire là, vu ma réaction un peu plus tôt, mais je n'avais nulle part ailleurs où aller. Rakis l'accompagnait.

– Seneira reste encore un peu avec son frère. Il s'est réveillé il y a quelques minutes, me dit Beren.

Il avait l'air presque en extase, malgré les larmes dans ses yeux. Il montra Rakis du doigt.

– Ton chacureuil a fait des acrobaties dans toute la chambre pour l'amuser. Est-ce qu'il est... doué d'intelligence ? J'ai entendu dire que les familiers des Jan'Tep sont...

– Rakis n'est pas mon familier, mais comme je vous l'ai dit, il comprend tout ce qu'on dit.

Beren s'agenouilla devant lui.

– Soyez bénis, maître chacureuil et les vôtres.

– Pas de bondieuseries ! protesta Rakis en se tournant vers moi. Dis à ce sac à peau d'arrêter. Y a rien de pire que de voir des adultes pleurer comme des veaux !

– Qu'est-ce qu'il a dit ? demanda Beren.

– Il a dit que ça avait été un plaisir et qu'il sera ravi de revenir amuser Tyne, si vous le voulez bien.

– Trou du cul, me cracha Rakis, qui bondit en déployant ses palmures, dont il me couvrit le visage. Excuse-toi avant que je t'étouffe.

– C'est si mignon, dit Beren. Il te prend dans ses bras.

Je repoussai Rakis en lâchant :

– Oui, c'est un ange.

Beren ne savait plus trop quoi dire.

– Quand tu es sorti de la chambre de Tyne, ton mentor...

– Furia n'est pas mon mentor.

– Pardon. Ton amie Furia a proposé de m'aider à retrouver le responsable de la maladie de mes enfants. Elle a dit que tu voudrais peut-être l'aider, même si je me doute que ça a un prix.

Génial. Furia avait renoncé à tout espoir en ce qui concernait ma morale, mais puisque Dexan avait dit vouloir être payé en échange de son aide, elle m'évitait de passer pour un pauvre type si je décidais de demander de l'argent à mon tour. Je me sentais si mal que je répondis :

– Je vais vous aider. Je ferai tout ce que je peux. Je vous le promets.

Au vu du soulagement qui se peignit sur le visage de Beren, je me sentis encore plus mal.

– Merci. Merci beaucoup, dit-il en me reconduisant au bout du couloir. Va t'installer chez nous. Nous pouvons tous vous héberger aussi longtemps que vous le souhaitez.

Et là, je me sentis encore, encore plus mal.

23
Le bain

On passa la nuit chez les Thrane. Beren était venu ranger le désordre laissé le jour où il avait conduit Tyne à l'hôpital, puis il avait insisté pour nous nourrir jusqu'à ce qu'on ne puisse plus rien avaler. Une fois le repas achevé, il monta à l'étage allumer le poêle de la salle de bains qui permettait de chauffer l'eau de la baignoire. Il me proposa de l'utiliser – en réalité, il me poussa carrément dans la salle de bains avec une assiette de petits gâteaux.

– C'est vrai que tu pues, me dit Rakis en me reniflant une fois Beren parti. Tu dégages une sympathique odeur de rat pourri.

– Merci bien.

Il renifla de nouveau.

– Dévoré par un vautour malade qui l'a ensuite vomi…

– Ça va, j'ai compris.

Mes vêtements de voyage sentaient horriblement mauvais et je cherchai un endroit où les mettre. Je finis par les accrocher à l'extérieur de la fenêtre. Je plongeai un orteil dans l'eau et découvris qu'elle était brûlante. Mal à l'aise à l'idée d'être nu chez des étrangers, je me glissai aussitôt dans l'immense baignoire en cuivre. Puis je m'assurai que l'assiette de gâteaux était en équilibre sur le bord. Ça faisait très longtemps que je n'avais pas mangé autre chose que des baies ou des bestioles ayant passé leurs derniers instants dans la gueule d'un chacureuil.

Une fois que je fus accoutumé à la chaleur, l'expérience se révéla incroyablement apaisante. Je ne m'étais pas rendu compte de la quantité de blessures que mon corps avait accumulées en quatre mois de vie à la dure. J'avais seize ans, et déjà l'impression d'être un vieillard.

– Hé, Kelen, me lança Rakis.

En rouvrant les yeux, je le vis perché sur le bord de la baignoire.

– Ouais ?

– C'est comment ?

– Quoi ?

Il plongea délicatement une patte dans l'eau.

– D'être allongé dans une baignoire d'eau chaude.

– C'est... agréable.

Parfois, Rakis sait ce que j'éprouve et, pour une fois, il devait être intrigué par mon sentiment de bien-être.

Il désigna de la tête un petit tabouret près de la baignoire.

– Mets ça dans l'eau. Sinon, ça sera trop profond pour moi.

– Tu es sérieux ? Tu veux prendre un bain ? Je croyais que les chats détestaient l'eau.

– Je suis pas un chat, crétin, je suis un chacureuil.

Je sais qu'il vaut mieux éviter avec Rakis les discussions au sujet des espèces animales, alors j'attrapai le tabouret et l'installai à l'autre bout de la baignoire. L'assise se trouvait à une vingtaine de centimètres sous la surface.

– Bon, dit Rakis. J'y vais.

Je crois qu'il parlait davantage à lui-même qu'à moi. Il posa une patte sur le tabouret, puis l'autre, le menton levé pour garder le museau hors de l'eau. Il resta comme ça un moment, puis ajouta les pattes arrière. Au bout de quelques minutes, il avait la tête humide et l'air très intrigué.

– Ça va ? demandai-je.

– Je sais pas trop. Qu'est-ce que je suis censé ressentir ?

– De la chaleur.

Il acquiesça.

– Oui, c'est chaud.

– Et agréable.

Il acquiesça de nouveau.

– Ouais… C'est le mot.

Son regard s'adoucit et ses paupières s'abaissèrent un peu. Il s'allongea sur le dos et contempla le plafond, le bout du museau et les pieds hors de l'eau.

– Agréable…, répéta-t-il.

– Tu es sûr que ça va ?

Il tendit une patte en désignant le rebord de la baignoire.

– File-m'en un, dit-il d'une voix à moitié endormie.

Je ne savais pas de quoi il parlait, puis je vis l'assiette.

– Tu es sérieux ?

– File-m'en un.

J'attrapai un sablé. Je voulus le mettre dans sa patte, mais celle-ci était de nouveau dans l'eau. Il ouvrit sa petite gueule. J'y déposai le biscuit et découvris bientôt le bruit d'un chacureuil qui gémissait de plaisir.

– Ouais ! fit-il en mâchant. C'est comme ça que je veux passer le reste de ma vie.

– Et la chasse ? Euh, je veux dire l'assassinat de lapins ?

Rakis déglutit.

– Pour l'instant, j'ai juste envie d'assassiner un autre biscuit. File-m'en un.

Je ne comprendrai jamais les chacureuils.

Je dus m'assoupir, parce que je sursautai en entendant des coups frappés à la porte.

– Kelen ? demanda Seneira.

– Une seconde !

Je sortis du bain en réussissant à ne pas faire tomber le tabouret de Rakis, ce qui m'aurait valu des morsures et des griffures sur mon corps tout propre. J'attrapai une serviette et me séchai rapidement, puis je me passai une main dans les cheveux. Il y avait un miroir au-dessus du lavabo, où je vis mon visage débarrassé de sa crasse. « C'est donc à ça que je ressemble, maintenant. »

– Kelen ? Je voulais juste...

Elle commença à tourner la poignée.

– Non ! criai-je en enroulant la serviette autour de ma taille.

Un jour, Furia m'avait expliqué que, contrairement aux Jan'Tep, les gens de la Frontière ne sont pas gênés par la nudité, mais je craignais qu'elle m'ait raconté des histoires exprès pour m'embarrasser un jour ou l'autre.

Soulagé d'avoir réussi à sauvegarder mon intimité, j'ouvris la porte. Seneira tenait un paquet de vêtements, que je reconnus comme mon seul jeu de rechange. Lorsque j'étais encore initié Jan'Tep, je possédais une armoire pleine de vêtements : des habits pour l'école, pour tous les jours, pour les cérémonies… Mais en général, un hors-la-loi n'a que deux pantalons et deux chemises aussi élimés les uns que les autres, et encore, à condition d'avoir de la chance.

– Mon père est retourné auprès de Tyne. J'ai nettoyé tes vêtements du mieux que j'ai pu. Ils sont secs, je crois. Je les ai étendus près du feu.

Je voulus expliquer pourquoi je m'étais éclipsé de la chambre de Tyne, mais je me dis que si Furia m'avait excusé auprès de Beren, elle l'avait sans doute aussi fait auprès de Seneira, et que cette dernière l'avait crue. Je n'étais pas encore prêt à lui montrer à quel point j'étais lâche.

– Merci, dis-je en récupérant le tas de vêtements propres.

Elle examina mon torse maigre qui n'avait, à part sa peau tannée après quatre mois dans les terres de la Frontière, toujours rien d'impressionnant.

– Qu'est-ce qu'il y a ? demandai-je, gêné.

– Tu es couvert de cicatrices, dit-elle.

– Comme tout le monde, non ? répliquai-je en enfilant la chemise qu'elle m'avait rendue.

– À ton âge, tout le monde n'en a pas autant que toi.

Elle surprit mon regard, et je pense qu'elle eut mal pour moi.

– Je suis désolée, Kelen, je ne voulais pas…

– Ne t'en fais pas, la coupai-je.

Je ne m'étais jamais battu ou presque pendant les seize premières années de ma vie mais, en l'espace de quelques mois, je m'étais bien rattrapé.

Le regard de Seneira alla jusqu'à Rakis, toujours couché sur le dos dans la baignoire.

– Tu te baignes avec ton animal ?

Quand elle le dit, ça parut encore pire que la réalité.

– D'habitude, non, mais…

– Kelen, grogna Rakis, toujours dans l'eau. Dis à cette garce que si elle me vire de mon bain, je jure devant les neuf dieux des chacureuils de lui arracher les yeux et de les lui faire bouffer.

– Qu'est-ce qu'il a dit? demanda-t-elle.

– Il vaut mieux que tu ne le saches pas.

Elle acquiesça.

– Je vous laisse aller au lit. J'espérais…

Je me souvins alors que je n'avais pas de pantalon, et craignis la fin de la phrase.

– Quoi?

– Furia a dit que tu retournais à l'hôpital demain. Je… Mon père ne me laissera pas y aller. Il ne veut pas que je prenne le risque d'être reconnue.

Elle me tendit un petit objet en tissu. Il me fallut un moment pour comprendre que c'était un jouet d'enfant qui ressemblait vaguement à un cheval. Dans mon peuple, on n'a pas de poupées, car elles sont trop semblables aux figurines utilisées par certains mages pour infliger de la douleur à leurs ennemis.

– Tu pourrais donner ça à Tyne? C'était sa peluche favorite jusqu'à il y a deux ans, quand il a déclaré qu'il était trop grand pour ça, mais… Peut-être que je suis juste une idiote.

« Bon, d'accord, j'avais espéré autre chose. »

Je pris la peluche.

– Je la lui donnerai, c'est promis.

– Merci, fit-elle, puis elle me regarda droit dans les yeux. Et dis-lui que je l'aime, s'il te plaît. Je pense qu'il ne comprend pas du tout ce qui se passe. Quand j'ai quitté l'hôpital tout à l'heure, il a cru que je m'enfuyais, que je l'abandonnais de nouveau. Je ne veux pas qu'il s'imagine... Kelen, j'ai tout gâché.

Je voulus la réconforter, mais elle avait déjà filé en me laissant tout seul vêtu de ma serviette et de ma chemise.

– Allez, viens, Rakis, dis-je en me rhabillant.

Il me décocha un regard noir, mais finit par se redresser et par sauter sur le bord de la baignoire.

– Sèche-moi, ordonna-t-il en montrant l'une des serviettes propres.

– Qu'est-ce qui te prend? lançai-je. Un bain et tu deviens un animal de compagnie trop gâté?

– Sèche-moi, répéta-t-il en sautant par terre, prêt à s'ébrouer, ce qui m'aurait trempé. Sinon, je m'en charge.

Une chose est sûre au sujet des chacureuils : ce sont vraiment de petits salauds.

24
Les sept talents

Rakis eut beau faire tout son possible pour me convaincre qu'il lui fallait un autre bain, je refusai. Et, comme personne à part moi ne le comprenait, malgré tous ses efforts pour mimer devant Seneira ce qu'il voulait, il obtint juste qu'elle lui ouvre la porte de la maison. Il finit par renoncer, uniquement après avoir affirmé qu'une vengeance terrible s'abattrait sur tous ceux qui s'interposeraient entre lui et sa nouvelle passion pour les bains et les biscuits.

Quand j'atteignis mon lit, qui s'annonçait si confortable, j'étais sûr de m'endormir en mettant la tête sur l'oreiller. Pourtant, quelque chose me maintint éveillé. Peut-être l'habitude de dormir dehors, avec le rituel du ramassage du bois et de la préparation du camp, Furia qui posait ses pièges et nous trois qui racontions des bêtises jusqu'à ce que les étoiles aient envahi le ciel. Peut-être parce que je me sentais tellement coupable. Furia n'avait pas crié, elle n'avait pas été inamicale, mais nous nous étions à peine parlé depuis l'incident à l'hôpital. Rakis, lui, dormait (et ronflait) déjà avec la dévotion d'un converti au confort.

Je me tournai et me retournai pendant une heure dans

mon lit. Pour finir, je sortis sur le petit balcon de la chambre surplombant un splendide jardin. Je ne sais pas combien de temps je mis à distinguer Rosie, si silencieuse que je ne l'entendais pas, qui semblait s'entraîner au combat avec un adversaire imaginaire. Il y avait une telle élégance dans ses mouvements que je finis par me rhabiller pour descendre la voir.

– Comment ça s'appelle ? demandai-je.

– *Eres trida*, répondit-elle sans s'interrompre, se déplaçant avec précision et sans effort sur l'allée pavée du jardin. Le combat des sables.

– Le combat des sables ?

Rosie tournoya sans difficulté sur le sol pourtant inégal.

– Tu ne connais pas ?

– Je…

Elle m'interrompit, mais j'ignorais si c'était parce qu'elle avait terminé, ou si je l'ennuyais.

– Le combat des sables. Ça fait partie du deuxième talent.

– Le deuxième talent ? Je ne vois pas de quoi tu parles.

Elle plissa les yeux. Cette fois, elle croyait vraiment que je me moquais d'elle.

– *Eres*. Le deuxième talent. (Elle dit ce mot comme si je ne pouvais l'ignorer, puis traduisit :) La défense.

– Ah.

Elle quitta sa position de combat pour se planter devant moi.

– Nomme-moi les sept talents des Argosi.

– Je… Je ne…

– Je croyais que tu étais en train d'apprendre les voies des Argosi.

– Moi aussi.

– Dans ce cas, nomme-moi les sept talents !

Ça m'agaçait qu'elle me parle comme si j'étais un imbécile, et pourtant, je n'avais pas envie qu'elle sache que j'étais ignorant de tout ce que Furia aurait déjà dû m'enseigner.

– Euh… Se vanter… Danser.

– Se vanter ? Danser ? répéta-t-elle en secouant la tête et en faisant claquer sa langue d'énervement. Les sept talents d'un voyageur argosi sont, dans l'ordre : l'audace, pour braver le monde ; la défense, pour se protéger et protéger les autres ; l'éloquence, pour communiquer avec des étrangers ; la subtilité, pour échapper aux pièges ; la résilience, pour s'en sortir quoi qu'il arrive ; la persuasion, pour imposer la bonne action ; la perception, pour voir ce que les autres ne voient pas.

– Je… J'ignorais tout ça.

Le regard de Rosie se radoucit juste un peu, puis elle inclina la tête et dit :

– Je te prie de me pardonner. Puisque tu voyages avec le Chemin de la Pâquerette Sauvage… avec Furia, je croyais que tu étais son *teysan*.

– C'est quoi, un *teysan* ?

– Un élève. Un apprenti des voies des Argosi. Je pensais qu'elle était en train de t'apprendre les sept talents pour te préparer à ta propre voie. Elle et moi, on a eu le même *maetri* – maître –, alors je croyais que…

Je me sentis rougir. Je m'exclamai :

– Elle a dit qu'il n'y avait pas d'entraînement propre aux Argosi. Elle a dit…

Rosie leva les paumes.

– Pardon. À cause de ma bêtise, je sème la discorde là où il n'y en avait pas.

– Oh si. C'est juste que je n'avais pas mesuré à quel point.

Rosie fronça les sourcils.

– La voie des Argosi est la voie de l'eau, dit-elle. Je ne veux pas que cet échange soit pour moi l'occasion de prendre l'avantage sur toi. Y a-t-il quelque chose que je puisse t'offrir de façon à rétablir l'équilibre entre nous ? Je ne possède pas grand-chose, seulement quelques babioles en provenance de contrées étrangères. Peut-être que...

– Je ne veux pas d'une babiole !

Quand ces mots franchirent mes lèvres, je me rendis compte que j'étais allé trop loin. Rosie n'y était pour rien. Elle voulait simplement m'apaiser.

– Mais peut-être que... vous pourriez m'enseigner quelques-unes de ces techniques de combat que vous étiez en train de pratiquer ?

Elle eut l'air perdue, puis secoua de nouveau la tête.

– Je suis désolée, mais c'est impossible.

– Et pourquoi ? C'est juste...

– Kelen, Furia a décidé de ne pas t'initier, et elle doit avoir ses raisons. Si je la contredis, je brise l'équilibre entre elle et moi, or cet équilibre est déjà... fragile.

– C'est formidable, déclarai-je.

Rosie s'approcha et posa une main sur mon épaule.

– Les voies des Argosi sont... strictes, Kelen. Elles ne sont pas faites pour tout le monde. Si le Chemin de la Pâquerette Sauvage ne t'y conduit pas, considère que ce n'est pas une vie pour toi.

– Eh bien, dans ce cas, je suppose qu'Argosi, ce n'est pas une vie pour moi.

« Mais quelle vie est pour moi, alors ? »

25

L'Académie

Je dormis tard, mais me réveillai malgré tout fatigué et de mauvaise humeur. Même Rakis comprit qu'il valait mieux m'éviter. Comme si ça ne suffisait pas que ma vie parte en vrille, j'étais en train de devenir un être sans cœur qui profitait du garde-manger des Thrane et dormait dans leur lit jusqu'à midi. J'allais m'excuser, et puis… Quoi ? Au nom de tous mes ancêtres réunis, qu'étais-je censé faire ?

Je m'habillai et descendis l'escalier pour découvrir qu'il y avait du nouveau.

Seneira, Furia et Rosie étaient autour de la table.

– Va préparer ton cheval, gamin, me dit Furia dès qu'elle me vit. On a quelque chose à faire.

– Qu'est-ce que… ?

– Je t'expliquerai en route.

Rakis descendit l'escalier en flèche, mais Furia pointa un doigt sur lui.

– Toi, le chacureuil, n'y pense même pas. Cette fois, tu restes ici.

Rakis me regarda et déclara :

– Kelen, la prochaine fois que l'Argosi pointe un doigt sur moi, elle peut aller creuser sa…

– De toute façon, Rakis, tu n'as pas envie de venir…, le coupai-je.

– Comment tu le sais ? Elle t'a même pas dit ce que vous alliez faire.

– Parce que je suis presque sûr qu'il n'y aura personne à voler ou à tuer.

Il me regarda un instant, puis fit demi-tour et sauta de nouveau sur l'escalier.

– Je retourne au lit. Qu'on me réveille quand la situation présentera un quelconque intérêt.

La crise évitée, j'eus à peine le temps de mettre la ceinture à laquelle étaient accrochées les bourses de poudre que j'utilisais pour jeter mon sort et d'enfiler mes bottes que Furia me pressait déjà hors de la maison.

– On va où ?

– À l'Académie. Je veux voir ce que je peux apprendre là-bas.

Je m'arrêtai à la porte.

– Il ne vaudrait pas mieux que Seneira nous accompagne ? C'est elle qui sait comment fonctionne l'Académie.

– C'est impossible, répondit cette dernière d'un ton qui signifiait que ça ne la ravissait pas. Si mes camarades me voient avec un bandeau sur les yeux, ils me poseront des questions.

Elle désigna les marques autour de son œil. Qui semblaient un tout petit peu plus étendues que la veille.

– Et s'ils me voient sans bandeau, ça sera pire.

– Allez, viens, gamin, me dit Furia en m'attrapant par l'épaule. C'est parti.

– Puis-je avoir un instant en tête à tête avec Kelen avant votre départ ? demanda Seneira.

Furia haussa un sourcil, mais acquiesça et alla m'attendre dehors.

– Qu'est-ce qu'il y a ? questionnai-je Seneira.

– J'ai un service à te demander, commença-t-elle d'un ton hésitant. Je me fais du souci pour quelqu'un, et j'aimerais que tu enquêtes discrètement à son sujet.

– Je vais essayer. Qui c'est ?

– Il s'appelle Revian. C'est un… camarade.

« Revian. » Ce nom me disait quelque chose, mais il me fallut une seconde pour savoir dans quel contexte je l'avais déjà entendu.

– Tu as prononcé ce nom l'autre soir, pendant la crise d'ombre au noir.

« Quand je lui ai conseillé de penser à des gens qu'elle aimait. »

Seneira parut honteuse, comme si elle avait voulu me cacher quelque chose.

– N'y pense plus. Je n'aurais pas dû…

« Ancêtres, pourquoi suis-je si nul avec les gens ? »

– Je vais me renseigner. En toute discrétion. À quoi il ressemble ?

Elle me fit un sourire reconnaissant, puis se mit à décrire un individu qui semblait tout droit issu d'un tableau représentant les dieux du Soleil et du Ciel. Elle évoqua aussi sa gentillesse, sa compassion, sa dignité, son courage et son sens de l'humour. Qui que soit ce Revian, je le détestais déjà.

Comme je tournais les talons, Seneira m'attrapa par le bras.

– Si tu le vois, dis-lui que je…

– Quoi ?

Elle secoua la tête.

– Pardonne-moi. Dis-lui juste qu'il me manque.

Furia et moi, on parcourut à cheval le kilomètre qui nous séparait de l'Académie, puis on attacha nos montures et on entra.

– Première destination : douzième étage, m'annonça-t-elle.

Elle marche terriblement vite quand elle ne fait pas exprès de traîner, si bien que je devais presque courir pour rester à sa hauteur.

– Qu'est-ce qui te fait croire que les professeurs ou les camarades de Seneira vont accepter de nous parler ? demandai-je.

– Je vais charmer ses professeurs, et toi… (Elle s'arrêta pour m'ébouriffer les cheveux.) Tu te contentes de faire bonne figure, d'accord ?

Furia est vraiment très forte pour me déstabiliser.

– Et comment suis-je supposé faire bonne figure ?

– Tu veux vraiment savoir ? Si je t'explique, tu m'écouteras, cette fois ?

Je hochai la tête.

– Pour commencer, corrigeons quelques détails, dit-elle en me poussant doucement contre un mur. Arrange-toi pour que tes fesses, tes épaules et l'arrière de ton crâne touchent le mur.

– Qu'est-ce que… ?

– Tu veux continuer longtemps avec tes questions, ou apprendre à être beau ?

– D'accord, d'accord, dis-je en m'exécutant.

– Non, pas comme ça. Tiens-toi droit. Rappelle-toi : fesses, épaules, tête contre le mur.

Je me contorsionnai jusqu'à adopter une position terriblement inconfortable.

– Bon, dit-elle. Maintenant, fais mine d'être à l'aise.

Comme j'obtempérais, elle dit :

– Non, tu t'avachis de nouveau.

Je voulus répondre quelque chose, mais elle me réduisit au silence d'un regard. Au bout de plusieurs tentatives, elle eut l'air satisfaite.

– Bon, maintenant, fais-moi ton plus beau sourire.

Je m'exécutai. Elle grimaça.

– Quoi ? demandai-je.

– Arrête de faire ça avec ta bouche.

– Tu m'as dit de sourire.

Furia désigna mes yeux.

– Souris à partir d'ici.

– Et comment je suis censé… ?

– Tu vas voir.

Une fille de mon âge était en train de gravir l'escalier. Jolie, avec des cheveux roux bouclés qui retombaient sur ses épaules. Furia s'approcha d'elle.

– Mademoiselle ? Pourriez-vous nous aider, une seconde ?

« Ô ancêtres, vous faites ça pour me torturer, n'est-ce pas ? »

Furia demanda à la fille de s'immobiliser de l'autre côté du grand escalier. Je me dis que les cours devaient avoir commencé, car il y avait très peu de monde dans le hall. Mais les quelques personnes présentes ricanèrent en me voyant planté là comme un idiot.

– Bon, dit calmement Furia. Je te présente Hadina. Je veux que tu la regardes avec un sourire dans les yeux.

– Je ne sais toujours pas ce que ça veut dire.

– T'en fais pas, gamin, je vais t'apprendre.

Elle s'écarta afin de pouvoir me parler sans que la fille... Hadina... entende :

– Quand tu regardes Hadina, je veux que ce soit droit dans les yeux. Mais ne la fixe pas comme si c'était un caillou, et encore moins comme si c'était un gâteau. Je veux que tu la regardes droit dans les yeux et que tu écoutes ce qu'ils te disent.

– Que j'écoute des yeux ?

Furia hocha la tête.

– C'est un dialogue. Laisse ses yeux te dire ce qu'ils ont envie de te dire. Écoute-les comme s'ils racontaient l'histoire la plus merveilleuse que tu aies jamais entendue.

« Écoute ses yeux comme s'ils racontaient l'histoire la plus merveilleuse que tu aies jamais entendue. Parfait. »

– Pendant combien de temps ?

– Au moins une seconde, peut-être deux, pas plus. Si tu dévisages un inconnu pendant plus de deux secondes, on va croire que tu cherches la bagarre, répondit-elle en repoussant mes épaules vers l'arrière. Et tiens-toi droit.

Ce que je fis. Je regardai cette inconnue dans les yeux, j'essayai de les écouter comme s'ils avaient quelque chose à me dire. Bien entendu, ils ne me dirent rien, car je n'avais aucune idée de l'histoire qu'ils avaient à raconter. Mais bizarrement, il se passa autre chose : Hadina me sourit. Pas d'un sourire timide ou gêné. Un sourire... vaguement flatteur.

– La leçon est terminée, murmura Furia, qui s'approcha de la fille pour la remercier.

Hadina reprit l'escalier, puis revint sur ses pas.

– Mon cours d'archimétrie se termine dans une heure, me

déclara-t-elle. Au cas où tu aies encore besoin d'exercer ton sourire.

– Je...

– Il en serait ravi, dit Furia en me coupant la parole. Mais il a rendez-vous à l'hôpital à cause d'une terrible éruption sur... Tu vois ce que je veux dire.

Hadina, qui ne connaissait pourtant Furia que depuis une minute, comprit qu'elle mentait. Peut-être qu'elle, elle avait « écouté ses yeux ».

– Eh bien, un autre jour, alors. Je passe mes journées au quatorzième étage.

Après son départ, je restai ahuri.

– Qu'est-ce que j'ai fait ?

Furia me tapota l'épaule.

– La chose la plus naturelle au monde, gamin. Tu as souri à une fille.

– Mais je n'ai pas bougé les lèvres.

– Ah bon ?

Elle plongea la main dans son gilet, en sortit l'une de ses cartes en métal luisant, qu'elle tint à hauteur de mon visage. J'y vis mon reflet et découvris un discret sourire flottant sur mes lèvres. J'avais l'impression de regarder quelqu'un d'autre. Quelqu'un de presque beau.

– Arrête de t'admirer, gamin, dit Furia en reprenant l'escalier. On a du boulot.

– Attends, dis-je en la rattrapant. Ça marche avec toutes les filles ?

Elle ne s'arrêta même pas.

– Les filles, les garçons, les hommes. Des fois, aussi, ça marche même sur les femmes.

On passa l'après-midi à discuter avec les professeurs de Seneira et ses camarades. J'aurais pensé qu'il allait falloir fournir des explications, mais comme elle avait disparu depuis plusieurs semaines, tout le monde la croyait malade. Furia déclara être une lointaine cousine qui songeait à m'inscrire à l'Académie. Les professeurs parurent dubitatifs ; nous n'avions sans doute pas l'air assez riches pour honorer les frais de scolarité, mais Furia usa de son charme et, bientôt, tous fondirent devant elle. Chacun semblait la croire spécialiste de son propre champ de compétences, ce qui était impossible, dans la mesure où ils enseignaient des matières qui allaient de la conception d'objets mécaniques à l'histoire de chaque pays du continent, en passant par la diplomatie stratégique (à mon avis, si Seneira ne ratait pas cet examen, c'est qu'il y avait de la triche).

– Je vous en prie, dame Furia, demanda le professeur de Seneira en mécanique des outils complexes comme la conversation touchait à sa fin, venez assister à mon séminaire.

– Pas dame, maître Westrien, juste Furia. Je suis désolée, mais aujourd'hui, c'est impossible.

Rakis avait raison. Le « je ne suis pas une dame », ça commençait à bien faire.

Westrien parut déçu.

– Eh bien, j'espère que vous pourrez venir un autre jour.

Elle fit un petit signe de tête.

– Ce serait un honneur.

Je me promis de me souvenir de cette habile formule : « Ce serait un honneur. » Furia parvenait à ne pas mentir sans pour autant dire la vérité.

– Un type bien, dit-elle comme on quittait la salle de maître Westrien. Même si je n'ai pas compris un traître mot de ce qu'il racontait.

Je la dévisageai.

– Mais tu as discuté avec lui pendant au moins un quart d'heure ! Tu avais l'air de connaître tous les sujets dont il parlait !

– Nan, gamin. Je n'ai pas du tout parlé. Je l'ai juste aidé à faire de la musique.

– De la musique ?

– Dans chacune de ses phrases, il y avait un mot important. La plupart du temps, je me suis contentée de lui demander des précisions à ce sujet, ou bien comment l'un des autres mots avait une incidence sur celui-là, ou encore ce que Seneira pensait d'un point précis.

– Donc tu le lançais sur un sujet, puis tu l'écoutais parler ?

– C'est un peu différent. La musique a deux composantes, gamin. Les notes, et les silences. Je lui ai fait jouer les notes…

– Et tu as écouté les silences. D'accord, mais à part avoir été invitée à son séminaire, qu'est-ce que tu as obtenu de lui ?

– J'ai découvert exactement ce que je voulais savoir.

– C'est-à-dire ?

Elle secoua la tête.

– Désolée, gamin, je ne veux pas influencer ton jugement.

– Mon jugement sur quoi ?

Elle m'entraîna dans un recoin.

– D'après Westrien, c'est dans cette salle que traîne la petite bande de Seneira. Je voudrais que tu essaies d'apprendre des choses sur elle, comment elle est perçue ici.

– Tu ne viens pas avec moi ? C'est toi qui…

– Impossible, gamin. J'ai promis à Rosie de rentrer surveiller la maison pour qu'elle puisse mener sa petite enquête de son côté.

Je me sentis tout à coup raide, maladroit et terrorisé.

– Mais je ne connais personne ! Ils vont penser que je suis juste un type bizarre qui…

– N'oublie pas de sourire, gamin.

26
Les petits génies

– Vous croyez qu'il a un problème ? lança un grand blond qui avait sans doute un an de plus que moi, installé au creux d'un appui de fenêtre dans la salle.

– Il parle pas, dit un autre. Peut-être qu'il est muet.

Une fille d'environ treize ans, trop jeune pour être dans leur classe, selon moi, s'approcha et promena sur moi ses yeux verts en partie cachés par des lunettes.

– Pourquoi il sourit comme ça ? Peut-être qu'il fait du théâtre et que c'est un exercice imposé.

« Trois théories crédibles », me dis-je, alors que je restais planté là comme un crétin. À un certain moment, entre la leçon de Furia sur le sourire des yeux et l'instant où elle m'avait poussé dans cette salle remplie de gens qui se connaissaient, s'appréciaient et se considéraient de toute évidence comme importants et passionnants, contrairement à moi, j'avais été pris de paralysie.

« Dis quelque chose, imbécile. Ou bien tire-toi. »

Dans ma cité, les élèves forment une seule et même classe du jour où ils pénètrent dans l'oasis à celui où ils passent leurs épreuves de mage. Pourtant, depuis mon départ, j'avais maintes fois eu l'occasion de me retrouver en présence d'étrangers mais, le plus souvent, je les fuyais parce qu'au mieux, ils me jetaient des objets à la figure, et la discussion n'était jamais à l'ordre du jour.

L'un des élèves agita les mains devant mes yeux en disant :

– Peut-être qu'il est aveugle ?

Las de chercher comment m'en sortir avec élégance, je finis par conclure que je vivais le moment le plus embarrassant de ma vie.

« Certes. »

Mais ça me fit du bien de me l'avouer. J'avais raté la mission que Furia m'avait confiée, ce qui ne me laissait que deux possibilités : battre en retraite la queue entre les jambes pour admettre devant elle qu'après avoir affronté des enchaîneurs, des mages guerriers et mon meilleur ami, puis être venu à bout d'un mage seigneur, un vrai et grand mage seigneur, quelques adolescents (même très sûrs d'eux), c'était trop pour moi. L'autre possibilité, c'était de tenter une nouvelle approche.

« Quitte à tout rater, autant risquer son va-tout. »

Au hasard, je choisis une fille aux cheveux bruns et courts qui lisait un énorme livre posé sur ses genoux. Jusque-là, elle m'avait observé sans un mot. Je captai son regard et j'écoutai ses yeux en comptant les secondes dans ma tête… une… deux… puis je me tournai vers les autres et mis un doigt sur mes lèvres en disant :

– Chut.

– Il nous demande de nous taire ? lança le type sur l'appui de fenêtre. Tu es étudiant ici, toi ?

– Oui, je suis en train d'étudier, répondis-je.

La fille très jeune, celle aux lunettes et aux yeux verts, demanda :

– Et qu'est-ce que tu étudies ?

Je quittai des yeux la fille avec le gros livre, réunis tout l'aplomb que je pus trouver en moi – et je jure que s'il y avait eu un mur, mes fesses, mes épaules et ma tête l'auraient touché –, puis je déclarai :

– L'art.

Il y eut des gémissements et des éclats de rire dans la salle. Je n'y fis pas attention. En revanche, je me dirigeai vers la fille, j'inclinai la tête et lui tendis la main.

– Je m'appelle Kelen, annonçai-je.

Elle me fit un sourire qui indiquait qu'elle me trouvait totalement ridicule, mais elle accepta ma poignée de main.

– Cressia, répondit-elle avec un accent de Gitabrie. Tu es toujours aussi bizarre, Kelen ?

Sans rater une seule note de musique, je répondis :

– Oui. Toujours. Promis juré.

Un garçon vint me taper dans le dos et me souffla, toutefois assez fort pour que tout le monde entende :

– Si tu cherches l'amour, tu n'es pas sur la bonne route, mon pote. Cressia n'a pas de… penchant pour nous autres.

Il me fallut quelques secondes pour comprendre ce qu'il disait et, pendant ce temps, tout le monde continua à rire, y compris Cressia.

« Bon, à noter pour mes futures tentatives de charme : ne pas s'attaquer aux filles qui préfèrent les filles. »

Le type sur l'appui de fenêtre leva la main, comme s'il me portait un toast.

– À… Kelen, c'est ça ? Kelen, qui, malgré son courage et sa vaillance, connut une fin tragique.

– À Kelen ! s'écrièrent-ils tous.

Je souris et fis quelques révérences.

À partir de là, tout changea. Jugé au début comme hurluberlu, bizarre mais pas méchant, je devins vite un objet de fascination pour eux tous. J'appliquai la méthode de Furia et répondis aux questions par d'autres questions, écoutant ce qu'ils disaient. Je repérai ce qui les intéressait, et les silences entre les notes de ce morceau qu'on composait ensemble. Au bout d'un moment, je commençai à m'amuser.

Je prétendis être un cousin éloigné de Seneira et utilisai leurs questions sur elle pour glaner toutes les informations possibles. Le groupe semblait l'apprécier, mais une série de notes réapparaissait sans cesse, un refrain qui tournait toujours sur la même variation.

– J'ai vraiment hâte qu'elle revienne, dit une fille. Même si elle a raté plein de cours, je suis sûre qu'elle sera quand même la première à la fin du trimestre.

Quelques gloussements : les percussions.

Une autre, parfaitement en rythme :

– Senny est incroyable. Quel que soit le sujet, elle s'en sort toujours. On dirait qu'elle n'a même pas besoin de travailler.

Cressia, que je commençais à bien aimer, donna le contrepoint à cette mélodie :

– Vous êtes vraiment des crétins, vous autres, dit-elle en me désignant. Kelen est poli, c'est tout. Vous ne voyez pas qu'il sait que vous racontez n'importe quoi à ce soi-disant... Qu'est-ce que tu es déjà, pour Seneira ?

– Son cousin au troisième degré.

Cressia ne semblait pas croire à mon histoire. Encore une raison de l'admirer.

Toller, qui semblait vissé à son appui de fenêtre, intervint :

– Allez, Cress. Tout le monde reconnaît que Seneira est brillante, mais ce n'est pas comme si on ne savait pas qu'elle a quelques… avantages.

Les autres me regardaient en guettant ma réaction. Mon instinct me poussait à les caresser dans le sens du poil, avec l'espoir qu'ils finissent par m'apprécier. Mais mon instinct n'est jamais bon conseiller. Alors je répétai :

– Des avantages ?

Puis j'éclatai de rire, comme si c'était la chose la plus drôle au monde.

– Quoi ? Qu'est-ce que j'ai dit ? demanda Toller.

Je ne répondis pas et me contentai de sourire.

– Oh… Je comprends, fit-il en désignant les garçons de la salle. Tu veux dire, parce qu'on est tous… (Je hochai la tête.) C'est pas faux.

– Et toi ? demanda Lindy, la jeune fille aux lunettes. Tu vas venir étudier à l'Académie ?

Je ne savais pas quoi répondre. J'avais tendance à me considérer comme un bon menteur, mais je n'avais pas envie d'utiliser ce don plus que nécessaire. Je songeai à la réponse de Furia à maître Westrien, que je répétai avec sincérité :

– Ce serait un honneur.

Cressia posa son livre à grand bruit et s'approcha de moi pour m'examiner, comme si j'étais une statue.

– Et quelle matière notre nouvel ami Kelen étudierait, je vous le demande ?

– La mécanique, proposa Toller. Il a l'air d'aimer comprendre comment les choses fonctionnent.

– Peut-être, dit Cressia, qui continuait à me tourner autour, mais il est aussi romantique, il nous l'a prouvé.

– La poésie, dit Lindy. Il est intelligent.

– Peut-être, peut-être, mais il a l'air un peu trop baroudeur pour un poète ou un rhétoricien, objecta Cressia.

Chacun proposa une matière différente, pour des raisons que je comprenais, ou pas. J'attendis sans leur montrer que chaque possibilité me plaisait, que chacune serait un chemin possible dans la vie pour devenir quelqu'un.

Cressia s'immobilisa enfin face à moi.

– Bon, Kelen, ça suffit, le suspense. Qui a raison ? Quelle matière voudrais-tu étudier, si ta candidature à l'Académie était acceptée ?

Accepter n'importe laquelle de leurs propositions ne m'apporterait rien de plus, alors je donnai la seule réponse possible :

– Celle que tu as en tête. La matière que personne n'a proposée.

Le silence s'abattit sur la classe. Tout le monde attendait en retenant son souffle.

« Des fois, je suis vraiment malin. »

Le sourire de Cressia illumina son visage. Elle tapota mon torse du bout du doigt en disant :

– J'en étais sûre ! Mesdames et messieurs, nous avons un philosophe parmi nous !

Toller gémit.

– Ô Martius, dieu de la Guerre, ne m'oblige pas à être ami avec un élève en philosophie !

L'air soupçonneux, Lindy leva la tête vers moi.

– Il passe beaucoup de temps dehors pour un philosophe.

– Je suis un philosophe de la nature.

Elle examina ma mâchoire.

– Et il a un bleu, là. Plusieurs, même.

Ne sachant pas comment me justifier, je tentai :

– Il m'arrive d'être une tête à claques.

Toller éclata de rire et lâcha :

– Bon, cette fois, je le crois vraiment philosophe.

Je me joignis à leurs rires et, pendant les deux heures suivantes, j'écoutai leurs histoires, racontai les miennes, je ris à leurs plaisanteries, en racontai d'autres, et imaginai ce que ça serait de fréquenter ainsi d'autres jeunes gens de mon âge qui étudiaient, s'amusaient, avaient des projets d'avenir. Ça aurait été facile d'oublier la raison première de ma venue à l'Académie, mais je me rendis finalement compte que j'avais appris tout ce dont j'avais besoin. J'avais aussi repéré Beren Thrane à l'extérieur de la salle, même s'il s'efforçait d'être discret. En vain.

– On m'attend, dis-je.

Deux d'entre eux firent une grimace, et Lindy s'exclama :

– Oh non, ne pars pas !

– Mais tu vas t'inscrire à l'Académie, hein ? me lança Cressia en tapotant ma poitrine. Nous avons décidé que tu mérites de te joindre à nous, cher philosophe Kelen. Pour ça, tu dois juste ne plus enfreindre une règle.

– Laquelle ?

Elle se pencha pour me murmurer :

– Ne plus jamais m'utiliser comme marionnette pour ton petit spectacle.

27

L'oreille indiscrète

– Tu t'es fait des amis, apparemment, me dit Beren en m'entraînant dans les couloirs en direction du grand escalier.

Il ne m'avait pas encore dit pourquoi il me cherchait, ni où il m'emmenait.

– Que penses-tu de nos élèves ?

Cette question était formulée de façon innocente, mais ses yeux plissés et son regard scrutateur me firent comprendre que ce n'était pas là de la simple curiosité. Essayait-il de connaître leur opinion sur Seneira, ou sur l'école ? Je décidai de faire l'idiot. Pour ça, je n'avais pas besoin de Furia.

– Ils sont gentils, dis-je.

Il eut l'air un peu déçu, et j'espérai qu'il comprendrait que je faisais exprès de rester dans le vague parce que, au fond de moi, je n'avais pas envie qu'il me prenne pour un imbécile. Il s'arrêta au pied des marches et désigna la foule d'étudiants dans le hall.

– Ces jeunes gens représentent l'avenir, Kelen.

Puis il désigna le pan de mur incurvé au-dessus de l'entrée de l'école, où une immense mosaïque représentait une carte du continent.

– Dis-moi ce que tu vois, et ce que tu ne vois pas.

Malgré son aspect artistique, on aurait dit n'importe quelle carte, à ce détail près que les Sept Sables se trouvaient au centre ou presque, un peu décalés vers le nord-est, si bien que la tour blanche qui représentait l'Académie se dressait, elle, en plein milieu. Il n'y avait aucun crime à dessiner une carte avec l'école comme point central, même si c'était un peu ostentatoire. Mais puisque ce n'était pas ce que Beren voulait que je remarque, j'inspectai la carte à la recherche de ce qui ne s'y trouvait pas : chacune des principales nations y était inscrite, depuis l'empire daroman jusqu'à la théocratie berabesq en passant par l'arcanocratie Jan'Tep. Mais le nom des Sept Sables ne figurait nulle part.

– Chaque territoire constitue une nation souveraine, me dit Beren, avec sa culture et son gouvernement. Tous sauf le nôtre. Les Sept Sables ne sont pour nos voisins qu'un désert qu'ils peuvent piller comme bon leur semble. Ils nous voient uniquement comme une zone tampon.

Il s'approcha de la grande double porte sous la carte et me fit signe de le rejoindre.

– Même dans ma propre école, je ne peux inscrire le nom de ma terre natale sur une carte de crainte que ça ne provoque un incident diplomatique.

Seneira m'avait dit quelque chose de similaire le jour de notre arrivée à Teleidos. Je demandai :

– Et qu'est-ce que vous pouvez faire contre ça ?

– Moi, rien, répondit-il alors qu'un groupe d'étudiants le saluait avec déférence.

Beren surprit mon regard, et sourit.

– Mais eux, oui.

On sortit de la tour et il se retourna pour l'admirer d'un air émerveillé, comme s'il la découvrait pour la première fois. Il reprit :

– Kelen, les familles les plus puissantes du continent envoient leurs enfants faire leurs études ici. De Darome, de Berabesq, de Gitabrie, et même quelques Jan'Tep. Si tous méprisent peut-être les Sept Sables, en revanche, ils ne méprisent pas mon école !

Je ne parvenais pas à imaginer une maisonnée de mon clan envoyer ses enfants ici, mais je commençai à comprendre où il voulait en venir. Je formulai une explication :

– Tant que leurs enfants sont ici, non seulement ils apprennent à se connaître, mais ils découvrent aussi les gens des Sept Sables, dis-je.

Beren sourit et tapota mon épaule.

– Exactement. Et ils s'aperçoivent que nos enfants ne sont pas les sauvageons des collines qu'ils croyaient, mais des personnes comme eux, avec les mêmes capacités intellectuelles et les mêmes ambitions.

Tout à coup, les manières de Seneira, sa vivacité d'esprit, la façon dont elle pouvait aussi être brusque firent sens pour moi.

– La diplomatie, dis-je.

Il hocha la tête.

– La diplomatie. C'est ça qui pourrait offrir un avenir à mon peuple. Si seulement…

Il sourit et son aisance apparente s'évanouit, révélant le chagrin et le désespoir qu'elle dissimulait. Il conclut :

– Je t'en supplie, Kelen, retrouve ceux qui veulent tuer mes enfants.

Beren me demanda de l'accompagner jusqu'à la chambre de Tyne, sous prétexte qu'il pouvait y avoir des signes dans les marques autour de son œil que nous aurions ratés jusque-là et qui puissent nous aider à comprendre sa maladie, en tout cas nous permettre de soulager les symptômes. À l'instant où j'entrai dans la chambre de Tyne, je vis que les traces de l'ombre au noir avaient grandi. Elles contrastaient encore plus avec la pâleur de sa peau. Il tremblait de fièvre, mais il était éveillé.

– Bonjour, me dit-il d'une toute petite voix.

Il avait l'air gêné. D'habitude, on ne se trouve pas en présence d'un inconnu quand on est couché, uniquement vêtu d'un pantalon, en train de baigner dans sa sueur. Beren pesta contre l'absence de serviettes et partit en chercher, me laissant seul avec le petit garçon, qui eut l'air encore plus mal à l'aise.

– Je suis Kelen, annonçai-je. Je suis venu te voir hier, même si tu ne t'en souviens sans doute pas. Le chacureuil est mon… (Je pris un malin plaisir à dire :) animal de compagnie. Il s'appelle Rakis.

– Il est là ? demanda Tyne.

– Non, mais j'essaierai de l'amener demain.

Je plongeai la main dans mon sac pour attraper la peluche que Seneira m'avait demandé de lui apporter. Quand je la lui tendis, il s'en empara et fit un signe de tête, comme si nous venions de conclure un marché, le cheval constituant une avance dans l'attente du chacureuil.

– Comment tu vas, aujourd'hui ? demandai-je.

Le petit garçon haussa les épaules.

– J'ai chaud. Je transpire beaucoup.

Je désignai les marques autour de son œil.

– Ça fait mal ?

– Des fois. Quand ça bouge et que ça brûle.

« Par mes ancêtres, pauvre gamin. »

– Quand ton œil te fait mal, est-ce que tu... vois des choses étranges ?

Il fit signe que non.

– Est-ce que tu entends des choses ?

Encore un signe de tête, mais il se redressa sur un coude pour me dire :

– Mais des fois, ils écoutent.

– Ils écoutent quoi ? Ce que tu dis ?

– Non, répondit-il en tournant la tête pour vérifier qu'il n'y avait que nous dans la chambre. J'ai l'impression qu'ils écoutent à travers moi.

– Là, c'est le cas ?

Il fit de nouveau non de la tête et tapota son œil avec un doigt.

– Juste quand ça me brûle.

Sa lèvre inférieure se mit à trembler, et il demanda :

– Tu peux faire quelque chose contre ça ? J'aime pas, quand ils écoutent.

– Bien sûr, Tyne, je...

Mais je me tus, me souvenant combien Seneira détestait qu'on lui dise que tout allait bien alors que ça n'était pas vrai. Qu'est-ce que ça m'avait apporté que mes parents me cachent la vérité pendant toutes ces années au sujet de l'ombre au noir ? Je repris :

– Tyne, il va falloir être courageux. Je vais essayer de comprendre ce qui t'arrive, mais il te faudra beaucoup de courage.

Le tremblement de sa lèvre s'accentua, puis il demanda :

– Comme Senny ?

Je hochai la tête.

– Exactement comme elle.

– D'accord, dit-il.

Je restai silencieux quelques minutes, ne sachant pas quoi lui dire ni quoi faire pour lui. Beren revint avec une pile de serviettes et les disposa autour de Tyne. Le garçon me regarda.

– Kelen ?

– Oui.

Il se recroquevilla. Un nouvel accès de fièvre fit rougir ses joues et son front.

– Pars, maintenant. Sinon, ils vont encore écouter.

– Ignore-les, Tyne, dis-je. Pense à autre chose. Pense à Senny.

– Pars, répéta-t-il, tandis que ses iris viraient au noir et qu'il se mettait à cligner des paupières.

Il ajouta :

– Ils peuvent te voir, là, Kelen.

28

La silhouette à capuche

Je quittais la chambre de Tyne avec ses paroles gravées dans mon esprit : « Ils peuvent te voir, là, Kelen. » Pourquoi avait-il dit ça de cette manière ? Comme si… Comme si les démons, allez savoir lesquels, qui s'étaient glissés en lui à la faveur de l'ombre au noir, s'intéressaient tout particulièrement à moi.

« Je me demandais si ma vie pouvait être encore pire. Eh bien, j'ai la réponse. »

Je me faufilai dans le labyrinthe des couloirs de l'hôpital, mais j'avais l'impression que des regards me rattrapaient chaque fois que mon sens de l'orientation défaillant m'entraînait dans une mauvaise direction. Quand je trouvai enfin la sortie, je manquai de faire tomber un docteur tant j'étais pressé de sentir l'air frais de la soirée.

« Respire, me dis-je. Respire et arrête de croire que tu as des démons aux trousses. »

Je pris une rue et traversai les avenues circulaires qui entouraient l'Académie, mais j'étais incapable de chasser la désagréable sensation d'être suivi. Et pour cause : je l'étais.

La résidence de Seneira se trouvait un peu à l'écart du centre-ville, si bien que je devais surtout emprunter des rues désertes pour rentrer. De toute façon, même les gens que je croisais pouvaient eux aussi être à la solde des démons. Je pris une ruelle, puis une autre, jusqu'à apercevoir une porte cochère où je me cachai. Quelques secondes plus tard, une silhouette à la tête dissimulée par une capuche, des mêmes taille et corpulence que moi, surgit armée de ce qui ressemblait à une barre en métal d'une cinquantaine de centimètres.

– Deux choses que tu dois savoir sur moi, m'écriai-je en bondissant de l'ombre.

La silhouette me fit face et leva son arme, prête à frapper.

Ce que j'avais appris de Furia au cours des derniers mois : la peur est souvent inévitable, mais la montrer est une forme de suicide. Alors j'affichai un grand sourire. Et je déclarai calmement :

– Pour commencer, je viens de vivre quelques mois plutôt pénibles.

– Et ça pourrait empirer, lança mon poursuivant.

Ce qui n'était pas une bonne idée de sa part, car je compris qu'il essayait de rendre sa voix plus grave qu'elle ne l'était en réalité, ce qui signifiait qu'il n'était sans doute pas un mage chasseur de primes, ni un tueur expérimenté.

– Ensuite, je ne suis pas quelqu'un contre qui on aime se battre.

Cette dernière affirmation était techniquement vraie, car j'avais tendance à beaucoup saigner. Sur le Rouquin, par exemple, pour ne citer que lui.

Je ne voyais pas le visage de mon poursuivant dans l'ombre de sa capuche, mais à son manque d'aplomb, au poids de son corps qu'il déplaçait d'un pied sur l'autre de crainte que j'attaque à l'improviste, je compris que je venais enfin de faire croire à quelqu'un que j'étais dangereux.

– T'es un menteur, dit-il finalement.

C'était vrai.

– Et pourquoi ?

– T'es pas le cousin au deuxième degré de Seneira.

Bon. Soit il était l'un des élèves avec qui j'avais discuté, soit il avait entendu cette conversation à l'Académie.

– Au troisième, précisai-je.

– Non plus. (Il leva la tige en métal.) Dis-moi qui tu es, sinon...

J'avais déjà ouvert les bourses à ma ceinture et laissai mes doigts plonger dans les poudres. J'étais presque sûr de pouvoir vaincre ce type, mais j'avais le sentiment que ça ne serait pas une bonne idée de procéder de la sorte.

– Et si moi, je te disais qui tu es, plutôt ?

Il réfléchit un instant.

– Qu'est-ce que tu racontes ? Tu ne me connais pas. Tu ne m'as jamais vu.

– C'est exact. Mais j'ai passé plusieurs heures à l'Académie à parler avec les professeurs et les élèves de l'entourage de Seneira. Et tu veux savoir ce que j'ai découvert ?

Il hésita, craignant un piège, sans savoir lequel.

– Quoi ? avança-t-il.

– Personne ne l'apprécie. Certes, on respecte son intelligence, mais tout le monde la trouve trop privilégiée, coincée et prétentieuse.

Il resserra son emprise sur la tige en métal.

– Tu sais pas de quoi tu parles ! Seneira n'est pas du tout comme ça ! Elle est...

– Calme-toi, Revian.

Il se figea sur place, puis regarda tout autour de lui pour vérifier que nous étions seuls. J'imagine que les étudiants de l'Académie ne sont pas censés menacer des gens en pleine rue avec des barres en métal.

– Comment tu sais ça ? demanda-t-il d'un ton stupéfait.

Sa voix était maintenant plus aiguë, car il avait cessé de vouloir la rendre plus grave.

– J'ai un peu exagéré au sujet des camarades de Seneira. Ils l'aiment bien, mais pas assez pour réfléchir à ce que vient faire à l'Académie cet étrange cousin au troisième degré, alors qu'elle est absente depuis des semaines. Personne n'a même demandé ce qu'elle avait, et si on pouvait lui rendre visite. En revanche, toi, ça fait des heures que tu me suis et tu as même pris la précaution de t'armer d'une barre en métal, au cas où je te voudrais du mal.

– C'est le cas ? Parce que…

– Je suis un ami de Seneira, dis-je. Enfin, j'espère. Mais j'essaie de l'aider. Ça, c'est vrai.

Revian me dévisagea longtemps avant de baisser son arme.

– Tu l'as vue ? demanda-t-il. Comment elle va ?

Il avait l'air inquiet et triste… Pas juste triste : désespéré.

« Il sait que Seneira a l'ombre au noir. »

– À part sa maladie, elle va bien.

Il hocha la tête et me dit :

– On a eu une longue discussion avant qu'elle quitte la ville. Je l'ai suppliée de rester, mais elle a dit qu'elle devait protéger sa famille. Quand j'ai entendu parler de quelqu'un qui prétendait être son cousin, j'ai eu peur que… Personne ne les aime trop, par ici, son père et elle.

– Mais toi, si.

Il fit un pas en avant, sans doute pour m'intimider. Pourtant, il n'était pas très convaincant, parce que je vis qu'il tremblait. Ça faisait du bien de voir que, pour une fois, quelqu'un avait peur de moi.

– C'est ma fiancée, dit-il subitement.

L'air quitta mes poumons plus sûrement que si Revian m'avait donné un coup de poing dans le ventre.

– Tu vas te marier avec Seneira ? m'exclamai-je.

Il acquiesça.

– C'est prévu depuis notre naissance. Unir nos deux familles par le mariage sera très utile.

Il dut voir quelque chose dans mes yeux, parce qu'il ajouta :

– Mais je l'aime vraiment, et même si on ne devait pas se marier, je suis prêt à faire subir des choses terribles à toute personne qui lui voudra du mal.

Sa sincérité et sa loyauté n'auraient pas dû m'embêter, à ce détail près que je les avais déjà entendues dans la voix de Seneira quand elle m'avait décrit Revian. « Et donc ? » me demandai-je. Qu'était Seneira pour moi, de toute façon ? Une fille pénible croisée en chemin, qui ne m'avait apporté que des ennuis. Et puis, j'étais amoureux de Nephenia, même si de son côté elle avait été contrainte de faire des choix.

« J'imagine que j'ai intérêt à me résoudre à une vie de célibataire. »

Mais pourquoi je me faisais du souci pour l'Académie, les Sept Sables, Seneira… ? Rien de tout ça ne me concernait. Quoi qu'il arrive, à la fin, Furia, Rakis et moi, on quitterait la ville pour reprendre la route, dormir dehors et poser des pièges le soir en espérant que le prochain traqueur de sort ne soit pas celui qui ait raison de nous. « La voie des Argosi est la voie du vent », pensai-je avec regret.

– Est-ce que… les marques autour de son œil la font toujours souffrir ? demanda Revian qui, tout à coup, vit là l'opportunité d'en apprendre davantage. Je t'en supplie, dis-le-moi, ça fait des semaines que je ne l'ai pas vue.

– Puisque tu as tant envie de savoir, pourquoi tu ne…

Je me tus. J'étais sur le point de lui demander pourquoi il n'allait pas la voir directement, au lieu de m'avoir suivi depuis l'Académie. Puis je me souvins qu'il ne se trouvait pas dans la salle de classe. Je réfléchis à la raison pour laquelle il ne s'était pas rendu chez elle, et à la capuche qu'il avait mise assez bas pour que je ne voie pas son visage.

– Retire cette capuche, Revian.

Il secoua la tête.

– Vas-y, insistai-je. Je sais déjà ce que je vais voir.

Il la repoussa lentement avec des mains tremblantes.

Revian était aussi beau que Seneira l'avait décrit, il avait vraiment des cheveux d'or, des traits élégants, une peau parfaite. On aurait dit un dieu. À l'exception des marques noires autour de son œil droit.

– Je t'en supplie, me dit Revian, qui ne se comportait plus du tout comme mon adversaire, dis-moi qu'elle va bien.

29
Les mages de maison

Revian me raccompagna jusque chez Seneira et me raconta en chemin ce qui lui était arrivé.

– Ça fait quelques jours, dit-il en remettant sa capuche. Je me suis réveillé en sueur avec une douleur terrible dans l'œil droit. Quand je suis sorti du lit et que je me suis rendu dans la salle de bains pour m'asperger le visage, j'ai découvert les marques.

– Tu as des visions ? demandai-je. Au moment des crises, je veux dire.

Il fit signe que non.

– Surtout de la douleur. Parfois, j'entends des choses... Comme des voix.

« Davantage comme Seneira que comme moi. »

– Tu es un Jan'Tep, me dit Revian. J'ai étudié ton peuple et ta culture. Mon père espère qu'un jour je deviendrai diplomate pour tisser des liens entre l'empire daroman et l'arcanocratie Jan'Tep.

« Eh bien, bon courage. »

Puis sa question me bluffa :

– Tu es un frondeur de sort, c'est ça ?

Il dit ça d'un ton étonnamment désespéré. Je cherchai une réponse et finis par me résoudre à dire la vérité.

– J'imagine. Même si j'essaie encore de comprendre ce que ça veut dire.

– C'est pour ça que tu es venu ? Pour guérir Seneira ? me demanda-t-il en effleurant les traces autour de son œil. Et moi, tu peux me guérir ?

– Bien sûr que non. Je ne peux même pas…

Je faillis parler de moi, et là, je me rappelai la pâte qui cachait ma propre ombre au noir.

– Je ne peux même pas guérir un rhume.

Revian ne parut pas avoir entendu. Il insista :

– Mes parents ont embauché un homme, un frondeur de sort comme toi, parce qu'ils pensent qu'il peut m'aider, mais il dit qu'on doit d'abord trouver le mage qui a jeté ce sort.

– Tu as des ennemis ? Des ennemis communs avec Seneira et sa famille ?

Il eut un rire amer en désignant l'Académie.

– Tu as l'embarras du choix. Tu crois que ces gens que tu as rencontrés aujourd'hui ont été sympathiques avec toi parce qu'ils veulent devenir tes amis ?

Il répondit lui-même à sa question :

– Ce sont tous les fils et les filles des familles les plus puissantes de ce continent, Kelen. Ils possèdent des palais et, quand ils retourneront vivre chez eux, ils deviendront des gouvernants, des ministres ou des chefs militaires. Tu représentes pour eux quelque chose de divertissant, au mieux un outil qui peut se révéler utile.

– Tu n'as pas l'air de beaucoup adhérer à la vision de Beren au sujet des Sept Sables.

– L'Académie est née d'une idée noble, mais bien trop idéaliste. Malgré tout ce que le père de Seneira a donné à son école, ils sont nombreux à souhaiter sa chute.

Je désignai la marque autour de son œil.

– Au point de propager une épidémie ?

Il hésita un moment, puis hocha la tête. Et demanda :

– Tu as déjà entendu parler des sorcières du murmure ?

La réponse était non. Les Jan'Tep n'imaginent pas qu'il puisse exister une autre sorte de magie. Mais je ne connaissais pas Revian et n'avais pas envie de trahir mon ignorance, alors je me comportai comme Furia face aux maîtres de l'Académie. Je renchéris :

– Tu es en train de dire qu'il y a une sorcière du murmure à Teleidos ?

Il acquiesça, puis me glissa :

– Dans les marais hors de la ville. Personne ne l'a vue depuis des années, mais les gens du coin racontent qu'elle s'appelle Mama Murmure et que, si tu es prêt à en payer le prix, si tu le veux vraiment, elle peut convoquer les esprits pour toi. Ou des démons afin de maudire tes ennemis.

« Des démons. Ça commence à m'intéresser. »

– Revian, lança une voix.

Je me retournai pour découvrir deux hommes qui approchaient dans la ruelle. Ils portaient de longues capes avec des capuches qui dissimulaient leur visage, eux aussi. Je voulus attraper mes poudres, mais Revian m'en empêcha.

– Ne t'inquiète pas. Ce sont des mages de maison. Ils travaillent pour mes parents.

Ce qui expliquait que je ne les aie pas entendus arriver. L'un d'eux devait avoir fait étinceler la bande du souffle, comme moi, mais il était de toute évidence plus doué que je ne l'étais pour les sorts de silence. Je jetai un coup d'œil à Revian et compris alors la puissance de sa famille. Les mages Jan'Tep ne travaillent jamais pour des étrangers, sauf si le client a un pouvoir politique ou militaire suffisant pour être utile au clan.

– Nous t'avions dit de rester à la maison, dit le plus grand des deux.

Qui ne me quittait pas des yeux.

– Tout va bien, Ler'danet, répondit Revian. Kelen est un ami de Seneira. (Il me lança un regard plein d'espoir.) Et le mien, aussi.

– Ce n'est pas un ami de ta famille, déclara le plus petit, dont les yeux me jetaient des éclairs. Kelen de la maisonnée de Ke n'a pas d'amis.

Bon, ça commençait à sentir le roussi.

– Désolé, maîtres, j'étais justement en train de partir, lançai-je.

Revian gloussa.

– Kelen, je te le promets, tu n'as pas à avoir peur de...

– *Sethaten,* murmura Ler'danet, le plus grand des deux mages, en accompagnant son sort d'une forme somatique avec la main droite.

Revian s'éteignit comme une bougie qu'on souffle.

Un mage de la soie. Génial. Comme si je n'avais pas eu suffisamment de problèmes avec l'un d'eux récemment.

Le plus petit rattrapa Revian avant qu'il touche le sol et invoqua la troisième forme fondamentale de la magie du souffle :

– *Fessandi,* prononça-t-il.

Revian se mit à flotter sur le dos, comme propulsé par l'air.

– Ramène-le à la maison, lui ordonna Ler'danet.

Le mage du souffle partit avec Revian qui flottait à son côté et, bientôt, il n'y eut plus que le mage de la soie et moi.

– À son réveil, Revian va être furieux, dis-je. Surtout s'il apprend que vous avez tué son ami.

Ler'danet prit un air dégoûté, comme si ma seule vue le répugnait. Il lâcha :

– C'est déjà assez dur de travailler pour ses parents daroman, je ne vais pas en plus recevoir des ordres de lui.

Je plongeai mes mains en direction de mes bourses de poudre, mais je ne parvins pas à les atteindre. C'est là que je compris le sourire narquois sur les lèvres de Ler'danet. Je détestais les mages de la soie.

En général, dans une situation pareille, j'attends que Furia trouve quelque chose d'intelligent à dire qui nous tire de ce mauvais pas. Mais elle n'était pas là, et rien de brillant ne me venait à l'esprit.

– Première règle des mages de maison et des animaux domestiques, dit une voix qui monta de la ruelle derrière nous.

« Mais combien de personnes ai-je donc aux trousses ? »

Je découvris Dexan Videris, tout sourire, qui continua :

– ... Toujours les tenir en laisse.

– Un exilé, dit Ler'danet avec dégoût.

J'avais déjà compris qu'il ne nous appréciait guère.

– Tu ne devrais pas être en train de partir en courant, là ? C'est pourtant ton habitude, non ?

– En général, mais Kelen ici présent est comme moi un frondeur de sort, et la cinquième règle du frondeur de sort est de...

« Par pitié, que ça ne soit pas : "Toujours venir en aide à un autre frondeur de sort dans le besoin." »

– Toujours chercher à tirer profit d'un autre frondeur de sort pour qu'il vous soit redevable.

« Bon, ça, ça me va. »

Dexan frappa dans ses paumes, et un éclair de lumière bleutée illumina la ruelle. Ler'danet leva un bras pour se protéger les yeux, tandis qu'avec l'autre il créait la forme somatique d'un nouveau sort.

– *Shupal-derveis*, cria-t-il.

Tout à coup, Dexan et moi, on s'envola.

Mon dos heurta un réverbère et je m'efforçai de me relever le plus vite possible. Dexan fut plus rapide que moi et le défia :

– Allez, approche, Ler'danet. Cette vieille astuce que tu utilises est une insulte pour moi.

Il leva la main, saisit quelque chose dans la bande de son chapeau et le lança très haut. Il y eut une toute petite explosion, presque insignifiante, puis de la poussière jaune retomba tout autour de nous.

– Retiens ton souffle, gamin, me lança-t-il.

J'essayai, mais dès que la poussière entra en contact avec ma peau, je commençai à me sentir bizarre. Pris de vertiges, presque somnolent. Je ne parvenais pas à garder l'équilibre, mais ça ne me dérangeait pas pour autant. Ler'danet titubait, lui aussi.

– La première chose que j'ai apprise à aimer dans les territoires, dit Dexan en s'approchant de Ler'danet, c'est qu'il y a plein de façons de se divertir, ici. Notre peuple ne consomme pas beaucoup d'alcool et de substances de ce genre. C'est pour ça que les mages sont incapables de jeter des sorts quand ils sont saouls.

Il leva la main droite et des étincelles de magie de la braise se mirent à tourbillonner autour de ses doigts.

– Sauf si on s'entraîne longtemps au jeté de sorts après avoir bu.

Il tendit le bras et de minces éclairs balayèrent l'air, s'enfonçant dans le corps de Ler'danet à la manière de dizaines d'aiguilles.

Un instant, je crus que le mage de maison allait tomber, mais il réussit à attraper sous sa cape une chaîne d'un mètre de long. Au début, je la crus simplement enchantée avec un sort de protection, mais les étincelles bleues du sort de Dexan ne se dissipaient pas et se mirent au contraire à luire et à danser le long de la chaîne.

– Bon sang ! lança Dexan en reculant pour me saisir par le col au passage. Où est-ce que tu as dégoté une chaîne de siphon, Ler'danet ?

L'autre mage fit un bruit étrange et se dirigea vers nous en fouettant l'air avec sa chaîne, projetant des étincelles.

– Contrairement à toi, l'exilé, je déteste cet endroit, déclara-t-il. C'est sale, paumé et rempli de vermine. Mais au moins, personne ne s'inquiète qu'on y tue quelques rats, ajouta-t-il en souriant.

Je commençais à reprendre mes esprits, pas assez cependant pour jeter un sort. Le sourire méprisant de Dexan avait disparu. Il s'efforçait de se tenir à bonne distance de la chaîne pour éviter le sort auquel elle était liée. Ler'danet fouettait l'air de plus en plus fort à mesure que les effets de la poussière jaune diminuaient. Je songeai à lui sauter à la gorge, mais ça ne ferait que précipiter ma fin. Alors je plongeai discrètement ma main dans ma poche pour y prendre quelques-unes des cartes rasoirs de Furia. Je ne disposais que d'une seule chance car, à l'instant où Ler'danet verrait les cartes, il utiliserait sa chaîne contre moi et je serais mort. Je la suivis des yeux en attendant le bon moment.

– Gamin, me glissa Dexan, j'imagine que tu…

« Là ! » Je jetai une carte en visant d'instinct. Elle fila vers le mage, sa surface métallique prenant une teinte bleutée alors qu'elle passait sous la chaîne étincelante. Le mage de maison poussa un cri quand la carte lui entailla la joue. Il lâcha sa chaîne et, aussitôt, le sort d'éclair disparut. Ler'danet plongea de nouveau une main sous sa cape, mais j'étais déjà en train de me précipiter sur lui.

– Baisse-toi, gamin ! me cria Dexan.

Je plongeai vers les jambes du mage pour lui faire perdre l'équilibre. Quand il tomba, je vis Dexan bondir par-dessus moi et plaquer Ler'danet au sol, lui coupant le souffle. Il fit de drôles de bruits avec sa gorge comme il essayait de respirer. Dexan glissa quelque chose dans la bouche du mage. On aurait dit une feuille verte. Ler'danet écarquilla les yeux et se mit à griffer furieusement l'intérieur de sa joue en cherchant son air.

– Il s'étouffe ! constatai-je, tout en songeant au commandement argosi, injustifié selon moi, qui interdisait d'achever un ennemi à terre.

Je rampai vers lui, mais le mage me repoussa.

– En temps normal, je dirais tant pis pour lui, dit Dexan, qui se releva en époussetant ses vêtements. Mais ne t'inquiète pas, ce bon vieux Ler'danet va se remettre. Il est juste furieux parce qu'il a compris que je venais de lui faire avaler de l'herbe pourrissante.

Le mage prit une bouffée d'air sifflante et se mit à respirer un peu plus normalement. Puis il leva les yeux vers moi sans me reconnaître, l'air dérouté par tout ce qu'il voyait.

– Ouais, fit Dexan, debout au-dessus de lui. Ler'danet ne pourra plus jeter de sorts pendant les quelques semaines à venir. Ni faire beaucoup d'arithmétique ou des choses de ce genre, d'ailleurs.

On le traîna à l'écart de la ruelle et on le laissa sous l'auvent d'une boutique à l'abandon. Dexan considéra que son camarade ne tarderait pas à le retrouver pour le ramener chez les parents de Revian, où il serait soigné. Et sans doute, ensuite, viré.

– Teleidos est un endroit civilisé, expliqua Dexan. Les gens n'aiment pas trop quand les mages de maison se mettent à avoir des velléités de meurtre.

– Va expliquer ça à Ler'danet, dis-je en me frottant le dos là où j'avais heurté le réverbère.

Dexan posa une main sur mon épaule.

– Tu peux me remercier d'être parti à ta recherche, gamin. Les types comme toi et moi ne sont pas trop aimés des Jan'Tep, tu sais.

– Comment tu as su où me trouver ? demandai-je.

Il eut un petit rire.

– Je te l'ai déjà dit, Kelen, tu n'es pas très difficile à repérer.

Il y a beaucoup de sorts de traque chez les Jan'Tep, j'étais donc curieux de savoir lequel il avait utilisé.

– La deuxième règle du frondeur de sort, c'est..., commença Dexan.

– Laisse-moi deviner : ne pas partager ses secrets. Tu as découvert un moyen d'aider Seneira et son frère ?

Il s'immobilisa.

– Désolé, gamin. Tant qu'on n'a pas trouvé le mage qui leur

a jeté cette malédiction et qu'il n'est pas mort, je peux rien faire.

Il dut deviner à mon expression quelle serait ma question suivante.

– N'y pense pas non plus. Je te l'ai dit. La première règle d'un frondeur de sort, c'est de ne jamais se mêler des affaires d'un autre frondeur de sort. Une fois que celui qui a déclenché cette épidémie d'ombre au noir sera mort, j'aiderai ces enfants à guérir, mais d'ici là, je m'en mêle pas.

Je parlai à Dexan de la sorcière du murmure de Revian. Avant même que j'aie fini, il secoua la tête.

– Ne te frotte pas à Mama Murmure, gamin. Ce n'est pas une bonne fréquentation, à moins d'être prêt à la tuer. Es-tu prêt à ça, Kelen ? À tuer quelqu'un de sang-froid ?

Je n'avais pas de réponse à lui apporter.

Dexan remarqua mon hésitation.

– Tu veux un conseil à deux sous ?

– Ça peut pas faire de mal.

Il désigna la rue qui menait à la maison de Seneira.

– Ces gens que t'essaies d'aider. Ce sont des gens bien, mais ce n'est pas ta famille. Quand tout ça sera réglé, dit-il en tapotant d'un doigt ma joue gauche juste en dessous de la pâte qui couvrait les traces noires tout autour de mon œil, ils n'auront pas envie de s'encombrer d'un Jan'Tep en exil atteint de l'ombre au noir.

D'une certaine manière, à l'idée que tout le monde soit guéri sauf moi, je me sentis dévasté. Cette sensation quelques minutes après avoir failli mourir ? Ce froid terrible, ces tremblements incontrôlables ? Eh bien, le pire, c'est qu'ils étaient parfois accompagnés de pleurs.

– Hé, gamin, me dit Dexan en posant à nouveau une main sur mon épaule. Je sais que c'est dur. Mais il n'y a pas que des mauvaises nouvelles.

Une lueur d'espoir s'alluma en moi.

– Tu as trouvé un traitement? Pour mon ombre au noir?

– Je peux pas la faire disparaître totalement, car ta grand-mère t'a tatoué la bande de l'ombre. Mais je crois avoir trouvé des sorts, trois exactement, qui, si je les exécute bien, rendront la tâche plus dure pour les traqueurs de sort. Je suis presque sûr que cette technique réduira aussi la fréquence de tes crises et atténuera tes visions.

– Et comment...

Le sourire de Dexan m'arrêta.

– Oui, je sais, on ne partage pas ses secrets. Quel sera le prix?

Il devint tout à coup sérieux.

– Le truc, c'est que ce n'est pas un sort qu'on jette une fois. Je vais devoir recommencer souvent, sans doute chaque semaine.

– Ce qui implique...

– C'est ça le prix. Tu restes avec moi. On devient partenaires.

– Tu veux de moi comme partenaire?

– Pourquoi pas? Toi et moi, on s'en est bien sortis contre ce bon vieux Ler'danet, non? Et puis, dit-il en s'adossant à la barrière d'une petite maison et en enfonçant les pouces sous sa ceinture, être frondeur de sort, ça implique de mener une vie pleine de dangers. Ça fait des années que je suis en cavale. Alors avoir quelqu'un qui veille sur moi... ça me ferait pas de mal. (Il me regarda d'un air songeur.) Je pourrais t'apprendre plein de choses, tu sais. Quand j'ai quitté notre peuple, j'avais à peu près ton âge, ça fait donc une quinzaine d'années que j'accumule des trucs qui pourraient t'aider à survivre dans ce monde hostile.

Il me raconta quelques-unes de ses aventures. Malgré le danger, dans sa bouche, ça paraissait… excitant. Un frondeur de sort, ça peut être utile à plein de gens. Des commerçants qui ont des cargaisons onéreuses à convoyer, des familles qui ont besoin qu'on retrouve l'un des leurs, des gouvernements qui aiment parfois utiliser les services d'un mage qui n'est pas lié à l'arcanocratie Jan'Tep.

– Mais dans ce cas, il faudra dire au revoir à ton amie argosi, me prévint-il. Je fais pas route avec elle.

Je fus surpris par la douleur qui surgit au creux de mon ventre. Ce n'était pas comme si Furia et moi, on s'entendait bien, et elle ne montrait aucun signe de vouloir m'apprendre à me battre ni à rester en vie. Savoir sourire, c'était amusant, mais ce n'était pas ça qui allait m'aider à vaincre un chasseur de primes.

– Je peux y réfléchir ? demandai-je.

– Bien sûr, mais pas trop longtemps. (Il jeta un coup d'œil dans la rue déserte.) Cette ville a de mauvaises vibrations, et je dis ça alors que je n'ai même pas fait étinceler la bande de la soie et que je ne suis pas superstitieux. Je pense qu'il est temps de filer pour un endroit qui ne se transformera pas bientôt en sept sortes d'enfers différents.

Il me tendit la main. Ne sachant pas quoi faire d'autre, je la serrai. Et grimaçai de douleur.

– Je te laisse une journée pour te décider, gamin, mais ensuite, moi, je me tire.

J'acquiesçai en me frottant la main, qui me faisait très mal. « Peut-être que Rakis a raison, que je ferais bien de me muscler un peu. »

– Et quand j'aurai pris ma décision, comment je...

Dexan éclata encore une fois de rire et partit dans la nuit.

– Je n'arrête pas de te le dire, gamin : je te retrouverai.

30
La fiancée

Il faisait nuit noire quand je regagnai la maison de Seneira, où elle se trouvait seule. Rosie et Furia étaient parties mener leur enquête chacune de leur côté, quant à Beren, il avait été appelé par les parents de Revian. Apparemment, ceux-ci n'étaient plus aussi désireux que leur progéniture épouse la fille dont ils soupçonnaient qu'elle lui avait transmis l'ombre au noir.

– Tu es amoureuse de lui ? demandai-je à Seneira alors qu'on sortait dans le jardin.

Pendant toute notre conversation, à mesure que je l'informais de l'état de Revian, j'avais essayé de trouver le moyen de lui poser la question sans me faire passer pour un gros idiot jaloux. Et ce qui avait jailli de mes lèvres, eh bien, ça n'était pas du tout ce que j'avais prévu.

« "Tu es amoureuse de lui ?" Quel crétin. »

Seneira n'avait pas pu sortir de chez elle depuis notre visite à l'Académie, elle souffrait d'un mal dont on ignorait tout et elle était incapable de reprendre une vie normale, y compris d'aller rendre visite à son petit frère malade. La dernière chose dont elle avait besoin, c'était de questions stupides sur la personne qu'elle était censée épouser. En admettant qu'elle ne meure pas de l'ombre au noir avant.

Rakis sautilla vers un parterre de fleurs qu'il considérait visiblement comme ses toilettes.

– Tu es amoureuse de lui ? répéta-t-il en faisant de son mieux, du haut de ses cinquante centimètres de chacureuil, pour imiter un humain fou d'amour. Fais gaffe, Kelen, tu deviens aussi bête qu'un lapin.

Seneira plissa les yeux. Je craignais qu'elle me gifle, mais elle se contenta de déclarer :

– Kelen, je suis désolée. J'aurais dû te dire que Revian et moi, on était fiancés. Nos familles… L'accord a été passé dans notre enfance.

En réalité, elle n'était nullement obligée de me faire part de ses projets de mariage. Je ne la connaissais que depuis quelques jours et, à part l'ombre au noir, de toute façon, qu'avait-on en commun, elle et moi ?

– Ce n'est pas…, hésita-t-elle. Revian et moi, ce n'est pas…

– Pas quoi ?

Elle agita la tête.

– Je suis désolée, ça ne regarde que lui et moi. Je n'aurais rien dû te dire.

Rakis leva la tête comme s'il avait senti une odeur, puis s'approcha de Seneira et renifla l'air.

– Embrasse-la, me dit-il.

– Quoi ?

Il me regarda de ses yeux de fouine.

– Elle a envie que tu l'embrasses.

– Ça m'étonnerait. Elle…

Je me tus, surtout parce que Seneira m'observait.

– Kelen ? lança-t-elle.

– Oui ?

– Je t'en supplie, jure que tu n'es pas en train de parler de moi avec ton chacureuil.

– Contente-toi de l'embrasser, me dit Rakis en se dressant sur ses pattes arrière, totalement indifférent à la présence de Seneira. Crois-moi : tu lui plais. De toute évidence, puisqu'elle est censée épouser l'autre idiot, elle ne peut pas te le dire, mais elle attend que tu l'embrasses.

– T'en sais rien du tout, dis-je.

Seneira avait l'air perdue. Elle crut que c'était à elle que je m'adressais. Elle répliqua :

– Bien sûr que je ne sais rien de ce que cet animal te dit !

Rakis se tapota la truffe.

– Je le dis comme je le sens.

L'un des talents que j'allais vite devoir acquérir (en plus d'échapper aux clefs de cou, d'encaisser les coups et de ne pas demander aux filles dont il ne fallait pas que je tombe amoureux si elles aimaient leur fiancé), c'était avoir une conversation avec Rakis en même temps qu'avec quelqu'un qui ne comprend pas le langage des chacureuils.

– Je suis désolé, dis-je à Seneira. C'est moi qui n'aurais jamais dû aborder le sujet.

Si j'espérais que l'affection de Revian pour Seneira ne soit pas réciproque, ou bien que suivre les conseils d'un chacureuil au sujet de l'amour ait du sens, je fus détrompé par l'air terrorisé sur le visage de Seneira.

– L'ombre au noir… ça doit être horrible pour lui. Je croyais qu'en m'enfuyant, je protégerais les gens que j'aime, mais je n'ai réussi qu'à les faire souffrir davantage.

Elle tendit la main vers les traces noires autour de son œil et fit la grimace.

– J'aurais tellement aimé… J'aurais tellement aimé que tu me voies avant tout ça, Kelen.

Je sentis qu'il s'agissait de l'un des silences entre deux notes de musique dont Furia m'avait parlé, alors je demandai :

– Et comment tu étais, avant tout ça ?

Son air de défi cacha tout à coup sa tristesse et ses doutes.

– J'étais une vraie guerrière. Je ne pleurais jamais, et je n'étais pas sans cesse en train d'appeler au secours.

– Peut-être que tu es toujours une vraie guerrière, dis-je. Peut-être que tu attends juste ton heure.

– Et ça sera quand, Kelen ? Et qui je suis supposée combattre ?

Il y avait un tel désespoir dans sa voix, dans son regard posé sur moi, comme si je pouvais lui fournir ces réponses. Ce dont j'étais incapable. Je n'avais aucune idée de ce qui se passait dans cette ville, et la seule phrase que j'avais en tête, c'était celle de Dexan : « Ce sont des gens bien, mais ce n'est pas ta famille. »

Je ne sais pas si Seneira se lassa d'attendre que je dise ou fasse quelque chose, ou bien si elle devina mes pensées, mais, un instant plus tard, elle me fit un pauvre sourire, me dit bonsoir et quitta le jardin.

Rakis lui emboîta le pas, puis s'arrêta le temps de se retourner et de me lancer :

– T'aurais dû l'embrasser comme je te l'ai dit, imbécile.

31

L'avertissement

Je me préparai à rejoindre mon lit et passai un instant me rincer le visage dans la salle de bains. Tout à coup étrangement nauséeux, je me surpris à fixer les gouttes d'eau qui s'écoulaient sur les parois du lavabo. Elles se rejoignaient en certains endroits, créaient une forme puis se séparaient de nouveau. C'était une vision fascinante mais, lorsque de nouvelles gouttes se rassemblèrent, je me rendis compte que je ne parvenais pas à tourner la tête. C'est là que je compris ce qui se passait.

– Shalla, non mais, sérieusement !

Dans le lavabo, les gouttes prirent la forme des yeux, du nez et de la bouche de ma sœur, qui n'avait pas du tout l'air contrite.

– Quoi ? rétorqua-t-elle, d'une voix juste un peu aqueuse. Je n'ai pas réussi à te trouver dans le sable, donc la seule autre option, c'était la baignoire ou les toilettes.

Je préférai ne pas y penser.

– Shalla, qu'est-ce que tu veux ?

Les gouttes d'eau se déplacèrent et, tout à coup, elle prit un air très sérieux.

– J'ai tout fait pour te retrouver, Kelen. Tu dois partir d'ici.

– D'où ça ?

– Ne fais pas l'idiot. Je sais que tu es dans la ville avec cette stupide tour. L'Académie, un truc comme ça.

– Stupide tour ? Mais c'est une école !

– C'est un monument élevé à la vanité et à la futilité.

Shalla s'approprie parfois les propos de notre père. Là où je la surpasse c'est que, contrairement à elle, moi, je m'en rends compte.

– Autrement dit, Ke'heops n'approuve pas.

– Personne n'approuve, Kelen. Les Sept Sables ne sont pas une nation. Et ils ne le seront jamais. Tu dois partir d'ici.

Les gouttes qui dessinaient ses yeux se déplacèrent lentement, comme si ma sœur essayait de voir dans la pièce.

– Tu es avec la fille ?

– Quelle fille ?

Un rictus apparut sur ses lèvres.

– Celle qui est atteinte de la peste de l'ombre au noir. Sinon, qu'est-ce que tu ferais dans cet endroit barbare ?

Le fait qu'elle utilise le mot « peste » me troubla.

– Qu'est-ce que tu sais à ce sujet, Shalla ?

– Je… Pas grand-chose, à part que le conseil des mages seigneurs a interdit tout voyage dans les Sept Sables jusqu'à nouvel ordre. Les conseils des autres clans font pareil.

Les gouttes d'eau dessinèrent des yeux moins confiants, plus inquiets.

– Il se passe quelque chose de terrible à Teleidos, Kelen. Je t'en prie, quitte cet endroit et rentre à la maison.

– Tu as découvert quelque chose sur l'avis de recherche lancé contre moi ? Tu sais qui a fait ça ?

Les gouttes d'eau tremblèrent et parurent se séparer un instant.

– Personne n'accepte d'en parler et je pense qu'à part les mages du conseil, personne ne sait. Même Père se tait.

– Dans ce cas, pourquoi je rentrerais à la maison, Shalla ? Il y a toutes les chances pour que celui qui a proclamé cet avis veuille me tuer à l'instant où je mettrai les pieds dans notre cité.

– Je te protégerai ! Je ne laisserai personne te faire du mal, Kelen. Tu es mon frère.

Elle était sincère. La loyauté de Shalla peut être presque douloureuse, parfois. Quand elle n'agit pas sur ordre de notre père. Mais le lien entre elle et moi avait beau être fort, il le serait toujours moins que son rapport à Ke'heops. C'était en train de devenir la définition de ma vie : les relations sont fragiles. Rakis était mon partenaire, mais la plupart du temps il ne m'attirait que des ennuis. Furia était censée être mon mentor, alors qu'elle n'avait aucune intention de m'enseigner les voies des Argosi. Nephenia avait un moment été attachée à moi, mais plus je m'éloignais de notre terre natale et des Jan'Tep, plus nos liens devenaient ténus. Quant à Seneira ? Elle était fiancée à Revian.

– Kelen ? dit Shalla d'une voix plus lointaine.

Que me restait-il ? Un peu de magie du souffle, des poudres explosives et un sort de traque sur ma tête qui promettait à tout mage croisant ma route une belle somme en échange de ma mort. Les traces noires autour de mon œil qui se reflétaient sur le métal du lavabo parurent presque moqueuses. Je n'en pouvais plus de l'ombre au noir, de la façon dont elle détruisait ma vie et celle des gens autour de moi. Surtout, je me rendis compte que je ne supportais pas l'idée qu'un individu inflige ça à un autre. Je repensai aux voix que Seneira entendait pendant les crises, la façon dont elles se moquaient d'elle, la douleur qu'elles lui causaient, ainsi qu'à Tyne et à Revian, maintenant.

Shalla et Dexan me proposaient chacun une solution, avec à la clef la promesse d'une vie meilleure. Mais dans les deux cas, ça impliquait d'abandonner Seneira et les siens à leur triste sort.

– Kelen, reviens, me dit Shalla, à mesure que son image disparaissait dans le lavabo.

Avant qu'elle puisse insister, j'essuyai les gouttes sur les parois en métal et rattachai la petite serviette à son crochet.

LA VOIE DE L'ORAGE

La voie des Argosi est la voie de l'orage.

L'orage est rare mais, lorsqu'il surgit, il frappe d'un coup et sans remords. Les Argosi ne cherchent jamais à imposer leur présence, en revanche, ils ne tolèrent pas qu'on fasse du mal à un innocent ou qu'on l'asservisse. Lorsque la voie de l'eau est interrompue par des individus qui cherchent à imposer leur volonté à d'autres, les Argosi viennent restaurer l'équilibre. Comme l'orage, ils frappent vite et fort, et parfois aussi sans pitié.

32
Murmures

– J'ai déjà dit que les crocodiles adorent ce genre d'endroit ? me lança Rakis, qui scrutait le marais depuis mon épaule.

– Oui, plusieurs fois même, rétorquai-je, alors que j'essayais de faire le moins de bruit possible, même si j'avais l'impression que les feuilles mortes et les insectes prenaient un malin plaisir à se manifester à chacun de mes pas.

– Ce que je veux dire, Kelen, c'est que c'est vraiment une idée stupide.

– Ça aussi, tu l'as déjà dit.

En général, Rakis adore se rendre en pleine nuit dans les endroits dangereux mais, dans cette forêt marécageuse, on avait tous les deux un mauvais pressentiment. Ça n'aidait pas qu'on soit à la recherche d'un être ayant le pouvoir de convoquer les esprits, les démons, ou toute autre créature capable de vous tuer, de détruire votre âme, voire de vous dévorer vivant.

– Si tu avais embrassé cette fille comme je te l'ai dit…

– Qu'est-ce que ça aurait changé ?

– Elle t'aurait giflé assez fort pour t'expédier direct dans la semaine suivante ! Kelen, tu aurais pris une telle raclée que tu n'aurais pas eu l'idée de risquer notre vie en quête d'une cinglée de sorcière du murmure. À la place, tu serais en train de te chercher un sort de glace pour calmer la douleur sur ta joue!

Il gloussa tellement qu'il dut se rattraper en plantant ses griffes dans mon épaule pour ne pas tomber. Je crachai :

– Petit salaud. Je savais bien que tu me tendais un piège!

Il mit longtemps à se calmer. Et il finit par dire :

– Non, sérieux, la prochaine fois, faut que tu l'embrasses.

J'avais envie de le jeter contre un arbre, mais il serait revenu aussi sec en déployant ses palmures pour m'étouffer.

Un craquement me fit sursauter et, cette fois-là encore, Rakis faillit perdre l'équilibre. Mais je ne voyais rien.

– C'est le vent, dit-il. En soufflant, il soulève les feuilles et...

– Je sais ce que c'est que du vent.

– Je continue à croire qu'on aurait dû attendre Furia.

« Ouais », me dis-je, alors qu'un nouveau coup de vent faisait tourbillonner les feuilles autour de nous. « Moi aussi. »

– Mais Furia ne nous aurait jamais laissés venir ici, prononçai-je tout haut, autant pour moi que pour Rakis. Elle aurait déclaré quelque chose d'idiot du genre : « N'écoute jamais les rumeurs sur les enchanteurs des haies ou les sorcières du murmure, gamin... C'est bon pour les cochons. »

Rakis glousa en renchérissant :

– Et Rosie, ça aurait été : « Ma... sœur... a une empathie... déplacée pour les êtres... reclus. »

Pour un animal, il imite vraiment bien les humains.

– Puis Furia aurait rétorqué : « Sœur, ce sont des paroles qui mènent à la bagarre! »

– Ah ah! Et Rosie aurait lancé : « Tu t'égares, le Chemin des Pâquerettes qui Pètent. Il faut maintenant nous battre en duel jusqu'à ce que mort s'ensuive… ou alors, jouer aux cartes en nous regardant droit dans les yeux.»

Je partis dans un tel fou rire que je dus me retenir à un arbre. Puis on reprit notre marche dans le marais tout en sachant qu'on aurait dû rebrousser chemin, pourtant incapables de s'y résoudre.

Pour finir, Rakis lança :

– Tu sais pourquoi c'est vraiment une idée stupide?

– Tu l'as déjà dit. Douze fois.

– Ouais, mais tu veux quand même savoir pourquoi c'est vraiment une idée stupide?

Je m'arrêtai.

– Pourquoi?

Rakis trembla sur mon épaule.

– Parce que cet endroit me fout les chocottes, alors que je suis un chacureuil. D'habitude, c'est moi qui fous les chocottes aux autres.

Un petit rire nous parvint comme un carillon dans la brise qui soufflait autour de nous, à croire que chaque note était convoyée par un insecte qui zigzaguait dans l'air.

– Qui va là? demandai-je, mes mains plongeant déjà dans les bourses à ma ceinture.

– On ne t'a donc pas prévenu, monsieur le frondeur de sort? C'est dangereux de venir importuner Mama Murmure.

Rakis grogna en reniflant l'air.

– J'arrive pas à la voir.

– Qui êtes-vous? demandai-je, puis je fermai les yeux pour essayer de deviner d'où venait la réponse.

– Pourquoi tu me poses cette question, Jan'Tep? dit-elle en étirant les syllabes de ses mots, qui se transformèrent en

« Jaaaaaan'Teeeeep ». Tu veux piéger Mama Murmure ? Tu es venu en assassin ?

– Je ne suis pas là pour assassiner qui que ce soit.

– Ah bon ? fit Rakis d'un air déçu.

Mes tentatives pour la localiser échouaient lamentablement. J'avais l'impression qu'elle voletait dans le sous-bois tout autour de nous. Rakis n'eut pas plus de succès avec son odorat.

– Il y a un problème, finit-il par dire.

– Mes esprits ne veulent pas que tu les trouves, frondeur de sort. Alors ils agitent l'air pour moi. Les esprits aident toujours Mama Murmure.

– Dans ce cas, pourquoi avoir peur de vous montrer ? lançai-je. Parce que vous préférez faire vos petites affaires sans être vue ? Infecter des innocents avec l'ombre au noir ?

– L'ombre au noir ? cracha-t-elle. Tu ne devrais pas prononcer des mots pareils par ici, frondeur de sort.

Le craquement des feuilles et des branches se fit plus fort.

– Tu veux voir Mama Murmure ? Tu en es bien sûr ?

Je restai stupéfait en découvrant la silhouette qui surgit des arbres. Je m'attendais à voir une femme mûre, grande et puissante. Au lieu de ça, j'aperçus une fillette de dix ou onze ans, pieds nus, vêtue d'une robe de paysanne déchirée. Elle avait de longs cheveux noirs en bataille et portait un chapeau qui aurait pu être celui d'un riche, s'il n'avait pas été usé et cabossé.

– Mais tu es une gamine ! m'écriai-je.

Ce qui n'était sans doute pas une bonne idée.

– Je suis ce que tu veux bien voir, frondeur de sort, mais aussi ce que tu ne vois pas.

Rakis dit dans un grognement sourd :

– Je la déteste déjà.

Elle fit un nouveau pas vers nous. Sa présence me mettait terriblement mal à l'aise. J'avais conscience qu'elle était dans son élément, et pas nous.

– Reste où tu es, dis-je.

– Sinon ? demanda-t-elle. Tu vas me brûler avec tes poudres magiques ? Je t'en prie, frondeur de sort, montre ton savoir-faire à Mama Murmure, me provoqua-t-elle de sa voix jeune, mais avec des tournures de femme bien plus âgée.

Je n'avais aucune intention de lancer mes poudres sur cette fille.

– Je ne suis pas venu t'affronter. Je veux simplement te poser des questions.

La fille sourit en répondant :

– Et si moi, j'étais là pour t'affronter ?

Raté pour l'approche pacifique. Je levai les mains, qui tenaient chacune une pincée de poudre, comme si j'allais jeter un sort. Je ne comptais pas toucher Mama Murmure, simplement la mettre en garde mais, au moment où je les lançai en l'air, je vis ses lèvres bouger et j'entendis un murmure. Les poudres se figèrent puis revinrent au-dessus de Rakis et moi. Je plongeai juste à temps pour les éviter avant qu'elles se rencontrent et explosent en formant des flammes noire et rouge qui auraient pu salement nous brûler.

– Mes esprits n'apprécient pas ta magie, frondeur de sort. Tu n'aurais pas dû venir importuner Mama Murmure. Ils n'aiment pas ça du tout.

– Je te l'ai dit, je ne suis pas venu me battre !

La fille s'approcha encore sans paraître menaçante, ses grands yeux me scrutant d'un air innocent.

– Peut-être, peut-être pas. On verra ce qu'en disent mes esprits.

À nouveau, je vis ses lèvres s'agiter et j'entendis le vent répondre. Il prit de la force, voltigea autour de nous, et d'autres voix se firent entendre. Que je connaissais.

« Dernière chance, Kelen », déclara la première. C'était Tennat ; des mots proférés lors de notre duel d'initiés, bien des mois plus tôt.

Le vent souffla à nouveau.

« Un Jan'Tep se doit d'être fort », affirma mon père quelque part dans mon dos.

Je me retournai, mais il n'y avait personne.

– Qu'est-ce qui se passe ? demandai-je.

Une voix surgit sur ma droite : « Ce sont des questions d'enfant, Kelen. » Mer'esan, la nuit où elle m'avait convoqué pour la première fois au palais.

D'autres voix fusèrent, qui allaient et venaient au gré de la brise. Je les reconnus toutes, je me souvenais encore de ces paroles prononcées des mois plus tôt. Elles s'adressaient à moi : Shalla, mes parents, Nephenia, Panahsi, Ra'meth, Abydos… Le tourbillon devint bientôt exaspérant. Je m'apprêtais à me couvrir les oreilles quand elles se turent d'un coup, toutes sauf une. Celle de maître Osia'phest, lors de la dernière nuit dans ma ville natale, lisant ma réponse à la quatrième épreuve : « Aucune magie de ce monde ne vaut le prix de la conscience d'un homme. »

Toutes se turent, et Mama Murmure finit par dire :

– Fascinant, n'est-ce pas ?

Rakis s'agita sur mon épaule.

– Je peux la tuer, maintenant ?

– Plus tard, peut-être, lui soufflai-je. Comment tu fais ça ? demandai-je à Mama Murmure.

Elle haussa les épaules.

– Je ne fais rien. Mais mes esprits peuvent se montrer très puissants quand ils en ont envie.

Elle venait de le prouver. Dans mon peuple, les mots « esprit » et « démon » sont plus ou moins interchangeables.

– Et qu'est-ce que tes esprits peuvent faire d'autre ? demandai-je.

Elle me lança un regard acerbe.

– Ils n'infligent pas l'ombre au noir à des innocents, si c'est ce que tu es venu me demander.

Rakis se pencha sur mon épaule pour renifler l'air.

– C'est difficile à garantir avec toutes ces odeurs bizarres dans le coin, mais j'ai l'impression qu'elle dit la vérité.

Je me sentis tout à coup las, comme si ma peur, ma colère, mes paroles courageuses sur la nécessité de protéger Seneira et sa famille, ce n'était que ça : des paroles.

– Je suis désolé, dis-je à cette étrange apparition, ainsi qu'à tous ces gens à qui je ne semblais pas pouvoir venir en aide.

Elle murmura quelque chose dans l'air nocturne et, tout à coup, les vents se mirent à tourbillonner autour de moi, soufflant des bribes de conversations des jours derniers. « Peste… L'Académie… Ils peuvent te voir, là, Kelen. » Les bruits se turent d'un coup, et Mama Murmure déclara :

– Quelqu'un abuse de toi, frondeur de sort. Tu écoutes les mauvaises voix. Tu te trompes de chemin.

– Et quel est le bon chemin ? m'écriai-je. Qu'est-ce que je suis supposé faire ?

En guise de réponse, j'eus droit à un éclat de rire.

– C'est une vaste question, mon garçon.

Elle leva l'un de ses bras maigres et tendit un doigt vers le ciel.

– Regarde toutes ces étoiles. Pourquoi choisir de n'en suivre qu'une seule ?

– Ce n'est pas ce que je voulais dire ! Qui est derrière tout ça ? Tu fais parler tes esprits, tu prétends que je fais fausse route. Dans ce cas, demande à tes esprits qui est responsable de la peste de l'ombre au noir !

Je m'attendais à ce qu'elle disparaisse dans la forêt ou bien à ce qu'elle m'attaque avec un sort d'esprit, mais elle se contenta de hocher la tête et de murmurer en direction des ténèbres derrière elle. Il parut ne rien se passer, puis le vent reprit.

– Mes esprits voient des fils d'araignée. Ils vont jusqu'à Teleidos mais proviennent de très loin, de…

Elle se mit à tourner sur elle-même de plus en plus vite, comme un enfant qui cherche à s'étourdir, puis elle s'arrêta d'un coup, les bras tendus en direction de l'ouest.

– … Certains fils viennent de là-bas.

– Où ça ? Il n'y a que la forêt, et ensuite, le désert.

– Encore plus loin.

Il n'y avait qu'un seul endroit plus à l'ouest que le désert.

– Les territoires Jan'Tep…

Elle commença à reculer lentement.

– Je ne sais pas, frondeur de sort. Mes esprits voient loin, mais ils ne quittent jamais cet endroit.

– Et toi ? demandai-je. Tu ne sors jamais d'ici ?

Elle sourit comme si j'avais dit quelque chose de stupide et continua à reculer jusqu'à ce que sa silhouette s'efface dans l'obscurité.

– Frondeur de sort, je suis Mama Murmure. Pourquoi aurais-je envie de sortir d'ici ?

33
Les sentiers de la guerre

On rentra chez Seneira pour découvrir que les Thrane dormaient, mais pas Furia ni Rosie qui, au grand plaisir de Rakis, étaient en pleine partie de cartes. Je leur racontai Revian, les mages de maison ainsi que ma rencontre avec Mama Murmure. Je m'attendais à me faire remonter les bretelles pour être allé consulter une dangereuse sorcière sans protection, mais les deux Argosi n'interrompirent même pas leur partie.

– Vous n'avez pas du tout l'air de vous amuser, fis-je remarquer.

Rosie haussa un sourcil à mon intention, un geste qui me rappela Shalla.

– Nous amuser ?

– Vous jouez aux cartes. C'est pas censé être amusant ?

L'Argosi tourna son regard méprisant vers Furia, qui haussa les épaules.

– Si tu fréquentes Rosie encore un tout petit peu, tu te rendras compte qu'elle parvient à rendre ennuyeuses même les choses les plus amusantes.

Ce qui fit réagir celle-ci.

– Des traits d'esprit ? C'est tout ce que tu as à offrir à ce garçon ? Tu l'entraînes loin des siens, tu lui fais croire qu'il est ton *teysan*, mais tu ne lui apprends rien. Il ne peut même pas citer les sept talents, et je ne parle même pas de…

Furia eut un petit sourire.

– Des définitions ? C'est ça qui te manque, sœur ? (Elle me désigna d'un geste de la main.) Vas-y, apprends-lui toutes les définitions importantes que tu veux, si pour toi c'est ça être un Argosi.

– Arrête de te moquer de moi, sœur, même si c'est typique du Chemin de la Pâquerette Sauvage. Tu sais combien nous sommes peu nombreux. En tant que *maetri*, tu as le devoir de chercher à qui tu peux enseigner nos voies.

Furia rugit de rire.

– D'abord, tu me reproches de ne pas savoir enseigner, puis tu me dis que je suis en devoir de le faire ? Il me semble que le Chemin d'Épines et de Roses tourne un peu en rond, sœur.

Rosie tapa du poing sur la table avant de me désigner du doigt.

– Il n'est pas ton *teysan*. Je pourrais tenter de le prendre comme élève, mais il est trop imprécis, trop centré sur lui…

Elle se tourna vers moi et me dit :

– Excuse-moi. Mes paroles sont dures, mais rien de tout ça n'est ta faute. Je suis sûre qu'un jour, tu feras un bon… mage, ou frondeur de sort, ce pour quoi tu es fait.

J'étais vraiment ravi de l'apprendre.

– Bon, y a une bagarre ou pas ? demanda Rakis en se dirigeant vers l'escalier. Parce que j'espérais prendre un bain, mais si je dois ensuite tacher mon pelage avec du sang, je préfère attendre.

D'un regard, je lui intimai de monter à l'étage. Il me fit l'équivalent du haussement d'épaules chez le chacureuil et s'assit sur une marche.

Furia et Rosie se dévisagèrent longuement en silence et sans un geste. Furia finit par déclarer :

– Il vaut mieux que tu ne t'en mêles pas, sœur.

L'autre Argosi se leva et lâcha ses cartes sur la table.

– Je crois au contraire que si, sœur.

– C'est donc le grand jour, sœur ? fit Furia. Tu veux vraiment te bagarrer, malgré les événements ?

– Les événements, sœur, sont une peste à laquelle toi et moi devons mettre fin, et pourtant, le Chemin de la Pâquerette Sauvage veut m'empêcher de faire le nécessaire.

Ce fut au tour de Furia de se lever. Elle plongea la main droite dans son gilet.

– Tu touches à cette fille ou à quelqu'un d'autre, sœur, et ton chemin te conduira à la recherche de tes doigts dans cinq contrées différentes.

Rosie tendit la main dans son dos. Je compris qu'elle aussi avait une arme dans les plis de ses vêtements.

– Attendez ! m'écriai-je, inquiet qu'elles puissent s'entretuer sous mes yeux. Qu'est-ce que vous faites ?

Ni l'une ni l'autre ne répondit. Puis Furia sortit la main de son gilet pour montrer qu'elle était vide. L'autre Argosi fit de même.

– C'est juste un différend sur ce qui caractérise les Argosi, expliqua Rosie.

Elle quitta la table et s'apprêta à sortir, s'arrêtant à la porte pour lancer :

– Sœur, j'ai retracé l'histoire d'autres victimes de l'ombre au noir. Je suis sur le point d'avoir la preuve qui m'obligera à suivre la voie de l'orage. Il vaut mieux que tu ne sois plus là quand ça se produira.

J'attendis que Furia soit calmée avant de reparler de Mama Murmure. Mais là encore, elle resta muette, jusqu'à ce que j'insiste pour avoir une réponse.

– Alors ?

– Alors quoi ? lâcha-t-elle.

– Ces fils dont Mama Murmure m'a parlé. S'ils mènent vraiment à mon peuple, dans ce cas…

– Combien de fois dois-je te dire de ne pas te laisser distraire par tout et n'importe quoi, gamin ?

Ça me surprit.

– Mais je t'ai expliqué ce qui s'est produit en sa présence. Elle m'a fait entendre des voix en provenance de mon passé. Sa magie est réelle.

Furia s'adossa à son siège et sortit un roseau de feu de son gilet, puis gratta une allumette sur la table.

– Je n'ai jamais dit qu'elle n'était pas réelle, juste que ça n'avait pas de sens.

– Tu passes ton temps à dire ça, répliquai-je, énervé. Tu parles de la magie comme si c'était une blague, mais ce n'est pas le cas, Furia ! La magie, c'est le pouvoir.

– Gamin, un jour, si tu vis assez longtemps pour ça, tu te rendras compte que la plus grosse blague, c'est le pouvoir.

Je ne savais pas quoi répondre. Comment réagir face à quelqu'un de terriblement obtus, mais qui s'en sort toujours avec une pirouette ? J'en voulais à Furia, capable d'affronter tout le monde alors que moi, dans les mêmes circonstances, je serais déjà mort.

– Dexan m'a proposé de devenir son partenaire, annonçai-je.

Perché sur la rambarde à l'étage, Rakis nous surveillait, un petit objet luisant, certainement volé, dans la gueule.

– Quoi ? C'est quoi cette histoire ? grogna-t-il.

– *Nous* a proposé, corrigeai-je, espérant apaiser le chacureuil avant de me faire mordre. Il dit qu'il peut m'aider à repousser l'ombre au noir et m'enseigner à survivre dans les terres de la Frontière.

Furia ne prit même pas la peine de tourner la tête vers moi. Elle lâcha une bouffée de fumée, qui forma un rond devant elle.

– Ça a l'air d'un bon deal, gamin.

– Il dit que je dois partir demain avec lui.

Un nouveau rond de fumée.

– Dans ce cas, c'est le moment de préparer tes bagages, j'imagine.

– Ça t'est égal ? Ça ne compte pas pour toi de ne sans doute plus jamais me revoir ?

Avant qu'elle puisse répondre, Rakis descendit les marches et alla la renifler.

– Non, ça lui est pas égal. Elle va se mettre à brailler d'un instant à l'autre.

Furia le repoussa et posa son roseau de feu sur la coupelle où se trouvait une bougie.

– Kelen, je suis désolée.

Je crus qu'elle allait dire autre chose, mais comme elle n'en fit rien, je demandai :

– Désolée de quoi ?

Elle poussa un soupir.

– Gamin, je sais que tu as peur, et tu as de bonnes raisons pour ça. Tu veux faire le bien, mais tes peurs te poussent à rechercher des moyens de protection. Alors tu es en quête de magie, de charmes, de quelqu'un qui t'apprenne à te battre. Tu essaies de canaliser ta peur à la manière dont tu jettes un sort avec tes poudres explosives.

– C'est si mal d'avoir peur des gens qui essaient de me tuer ? De vouloir être en mesure de me défendre ?

– La peur et la colère, dit-elle en s'adossant de nouveau à sa chaise et en se frottant les yeux, comme si elle était épuisée, il n'y a rien de mal à ça, gamin. Mais ce n'est pas la voie du Chemin de la Pâquerette Sauvage.

– Et quelle est cette voie, alors ?

Elle soutint longtemps mon regard sans sourire ni rire.

– Le plaisir.

Je ne pus m'empêcher de ricaner.

– Le plaisir ? Où y a-t-il du plaisir quand tu laisses un type trois fois plus gros que toi te mettre un coup de poing qui pourrait te paralyser à vie, voire pire ? Quand tu dois sortir tes cartes rasoirs pour affronter des mages qui risquent de te réduire en cendres avec un sort ? Quand…

Elle se leva d'un coup.

– Viens, me dit-elle en se dirigeant vers la porte.

– Où ça ?

Elle s'immobilisa sans pour autant se retourner.

– Tu n'arrêtes pas de poser des questions, gamin, et je n'arrête pas d'y répondre, mais ça n'aboutit jamais. Selon Rosie, c'est parce que tu n'en vaux pas la peine, alors je te pose la question très simplement : veux-tu vraiment connaître le Chemin de la Pâquerette Sauvage, Kelen ?

– Je… J'aimerais au moins savoir ce que c'est.

– Je comprends, dit-elle en ouvrant la porte pour s'avancer dans la nuit. Alors viens faire un petit bout de chemin avec moi.

34
La leçon de danse

On se rendit à cheval à quelques kilomètres de la ville, loin des lumières et des gens, ainsi que de tous les artifices de la civilisation. Je frissonnai dans l'air de la nuit. J'étais désagréablement conscient de m'être déjà habitué aux repas chauds et à un lit confortable. Mais contrairement à moi, le chacureuil n'avait même pas honte de son nouveau goût pour le luxe.

– J'ai envie d'un bain, grogna Rakis, qui ne cessait de passer de l'une de mes épaules à l'autre, comme si ça suffirait à nous convaincre de rebrousser chemin.

– De quoi il se plaint ? demanda Furia.

– Il vaut mieux que tu le saches pas, dis-je pour éviter de mettre Rakis dans l'embarras.

Je n'avais pas envie de gérer un chacureuil furieux.

– Je veux un bain, bon sang, insista-t-il. Avec des petits gâteaux. Plein de petits gâteaux. Dis au père de Seneira de pas nous rationner, cette fois.

– Tu sais que ce sont *leurs* gâteaux, n'est-ce pas ? Je pensais que les chacureuils étaient des voleurs et des assassins, pas des animaux domestiques pourris gâtés.

Rakis se tut. Je me rendis compte que je venais de commettre une énorme erreur. Il sauta de mon épaule au pommeau de la selle et se plaça face à moi avec un regard noir, sa fourrure aussi sombre que la nuit, à part quelques rayures d'un gris menaçant.

– Répète, dit-il avec un petit grognement. Répète, pour que je sois sûr d'avoir bien entendu.

Cette histoire allait mal finir.

– Je ne voulais pas...

– Hé, gamin, lança Furia en croisant mon regard.

En général, elle ignorait Rakis quand il se comportait comme ça, mais cette fois, elle souriait.

– Tu veux que je te montre quelque chose de drôle ? lança-t-elle.

– Euh... Je ne pense vraiment pas que...

Rakis la regarda en grondant. Elle fit mine de l'ignorer. Quoique. Pas tout à fait.

– Oh, mon Dieu, fit-elle en l'observant. Tu as vu cette fourrure ? Comme elle est belle, comme elle est luisante. On dirait le flux argenté d'un fleuve puissant.

– De toute évidence, dit-il, tout à coup occupé à inspecter les griffes de sa patte droite.

– Et ces griffes ! Chacune ressemble à une lame affûtée par un maître forgeron berabesq !

Les poils sur la nuque de Rakis n'étaient plus du tout hérissés. Il leva le menton et fit frémir ses moustaches.

– Au moins, elle, elle n'est pas totalement aveugle. Elle a le droit de garder ses yeux. Pour l'instant.

Mais Furia poursuivit :

– Et ces muscles. Et ces hanches ! Une femelle ne peut que fondre à cette vue.

Rakis semblait presque gêné.

– Bon, bon, ça va, je sais que je suis beau. Kelen, dis à l'Argosi d'arrêter.

Mais elle n'en fit rien.

– Et je ne parle même pas de cette truffe, dit-elle en se penchant vers lui. On dirait celle d'un lion, mais plus belle encore. Une truffe noble, audacieuse…

Rakis eut comme un tic, puis sa fourrure s'agita. Il se produisait quelque chose. Le noir pâlit, les bandes argentées s'effacèrent.

– Kelen, fais-la taire, maintenant.

Furia ne tint pas compte de ses feulements.

– Et ces yeux… Ils débordent d'intelligence. Et de sagesse, aussi. On dirait deux lacs qui brillent comme des pierres précieuses sous le clair de lune. Des diamants, voilà à quoi ils ressemblent, ces yeux.

La fourrure de Rakis était en train de changer de couleur. Le gris devint blanc, puis le blanc prit une teinte… rose.

– Nan ! protesta-t-il.

Furia partit d'un grand éclat de rire en disant :

– Ça marche à tous les coups.

– Qu'est-ce que tu lui as fait ? demandai-je.

Elle désigna la fourrure de Rakis, désormais entièrement rose.

– Le pelage des chacureuils change en fonction de leur environnement, mais aussi de leur humeur. Et voilà à quoi ressemble un chacureuil qui rougit.

– Argh ! grogna Rakis, qui manqua de tomber de cheval à force de s'agiter dans tous les sens pour inspecter son pelage. (On aurait dit qu'il avait une envie pressante.) Putain, vire au noir, bordel ! Je suis méchant ! Je suis un monstre ! J'incarne les ténèbres de la nuit infernale ! (Il me lança un regard désespéré.) Ça redevient noir, là, non ?

Je réfléchis à la réponse la plus pertinente à lui faire, et là, je pris conscience qu'au cours des derniers mois, depuis qu'il avait accepté à contrecœur de devenir mon partenaire, Rakis avait saisi la moindre opportunité pour se moquer de moi, me voler et, en plusieurs occasions, me mordre.

– Non, tu es toujours aussi rose, déclarai-je.

Tandis qu'il s'efforçait frénétiquement de faire virer sa fourrure au noir, Furia me lança :

– Fin de la leçon, gamin.

– Quelle leçon ?

Elle arrêta son cheval et mit pied à terre en douceur.

– Tu m'as dit que tu voulais voir de quelle manière j'avance sur la voie des Argosi.

Je descendis de cheval en désignant Rakis.

– Ça ? C'est ça, le Chemin de la Pâquerette Sauvage ?

– Ouaip.

– Si quelqu'un veut me tuer, il me suffit de lui faire des compliments jusqu'à le faire rougir ?

Elle sourit.

– Ou de danser avec lui.

Elle prépara un petit feu de camp, puis chercha un endroit plat et me fit signe de la rejoindre.

– Viens, gamin. C'est le moment d'apprendre le deuxième talent.

– Rosie a dit que le deuxième talent argosi, c'était la défense.

– Ce sont des mots, gamin. Tu veux vraiment t'en tenir à des mots ?

Ses paroles résonnaient bizarrement en moi. Furia n'utilisait jamais le langage de la violence, alors peut-être qu'elle avait ses propres mots pour les sept talents argosi, ainsi que la voie de l'eau ou la voie de l'orage.

Je me plaçai dans ce que je pensais être une position d'attaque décente, ravi d'apprendre enfin le combat argosi. Et là, je vis le sourire moqueur sur son visage. Mon optimisme vira à la panique.

– Quand tu disais danser, c'était une métaphore, n'est-ce pas ? Comme dans « danser avec la mort ».

– Je disais « danser » pour « danser », gamin.

– Mais…

Il y a quelque chose que presque tout le monde ignore au sujet des Jan'Tep : dans mon peuple, on ne danse pas. Jamais. Nous ne pratiquons pas la moindre danse. Un mage n'a pas besoin de danser. En plus, c'est inconvenant.

Rakis me lança un regard diabolique, ravi qu'à mon tour, je me sente honteux.

– Oh, je sens qu'on va bien s'amuser, souffla-t-il.

Furia me fit signe de lui prendre une main, et posa mon autre main sur sa taille.

– Tu trouveras des centaines de danses parmi les peuples de ce continent, mais toutes proviennent de l'une des dix-sept formes de base. Alors on va commencer par la plus simple, la chadelle.

Je me sentais mal à l'aise d'être si proche d'elle. La seule fois où un adulte Jan'Tep en touche un autre, c'est pour une relation intime. Furia avait une vingtaine d'années de plus que moi, et cette histoire de danse me rendait nerveux. J'allais reculer quand Rakis me cria :

– Dégonflé !

– Tais-toi, dis-je en serrant plus fort la main de Furia.

Je refusais de perdre la face devant un animal qui salue ses congénères en leur reniflant le derrière. À Furia, je demandai :

– Et qu'est-ce que je fais, maintenant ?

– Contente-toi de suivre la musique.

– Quelle musique ?

Furia émit un sifflement, d'abord une seule note, à la manière d'un joueur de flûte qui teste son instrument. Puis, tout à coup, elle entama une mélodie, les notes montant et descendant le long d'une gamme dont j'ignorais tout, tandis qu'elle me guidait sur le sol poussiéreux du désert. Les Jan'Tep connaissent la musique, mais ils la réservent aux funérailles ou aux événements officiels, ce genre de choses. Cet air-là était différent. Plus rapide, plus enjoué. Je commençais à comprendre. Et là, je m'emmêlai les pieds. Furia dut me rattraper.

– Tu peux ralentir ? demandai-je.

– Je vais tout doucement, gamin.

Elle continua de danser même quand elle cessa de siffler, m'obligeant à garder l'air dans ma tête.

– Laisse-toi aller, me conseilla-t-elle. Laisse tes pieds trouver leur rythme. Les Argosi considèrent que la danse est présente dans chaque être vivant, qu'il suffit de la libérer.

Rakis feula d'un air joyeux.

– Hé, Kelen, la seule danse que je vois dans ton corps, c'est les soubresauts du trépas d'un lapin !

– Chut, lui fit Furia.

Elle ne pouvait pas comprendre ce qu'il avait dit, mais je pense qu'au ton, elle savait quand il se moquait de moi.

– Encore un commentaire, et je te raconte une histoire de chacureuil qui te laissera rose pendant un mois.

Mon Némésis à poils se calma et je pus de nouveau me concentrer sur la danse. Le problème, ce n'était pas juste les mouvements, mais le rythme. J'avais toujours cru mon peuple gracieux. Dès l'enfance, on nous apprend à marcher avec élégance et à agiter les mains de façon fluide pour jeter nos sorts. Dès que mes camarades et moi, on voyait des marchands daroman ou des gens de Gitabrie faisant escale dans notre ville qui dansaient le soir près de leurs caravanes, on riait de leurs rotations barbares. Panahsi disait qu'il fallait appeler les guérisseurs parce que nos hôtes étaient malades. Mais là ? Sous le ciel étoilé, dans ce désert sauvage ? C'est moi qui avais l'air maladroit. La danse semblait quelque chose de normal. De naturel. Simplement, j'en étais incapable.

– J'y arriverai jamais, lançai-je d'un air boudeur.

Furia résista.

– Tu vas trouver le rythme, laisse-le venir à toi. Ce n'est pas très différent de ces gestes que tu fais avec tes mains quand tu exerces ta magie Jan'Tep.

– C'est pas du tout pareil, protestai-je. Les formes somatiques permettent de jeter des sorts.

Elle sourit et me fit un clin d'œil.

– Laisse-moi te dire quelque chose, gamin. Il n'y a pas meilleur sort pour un homme que de savoir danser.

Je ne suis pas totalement idiot. Elle était en train de me dire que les femmes aiment les hommes qui savent danser. Dans les autres contrées que ma terre natale, ça avait peut-être de l'importance, mais ce n'était pas ça qui allait m'aider. La seule fille avec laquelle j'aurais pu vouloir danser, c'était Nephenia, désormais fiancée à mon ancien meilleur ami, en train de débuter une vie de mage qui la conduirait à ce dont j'avais toujours rêvé, et qui ne pensait sans doute plus du tout à moi.

Je m'écartai de Furia et titubai un instant.

– C'est débile.

– C'est quoi le problème, gamin ?

Je n'avais pas envie de parler. Je n'avais pas envie de lui dire que j'avais déjà les jambes fatiguées et mal à la mâchoire à l'endroit où le Rouquin m'avait frappé. Je n'avais pas envie qu'elle sache que mes mains tremblaient, que d'un instant à l'autre j'allais me mettre à geindre comme un bébé qui a peur du noir.

Car j'avais vraiment peur du noir. J'avais peur de tout ce qui pouvait s'y trouver.

– Tu ne comprends donc pas ? Des gens veulent ma mort ! Je n'ai pas besoin de savoir danser ! J'ai besoin de leur échapper !

– Frappe-moi, gamin.

– Quoi ?

Elle retira son chapeau pour le poser par terre.

– Allez, gamin. Frappe-moi.

Rakis arriva au petit trot en disant :

– Ça, ça m'intéresse.

– Non, répondis-je. Tu as passé ta vie à te battre. Tu ne crois pas que je sais que tu vas esquiver ?

– Sans doute, mais sans rien faire de plus que ce que je viens de te montrer.

Pour le prouver, elle mit une main à hauteur de son épaule, paume vers moi, et l'autre juste au-dessus de sa hanche, comme si elle dansait avec un partenaire invisible.

J'étais tellement en colère que j'avais envie de me jeter sur elle, mais je m'obligeai à rester calme. Au lieu de me cantonner au rôle du gros balourd, je feintai. Au dernier instant, je basculai vers la droite, le côté qu'elle ne protégeait pas.

Furia me fit voler comme un sac de grains vide.

Elle continuait à danser en sifflant son petit air et en tournoyant avec son partenaire invisible quand je repartis à l'assaut. Je l'avais observée jusqu'à connaître la répétition de ses mouvements. Cette fois, je me jetai non pas là où elle se trouvait, mais vers l'endroit où elle allait.

Je sentis l'air sur mes joues alors qu'elle m'envoyait balader pour la deuxième fois. Quand je me retournai, elle dansait toujours. Ce qu'elle faisait ne ressemblait absolument pas à un art martial. Et ça n'était pas particulièrement gracieux non plus.

– Comment tu y arrives ? demandai-je.

– Essaie encore, gamin.

« Très bien. Mais cette fois, tu vas avoir une surprise. »

Le problème, c'est que je m'efforçais toujours de respecter les règles, alors qu'elle avait l'avantage de son expérience et de son entraînement. Je me dis que c'était le moment de les enfreindre. En me relevant, j'attrapai une poignée de sable, puis je me précipitai sur elle et tendis la main gauche comme pour l'attraper mais, au lieu de ça, je lui jetai la poignée de sable au visage de la main droite. « Cette fois, ça va marcher », me dis-je. Dès qu'elle serait déstabilisée par le sable, je la pousserais avec l'autre main. Pas fort, juste pour lui montrer que j'ai été le plus malin.

J'étais tellement concentré sur ses gestes que je vis chaque détail de mon attaque, y compris le sable quitter ma main tendue vers son visage. Mais elle se penchait déjà, comme si son partenaire fantôme la faisait plonger au cours de la danse. Le sable passa juste au-dessus de sa tête, un seul grain toucha sa joue. Je me demandai encore comment c'était possible quand je sentis sa main autour de la mienne. Je n'avais pas vu à quel point je m'étais déséquilibré en jetant le sable. Elle s'en servit à nouveau contre moi.

En chancelant, je vis l'expression de son visage. Elle souriait. Pas d'un sourire méchant, ni du rictus que peut afficher un adversaire, même à l'entraînement. Je n'étais pas son ennemi, pas même son élève. Furia continuait à danser avec moi.

Je m'interrogeais encore lorsque j'atterris sur le dos à quelques mètres de là. Je ne savais pas comment elle avait fait ça, alors je m'appuyai sur les coudes pour la regarder. Ça avait été si facile pour elle. Ça ne lui avait demandé aucun effort. Je me serais senti incroyablement stupide si je n'avais pas aperçu Rakis quelques mètres plus loin sur les pattes arrière, qui essayait d'imiter maladroitement les mouvements de Furia. Quand il vit que je le regardais, il se remit à quatre pattes, et sa fourrure se hérissa et tourna au noir avec des bandes rouge sang.

– Je faisais rien. Si tu racontes ça à qui que ce soit…

– À qui je raconterais ça ? demandai-je.

Rakis est remarquablement prétentieux pour un animal capable de conserver des bouts de lapin dans la gueule en cas de petit creux.

– Tu ferais mieux d'arrêter, sinon ta fourrure va redevenir rose, je le prévins.

– Alors, gamin ? Tu vois de quoi je parle, maintenant ? lança Furia.

Je me remis debout en hochant la tête.

Elle avait raison, la danse, ça pouvait être utile dans une bagarre, c'était donc un talent que je devais acquérir.

Furia me lança un drôle de regard. Et dit avec un soupir :

– Tu n'as toujours pas compris.

– Quoi ? Je ne…

– Tu ne peux pas apprendre les voies de la danse si tu n'en retires pas du plaisir.

« Du plaisir. » Et quel plaisir pouvais-je éprouver dans les terres de la Frontière, où je risquais ma vie à chaque instant ? J'étais à des centaines de kilomètres de l'univers dans lequel j'avais grandi. Il n'y avait pas plus de place pour moi sur ces terres rudes que parmi mon peuple. J'étais seul, et ça serait sans doute le cas toute ma vie.

Furia me fit signe d'approcher. Je m'exécutai, et me retrouvai une fois de plus dans l'inconfortable demi-étreinte de la chadelle.

– Kelen, écoute-moi.

J'acquiesçai.

– Ce n'est pas un combat. Ce n'est pas quelque chose que tu provoques, que tu essaies de contrôler comme ta magie Jan'Tep. N'essaie pas de trouver le plaisir. Laisse-le te trouver.

– Et comment ?

– Reste ouvert, c'est tout. Je ne suis pas ton adversaire. Je ne suis pas ton amante, je ne suis même pas une femme.

– Ah bon ?

– Nan. Je suis juste un corps qui se déplace librement dans la nuit. (Elle me força à renverser la tête.) Regarde ce ciel.

Je me mis à observer les étoiles. Dans ma ville natale, on ne les voyait pas aussi bien à cause des lanternes en verre rougeoyant, mais là, c'était comme si le ciel était à un mètre au-dessus de ma tête et que je pouvais le caresser du bout des doigts.

– Le désert, dit-elle. Ici même. C'est le plus bel endroit sur terre, tu ne trouves pas ?

En effet. Je ne sais pas comment ni pourquoi, mais c'était le plus bel endroit que j'avais jamais vu. Ce n'était pourtant pas ma première nuit dehors dans les terres de la Frontière. Et pourtant, cette fois, c'était différent. Je ne parvenais pas à détourner les yeux de ces étoiles. C'était comme si elles tournaient autour de moi, qu'elles dansaient afin de trouver le sommeil.

– Tu n'es pas Kelen, fils de Ke'heops, me dit Furia. Tu n'es pas un paria Jan'Tep. Tu es un esprit libre, sans la moindre chaîne pour t'entraver.

Je prêtais à peine attention à ses mots, malgré tout, leur sens me parvint. Je n'avais pas ressenti ça depuis longtemps. La sensation qui s'en rapproche le plus, c'est quand on maîtrise totalement un sort, qu'on attend juste que les mots franchissent nos lèvres et qu'il s'élève d'un coup.

– Je crois que je suis prêt à danser, dis-je.

Mais quand je regardai à nouveau Furia, je vis que tout bougeait autour de nous ; on dansait déjà, sans doute depuis un petit moment.

Furia y mit fin très lentement.

– La leçon est terminée, gamin, dit-elle pour la deuxième fois ce soir-là.

– Mais on vient à peine de commencer, j'ai…

Furia me lâcha la main pour désigner le feu.

– Regarde, me dit-elle.

Les flammes n'étaient plus que des braises, le bois réduit en cendres. Rakis dormait à côté, roulé en boule, sa fourrure du même brun que le sol.

– Ça fait combien de temps ? demandai-je.

– Un bon moment, dit-elle doucement. Il faut qu'on arrête, maintenant. Il faut laisser la danse de côté.

– Pourquoi ?

– Parce que des choses terribles sont en train de se produire pour des gens bien, et que même ceux qui suivent le Chemin de la Pâquerette Sauvage doivent parfois se confronter aux ténèbres.

35

La torpeur

Je n'avais aucune idée de l'heure à laquelle on rentra chez Seneira, mais je m'effondrai tout habillé dans mon lit. Pendant une heure merveilleuse, je dormis d'un sommeil de plomb, mais je fus réveillé par une terrible douleur dans l'œil gauche accompagnée de visions, si bien que je tendis par réflexe les mains vers mes poudres. Heureusement, Rakis me mordit avant que j'y parvienne.

– Kelen, réveille-toi ! feula-t-il. Tu dormais. Comment ça s'appelle, les gens qui essaient de jeter des sorts en dormant ? Des sortmambules ?

– Je sais pas, répondis-je en pressant la paume de ma main contre mon œil.

« Ancêtres, ça fait abominablement mal. » Tout à coup, je ressentis une autre douleur, cette fois dans la main droite, où apparut la trace de dents de chacureuil.

– Mais qu'est-ce que tu fabriques ? protestai-je.

Rakis leva la tête vers moi.

– Je me suis dit que si je te mordais, ça apaiserait la douleur dans ton œil. Ça a marché ?

Je secouai la tête et titubai vers la porte de la chambre.

Partout où je posais mon regard, je voyais du sang. J'avais l'impression que le bois de la porte allait éclater, comme si un monstre tentait de la franchir.

– Tu vas où ? me demanda Rakis.

– Dehors..., dis-je, à peine capable de parler. Je dois prendre l'air. (Je l'entendis sauter du lit pour me suivre.) Non, dis-je. Reste là.

Il en fut peut-être un peu blessé.

Quand je me faufilai dans le jardin derrière la maison, la douleur commença à se calmer et les visions s'atténuèrent. Les arbres ressemblaient à nouveau à des arbres, non plus à des monstres menaçants. Le ciel était à nouveau noir et non plus rouge, et les petits cailloux sous mes pieds étaient juste des petits cailloux, pas un champ de lames de rasoir. Je me sentis tellement soulagé qu'il me fallut un moment pour me rendre compte que je n'étais pas seul.

– Toi aussi ? me fit Seneira.

Elle se tenait accroupie près d'une plate-bande de fleurs bleues et jaunes et se balançait d'avant en arrière en se tenant les genoux.

– Ça a été dur ? me demanda-t-elle.

Je fis signe que oui.

– Et toi ?

– Ouais, assez dur.

Je m'allongeai près d'elle et m'appuyai sur les coudes en regardant le ciel pour m'assurer que les étoiles étaient toujours des étoiles, et non des abeilles furieuses en train de fondre sur moi. Je me sentais épuisé. Encore un effet de l'ombre au noir.

– Tu sais, reprit Seneira, le pire, ce n'est pas la douleur, ni les voix, même si ça me donne envie de crier pour noyer leur vacarme. Le pire, c'est qu'après je ne ressens plus rien.

– C'est-à-dire ?

Elle haussa les épaules un instant, puis secoua la tête.

– Comme si j'étais dans une sorte de torpeur. Je ne suis ni contente, ni triste. Si je pense à mes amis, à mon père ou même à Tyne, j'ai l'impression que ce sont… des inconnus, et non ma famille. Ça te fait ça, toi aussi ?

Je ne répondis pas, surtout parce que je ne savais pas quoi répondre. Je n'avais pas l'impression d'avoir encore une famille, alors comment savoir si l'ombre au noir atténuait mes sentiments à l'égard des miens ?

– Je me suis blessée exprès, dit Seneira en me montrant son poignet. Je me suis pincée très fort pour voir si je ressentais encore quelque chose.

– Et alors ?

– Pas vraiment. Je ressens la douleur, mais c'est comme si ça n'avait pas d'importance.

– Et ça dure combien de temps ? demandai-je. Le fait de ne plus rien ressentir.

Elle s'allongea près de moi.

– Une heure environ. Des fois plus. Même bien après, je ne… La vie me paraît… terne, plus aussi colorée qu'avant. (Elle me prit la main et passa mes doigts sur sa paume.) Même là. Je sens quelque chose, mais c'est comme si ça arrivait à quelqu'un d'autre.

Un bruit de pattes de chacureuil me parvint juste avant que la tête poilue de Rakis apparaisse à la porte.

– Embrasse-la, me dit-il.

– Arrête.

– Arrête quoi ? demanda Seneira.

– Oh, rien.

Elle se tourna vers l'embrasure de la porte, où Rakis était dressé sur ses pattes arrière.

– Ah, tu parles encore à ton… partenaire.

– Embrasse-la, Kelen, feula le chacureuil en reniflant l'air. Et cette fois, je suis sérieux. Il y a plusieurs parties en elle qui le désirent.

– Qu'est-ce qu'il dit ?

– Rien, il…

J'eus tout à coup une idée.

Je me relevai et lui tendis une main. Elle la saisit, et je l'aidai à se mettre debout.

– Qu'est-ce que tu fais ? demanda-t-elle.

Je pris sa main droite dans ma main gauche et posai l'autre au creux de ses reins.

– Je danse, répondis-je.

– Tu danses ?

J'acquiesçai, puis je me dis que j'aurais dû lui demander l'autorisation avant. Alors j'ajoutai :

– Ça te… ?

Elle haussa les épaules en déclarant :

– J'imagine que ça ne peut pas faire de mal.

Il n'y avait pas de musique, et je suis presque sûr d'être un très mauvais danseur – comme Rakis ne manquait pas de le répéter inlassablement, en dépit de ses propres tentatives ridicules. Et pourtant, tandis que Seneira et moi, on tournoyait dans le jardin, je sentis quelque chose se modifier en elle. Au début, elle était raide, mal à l'aise mais, quand je voulus arrêter, elle me demanda de continuer. Je me rendis compte que, si elle avait l'air tendue, c'est parce qu'en fait elle ne ressentait rien. Peu à peu, à mesure qu'elle revenait à la vie, elle se déplaça avec détermination, comme si on allait se battre. Ce n'était pas du bonheur, mais une résolution à *trouver* le bonheur.

Seneira se fit de plus en plus légère, de plus en plus libre. Parfois, quand on perdait le rythme, elle trébuchait ou bien je lui marchais sur le pied. Elle éclatait de rire et on recommençait. Je ne sais pas combien de temps on a dansé, mais les premières lueurs de l'aube apparaissaient à l'horizon quand elle s'arrêta et me serra longuement contre elle.

– Merci, Kelen, dit-elle.

Puis elle disparut en courant dans la maison.

Je ne bougeai pas, jusqu'à ce que Rakis s'approche pour me glisser :

– Tu vas suivre le Chemin de la Pâquerette Sauvage ?

– Peut-être, dis-je. Encore pour un petit moment.

36

Le manoir ensorcelé

Je passai la matinée et l'après-midi à dormir. Je fis plein de rêves de danse. Au début, mon esprit convoqua des visions joyeuses, mais lorsque la musique disparut, Seneira n'était pas là et je me retrouvai seul dans le désert en me demandant si, ça aussi, c'était l'une des voies auxquelles menait le Chemin de la Pâquerette Sauvage.

Je fus réveillé par une nouvelle douleur, non pas à mon œil gauche, mais dans la paume de ma main droite. En ouvrant les yeux, je découvris une trace circulaire d'un centimètre de diamètre juste dans le creux, comme si on m'avait enfoncé une pièce sous la peau, puis attaché une ficelle sur laquelle quelqu'un tirait. Je jaillis du lit en bousculant Rakis, qui râla avant de retourner à cette cacophonie de ronflements qu'il appelait sieste.

L'endroit enflé sur ma paume me faisait toujours mal. Je me laissai aller à la douleur et me retrouvai près de la fenêtre. Après quelques mouvements dans la chambre pour expérimenter différentes sensations, je commençai à comprendre ce qui se passait. Je m'habillai et pris l'escalier, puis franchis la porte.

Le tiraillement me mena par plusieurs ruelles, puis par-dessus un pont. Au bout d'une dizaine de minutes, je découvris quelle en était la source : Dexan Videris m'attendait sur un banc dans un petit jardin public.

– Je croyais que tu savais comment me trouver, dis-je.

Il haussa les épaules.

– C'est plus simple comme ça.

Je regardai la paume de ma main.

– Tu m'as fait quelque chose. Hier, quand on s'est serré la main, tu y as mis une sorte de charme.

– Temporaire, dit-il. Il devrait disparaître dans deux jours.

– Bien joué, dis-je, en me demandant comment ça fonctionnait.

Dexan m'adressa un grand sourire.

– Ce n'est que l'un des nombreux talents que je dois apprendre à mon jeune apprenti.

– Dexan, je...

Son sourire disparut.

– Tu ne viens pas ? lança-t-il en quittant le banc. Bon sang, Kelen, c'était pourtant une belle proposition !

– Je sais, dis-je, conscient du fait que ma vie serait bien plus facile s'il me permettait d'espacer les crises d'ombre au noir et m'enseignait des moyens de survivre dans les terres de la Frontière.

Le problème, c'est que je ne pouvais me résoudre à abandonner Seneira. Sinon, qui l'aiderait à surmonter ses crises ?

– Eh bien, reprit Dexan, je vois à ta tête que personne ne t'a appris la troisième règle du frondeur de sort.

– C'est quoi ?

– Ne jamais laisser l'amour te rendre idiot.

– Parce qu'on peut être amoureux sans devenir idiot ? demandai-je.

Dexan ricana :

– J'imagine que non. (Il posa une main sur mon épaule.) Écoute, gamin. Si tu tiens vraiment à aider cette fille, il y a sans doute quelque chose que tu devrais savoir.

– Quoi ?

Il eut l'air mal à l'aise.

– Là, je suis en train de briser ma propre règle, mais je te le dis quand même. Revian, ce gamin, le fiancé de la fille dont tu t'es entiché.

– Qu'est-ce qu'il a ?

– Tiens-toi à l'écart de lui. Et surtout de sa famille.

– Pourquoi ?

– Parce qu'ils sont dangereux. (Il fit un signe de tête vers le nord de la ville.) Ce manoir qu'ils habitent sur la colline… Après notre petite bagarre avec Ler'danet, j'ai décidé d'aller voir si je pouvais me venger, mais cet endroit est ensorcelé avec le sort de protection le plus puissant que j'aie jamais vu. À côté, notre magie, ça vaut que dalle. Je crois que même Ler'danet ou l'autre mage de maison ne pourraient pas jeter de sorts à l'intérieur.

– Ça ne veut pas dire…

– Allez, gamin, ne sois pas stupide. On ne se protège pas autant de la magie dans les terres de la Frontière quand on a déjà des mages à son service, à moins d'avoir une vraie bonne raison de la craindre.

– Donc selon toi, ils sont visés ?

Dexan fit signe que non.

– Tu ne comprends donc pas ? Je pense que c'est eux qui

ont engagé va savoir qui pour refiler l'ombre au noir à cette fille et à son frère. Ensuite, ils ont dû croire qu'ils n'auraient pas besoin de s'acquitter de leur dette grâce à leur sort de protection. Du coup, celui qui a infecté la fille a aussi infecté son fiancé, parce que c'était le seul moyen d'obliger les parents à payer.

– Mais dans ce cas..., dis-je en lui prenant le bras. Tu peux nous aider. Si on retrouve qui ils ont engagé, on va pouvoir...

Dexan se libéra de mon emprise.

– Je te l'ai déjà dit, gamin. Ne jamais interférer avec le gagne-pain d'un autre frondeur de sort, surtout quand il est plus puissant que toi. C'est comme ça qu'on a tendance à mourir.

– Très bien, dis-je. Mais si... si je trouve un moyen de régler son compte à celui qui a jeté cette malédiction, tu resteras pour chasser l'ombre au noir de Seneira et de son frère ? Et de Revian ?

Dexan eut l'air de réfléchir, puis il lança un coup d'œil au soleil couchant.

– Gamin, je te propose un truc. J'ai encore quelques courses à faire ici, alors si tu peux régler tes histoires avant demain soir, je reste pour aider la fille et tous les autres. (Il me tendit la main.) Marché conclu ?

Je lui pris la main et commençai à demander :

– D'accord, mais comment je te trouve si...

La sensation dans ma paume répondit à ma question.

– Contente-toi de suivre la douleur dans ta main, gamin, lança-t-il en s'éloignant. Comme je dis : l'amour, ça fait toujours mal.

Quand je regagnai la maison de Seneira, tout avait encore changé. Rosie était de retour. Pour une fois, Furia et elle ne semblaient pas sur le point de se sauter à la gorge. Apparemment, Rosie avait remonté la piste d'autres victimes et découvert quelque chose qui nous surprit tous.

– Ce n'est pas le premier épisode d'ombre au noir dans les Sept Sables, annonça-t-elle. Elle réapparaît ici et là depuis plusieurs années, jamais dans la même ville ni le même village. Comme si on voulait éviter que quelqu'un fasse des rapprochements.

– Jusque-là, dis-je.

Furia hocha la tête.

– La question, c'est : pourquoi ? (Elle me jeta un coup d'œil.) Pourquoi fais-tu confiance à ce Dexan ? La plus vieille arnaque au monde, c'est quand même de rendre quelqu'un malade pour ensuite lui faire payer sa guérison.

– Moi, je lui ai jamais fait confiance, déclara Rakis en descendant l'escalier avec un anneau en argent autour d'une patte.

– C'est à moi, ça ! protesta Rosie.

Rakis secoua sa patte jusqu'à ce que l'objet tombe par terre.

– Dis à l'Argosi qu'elle peut le reprendre. C'est moins confortable que ça en a l'air.

Rosie l'assassina du regard. Il feula dans sa direction. Il y eut d'autres tentatives d'intimidation réciproques pendant que je réfléchissais à Dexan Videris. Ce type m'avait sauvé la vie et proposé de devenir son partenaire, pourtant, Furia avait raison : si quelqu'un infectait les gens avec l'ombre au noir, le premier suspect ne devait-il pas être celui qui prétendait pouvoir la guérir ? Sauf que…

– Ça n'a pas de sens. Si Dexan fait ça depuis des années, pourquoi serait-il tout à coup moins prudent ? Et pourquoi infecter la famille de Seneira et déclarer ensuite qu'il ne peut pas guérir Tyne ?

– La voie des voleurs et des traîtres n'est jamais rectiligne, déclara Rosie en empochant l'anneau en argent qu'elle venait de ramasser par terre.

– Il y a autre chose, dis-je. Mama Murmure prétend que les fils qui contrôlent les événements actuels proviennent des territoires Jan'Tep. Or, Dexan est un mage en fuite depuis des années.

Furia se frotta les yeux. Je me demandai si elle dormait bien, ces derniers temps. Elle reprit :

– Ce qui nous ramène à la famille de Revian, avec leurs mages de maison et ce manoir dont tu dis qu'il est protégé de la magie.

– Ta pensée tourne en boucle, sœur, dit Rosie. Nous devons encore enquêter sur ces anciens épisodes d'ombre au noir pour déterminer si...

La porte d'entrée s'ouvrit à la volée et Beren apparut, l'air terrifié.

– Où est Seneira ? Elle est rentrée ?

Rosie s'approcha de lui.

– Frère, prenez une grande bouffée d'air et calmez-vous. Puis expliquez-nous ce qui se passe.

Il s'écria :

– C'est Tyne ! Il va de plus en plus mal, et il n'arrête pas de réclamer sa sœur.

Tout à coup, je me rendis compte que je n'avais pas vu Seneira depuis la nuit dernière.

– Où est-elle ? demandai-je.

Beren me regarda.

– Donc elle n'est pas revenue ? Elle m'avait promis de…

– Revenue d'où ?

– Ce matin, les parents de Revian ont envoyé un messager pour dire que leur fils était très malade, qu'il les suppliait de le laisser voir Seneira. Ils ont promis que personne ne la reconnaîtrait dans leur carriole. À ce moment-là, on ne savait pas encore que Tyne allait plus mal… Il faut que je la retrouve ! Il faut qu'elle aille au chevet de son frère au lieu de…

Rosie le prit par les bras, serrant si fort que je craignis qu'elle le blesse.

– Allez voir votre petit garçon, dit-elle en jetant un coup d'œil à Furia et à moi. Nous, on va récupérer votre fille.

37

Le mage improvisé

On partit tous les quatre dans la nuit vers le manoir des parents de Revian. Rosie en tête, puis Furia, et enfin Rakis et moi. On escalada la grande grille en métal. La demeure était massive, bien plus grandiose que celle des Thrane. Je me demandai comment Revian ne se sentait pas trop seul dans toutes ces pièces vides.

– Regardez-moi ça, dit Rosie en désignant la façade.

Je suivis son doigt des yeux pour découvrir une série d'immenses glyphes de protection en argent grâce auxquels nulle magie ne pouvait atteindre ceux qui se trouvaient à l'intérieur.

– C'est quoi, le plan ? demandai-je.

Rosie se tourna vers moi.

– Discrétion et prudence. Ne rien faire qui puisse attirer l'attention de...

Tout à coup, un cri dans la maison me fit sursauter. Des lumières bleues et rouges presque aveuglantes apparurent aux fenêtres, puis un nouveau cri, une voix d'homme, cette fois. Un cri désespéré.

– Bon, dit Furia. Changement de programme.

Elle s'élança vers la porte d'entrée.

Les cris redoublèrent. De terribles cris de souffrance. Furia donna un coup de pied dans la porte juste à côté de la serrure, mais cette dernière résista. Rosie l'obligea à s'écarter en affirmant :

– Tu n'as jamais sérieusement étudié les arts physiques, sœur.

Son coup de pied aurait pu briser des os, mais la porte résista.

– Encore quelques petits coups, et ça va être bon.

Cette fois, ce fut Furia qui la repoussa. Puis elle me fit signe.

– Gamin, sers-toi de ton machin.

Je sortis de la poudre des bourses à ma ceinture, les jetai en l'air et créai avec mes mains les formes somatiques en prononçant l'incantation :

– *Carath.*

L'explosion fit voler la porte et la moitié de l'embrasure. Parfois, j'en fais un peu trop.

On se précipita dans le vaste hall. Et le spectacle qu'on découvrit me glaça le sang.

Revian flottait à un mètre au-dessus du sol, les bras tendus. Ler'danet et l'autre mage de maison étaient à terre, le visage brûlé, les mains encore en train de créer les formes somatiques d'un sort de bouclier, même dans la mort. Non loin, un couple, dont je me dis que ça devait être les parents de Revian, gisait dans une mare de sang. Autour de l'œil droit du garçon, les marques entremêlées de l'ombre au noir brûlaient comme une étoile dardant ses rayons obscurs. Seneira se tenait devant lui, l'air humble, presque résigné, comme si elle n'attendait plus que sa propre mort.

– Kelen ? lança Revian en me voyant.

Il paraissait tout étourdi.

Je sortis de nouveau mes poudres, bien décidé à ne pas le laisser m'infliger ce qu'il venait d'infliger aux autres et comptait maintenant faire subir à Seneira. Et je lui dis :

– Revian, arrête cette magie tout de suite. Je ne le répéterai pas.

Il me regarda, l'air presque suppliant.

– Comment est-ce possible, Kelen ? Je ne suis pas mage ! Je ne connais pas le moindre sort...

Je sentais pourtant la magie de la braise irradier de lui et monter crescendo, prête à jaillir dans un sort qui ne nous vaudrait rien de bon. Puis je me rendis compte que les mains de Revian ne créaient aucune forme somatique. Il ne prononçait pas non plus d'incantations. Il avait le regard si fou qu'en aucun cas il ne pouvait visionner son sort.

– Kelen, il me parle.

– Qui te parle, Revian ?

– Je ne sais pas... Il... Il veut te dire quelque chose.

Sa bouche se tordit en un mouvement d'agonie. La voix était la sienne, mais les mots et la diction étaient très différents.

– Regarde bien, minable frondeur de sort, regarde ce qu'on va faire à cette fille, et sache qu'on te fera la même chose si tu continues à te mêler de nos affaires.

– Mais qu'est-ce qu'il raconte ? demanda Rakis en plantant ses griffes dans mon épaule.

– Je ne...

Je vis ses poils se hérisser d'un coup et l'air se charger d'électricité, comme juste après un coup de tonnerre, et juste avant...

– Non ! hurlai-je en me tournant vers Furia et Rosie. Sortez Seneira d'ici tout de suite !

En observant Revian du coin de l'œil, j'aperçus des larmes sur ses joues.

– Kelen, ils vont m'obliger à le faire… Je t'en supplie, empêche-les.

– C'est toi qui peux les en empêcher, Revian. Ne sois pas leur esclave.

– Mais ils sont trop forts, Kelen ! Dis-moi comment faire !

– Affronte-les ! Pense à quelqu'un qui t'est cher… (Comme un idiot, j'hésitai un instant.) Pense à Seneira. Pense à combien vous vous aimez. Tu dois être fort pour elle, Revian. Je sais que tu en es capable !

Quand il me regarda, je vis la douleur sur son visage, tandis que les marques noires tourbillonnaient d'un air furieux.

– J'essaie, Kelen, j'essaie de toutes mes forces.

– Tu peux les en empêcher, Revian. Je te le promets ! Il suffit de…

Et là, il y eut trois événements simultanés. Rosie surgit à côté de moi pour s'emparer de Seneira et bondir par l'une des grandes fenêtres, se retournant d'un coup pour présenter son dos au vitrage. Je sentis quelque chose me saisir et me tirer vers la porte. Je récupérai Rakis avant qu'il tombe de mon épaule. Et enfin, Revian me regarda m'éloigner, les yeux noyés de chagrin alors qu'il continuait à combattre les forces cherchant à prendre le contrôle sur lui. L'énergie qu'il déployait pour résister à la magie était inconcevable. Il se montrait tellement héroïque que je regrettai de ne pas l'avoir connu davantage et de ne pas pouvoir être, en ces derniers instants, un meilleur ami pour lui. Il semblait tellement… honteux de ce qu'on l'obligeait à faire. Il souffla :

– Dis à Seneira que…

Je vis le premier jet de flammes multicolores surgir de sa main, puis de sa bouche et de ses yeux. L'instant d'après, j'avais la respiration coupée. Je compris que Furia m'avait poussé hors de la maison. Je tenais toujours Rakis. Un instant, on regarda le ciel tous les deux, comme si on s'apprêtait à raconter plein de bêtises, ce qui nous arrivait parfois. Puis Furia se jeta sur nous pour faire bouclier contre l'explosion.

Le bruit fut assourdissant. Pendant quelques secondes, je ne vis et n'entendis plus rien. Furia roula un peu plus loin, tout étourdie. Rosie et Seneira s'approchèrent, l'Argosi couverte de coupures dues à son saut par la fenêtre. Seneira paraissait indemne, si l'on exceptait le fait que le garçon à qui elle était promise depuis toujours, qui devait devenir son compagnon pour la vie, venait de mourir par la magie de la braise dans une maison pourtant ensorcelée.

Je me relevai pour voir ce qui restait de la demeure de Revian. Pas grand-chose.

38
La question

Pendant quelques minutes, on fit ce qu'il convient de faire dans ce genre de situation. Furia fut la plus rapide à se remettre de l'explosion et, après avoir vérifié que Seneira et moi, on n'avait rien de grave, elle alla s'occuper des plaies de Rosie. On était tous sous le choc, y compris Rakis, dont le regard était moins vif que d'habitude. On aurait dit que ses yeux avaient du mal à accommoder. Il ne disait pas un mot.

Une fois la fumée dissipée, je m'approchai du manoir. Des gens allaient sans doute bientôt arriver, alors on ne disposait pas de beaucoup de temps. Malgré mon esprit encore embrumé et les battements sourds dans ma tête, je voulais aller voir. Cette maison avait beau être protégée de la magie, Revian avait réussi à y jeter un sort.

– Qu'est-ce que tu cherches ? me demanda Seneira.

Elle avait du mal à parler, comme si elle venait juste de recouvrer l'usage de la parole.

Je m'approchai du hall jonché de gravats où, à peine quelques instants plus tôt, Revian flottait à un mètre au-dessus du sol.

– Reste où tu es, Seneira.

– Il ne doit plus rien rester des corps à cause de l'explosion, dit Rosie en jetant un coup d'œil vers l'intérieur calciné.

C'était comme si une dizaine d'éclairs avaient frappé en même temps.

– Pas nécessairement.

Furia, Rosie et moi, on repoussa des pans de mur et des meubles détruits, et on finit par retrouver Revian. Il était mort, bien sûr, mais pas dans l'explosion.

– Comment est-ce possible ? demanda Seneira.

Elle ne pleurait pas, elle ne criait pas. C'était comme si elle avait perdu toute capacité à ressentir.

– Un sort de braise ne touche pas celui qui le jette.

– Pourtant, le garçon est mort, fit remarquer Rosie.

– Si on lâche une tonne de débris sur quelqu'un, la personne meurt, quel que soit le sort qu'elle était en train de jeter.

– Qu'est-ce que c'est que ça ? demanda Furia.

Je m'agenouillai pour examiner ce qu'elle m'indiquait mais, la première chose qui me frappa, ce fut le visage de Revian. Il avait encore les yeux écarquillés, comme si, même dans la mort, il essayait de comprendre une énigme impossible. Et là, je remarquai que les traces autour de son œil droit avaient totalement disparu. Par terre, près de sa tête, gisait un petit tas de cendres qui ne ressemblait pas aux autres débris carbonisés. On aurait dit des grains de sable noir.

« Ancêtres, j'aurais dû m'en douter. »

– Qu'est-ce que c'est que ça ? demanda à nouveau Furia.

Je désignai les marques autour de mon œil.

– Ça, ça fait partie de moi. C'est ma peau. Rien ne peut effacer ces traces.

– Et pourtant, ce type, Dexan..., commença Furia.

Je secouai la tête.

– Lui, il avait des cicatrices. Mais regarde la peau de Revian. Elle est lisse.

– Donc...

Je tendis la main pour fermer les yeux de Revian. Je l'avais à peine connu, pourtant, en ce dernier instant avant sa mort, il m'avait regardé comme si j'étais un ami capable de lui expliquer ce qui se passait. Malheureusement, j'avais compris trop tard : la raison pour laquelle rien ne faisait sens dans toute cette histoire, la raison pour laquelle des gens autres que des Jan'Tep étaient tout à coup victimes d'un mal qui n'aurait dû affecter que les mages.

– Ce n'est pas l'ombre au noir, déclarai-je en levant la tête vers Seneira.

– Dans ce cas, qu'est-ce que c'est ?

– Je ne sais pas, mais quoi que ce soit, ça ne se contente pas de tourmenter les personnes qui en sont atteintes. Ça permet à quelqu'un d'utiliser ces personnes comme des ancres pour jeter des sorts, y compris dans un endroit protégé de la magie. On s'est servi de Revian pour assassiner ses parents. Quant à savoir qui a fait ça... Je connais quelques petites choses à leur sujet. Car ce sont des Jan'Tep.

Quand j'étais petit, je me demandais toujours pourquoi mon peuple ne dirigeait pas le monde. Les Jan'Tep sont de loin les mages les plus puissants du continent. Que ce soit les forces spirituelles que les vizirs berabesq pensaient avoir reçues de leurs dieux, ou les artefacts mystiques que les généraux daroman utilisaient pour compléter leur arsenal militaire, rien ne tenait la route face au pouvoir d'un véritable maître mage.

J'avais souvent posé la question à mes parents, mais ils s'étaient contentés de me répondre que je ferais mieux de consacrer mon temps à devenir un bon mage. De cette façon, je n'aurais plus à leur poser ce genre de question. Shalla, que je n'avais pourtant pas interrogée mais qui avait un jour entendu cette discussion, me dit que c'était parce que notre peuple était généreux par nature.

– Et puis, avait-elle ajouté non sans cynisme, à quoi bon être la plus grande nation s'il n'y en a aucune autre à laquelle se mesurer ?

Ce fut Osia'phest, mon vieux maître de sort, qui me fournit ce qui ressemblait le plus à une véritable réponse :

– Certes, notre magie est puissante, avait-il dit en inspectant les étagères couvertes de livres de son sanctuaire poussiéreux, mais notre chair n'est pas différente de celle des autres êtres humains. Quelle importance que l'éclair d'un mage guerrier soit l'arme la plus puissante, si son sang jaillit déjà de la blessure que son ennemi lui a infligée avec une épée ou bien une flèche ? De surcroît, la magie, comme tout ce qui nous vient de la nature, respecte des règles. De la même manière qu'un bouclier protège celui qui le porte, une maison ensorcelée peut protéger des sorts celui qui l'habite.

C'était, avais-je alors compris, la raison pour laquelle mon peuple ne cherchait pas à anéantir les dirigeants des nations adverses pour contrôler leurs territoires : nos ennemis avaient trouvé des moyens de protéger leurs palais de nos sorts.

Mais s'il existait malgré tout un moyen de pénétrer une maison ensorcelée avec des sorts ?

Si un mage réussissait à placer une ancre dans un bâtiment ensorcelé, et à en faire ainsi le vecteur de sa magie ? Dans la mesure où le sort venait de plus loin, la magie n'apparaissait qu'à travers la victime et l'ensorcellement de la maison se révélait inefficace.

– Il y a quelque chose qui ne va pas, là-dedans, dit Rosie en se remettant à cheval.

« Sans blague. »

– Tu as une piste ? demanda Furia.

Rosie fit signe que oui.

– Parmi les victimes de l'ombre au noir dont j'ai entendu parler, il y aurait une famille qui habite une ville pas très loin.

– Bon, d'accord, dit Furia. Kelen, je te conduis à l'hôpital de l'Académie avec Seneira. Il faut que son père sache ce qui s'est passé ici.

Je remarquai qu'elle ne mentionna pas devant Seneira le fait que Tyne allait plus mal. Je m'agenouillai près de Rakis.

– Ça va, partenaire ?

Il me regarda sans me voir. Je craignis que les événements n'aient brisé notre lien mais, au bout de quelques secondes, il se secoua et déclara :

– Je dois tuer celui qui a fait ça.

– Avant, il faut que tu fasses quelque chose pour moi.

– Quoi ?

– Raccompagner Furia et Seneira, et veiller sur elles, OK ?

Il m'adressa un grognement sourd, qui était sa façon de dire qu'il n'était pas content, mais d'accord.

– Où tu vas, gamin ? me lança Furia.

Je regardai au-delà de la porte de la maison en direction du désert, au loin.

– Il y a quelqu'un à qui j'ai besoin de parler.

Je restai longtemps assis en tailleur en fixant le sable juste devant moi. Teleidos est une ville très peuplée et remplie de bâtiments, de rues et même d'élégants petits jardins publics. J'avais donc dû m'éloigner afin de trouver un endroit calme avec du sable pour tenter mon évocation.

Le problème, c'était que, quel que soit le sort que Shalla avait jeté pour me retrouver, il était bien trop difficile pour un mage avec mes capacités limitées. Et dans la mesure où je n'avais jamais fait étinceler la bande du sable et que ça n'arriverait jamais à cause des contre-sigils que mon père avait tatoués de façon définitive dans la peau de mon avant-bras, certaines parties de ce sort m'étaient à jamais inaccessibles. Ma seule option était d'aller au plus simple en espérant avoir de la chance.

« Pour une fois. »

De ce que j'avais compris des explications de Shalla, son sort possédait plusieurs composantes issues de différentes formes de magie qui, réunies, fonctionnaient à la manière d'un mécanisme complexe. Il se pouvait que son sort soit encore actif, un peu comme un avis de recherche qu'il suffit de réanimer. Shalla avait mentionné la magie du souffle, or c'était la seule forme de magie Jan'Tep que je maîtrisais un peu. C'était par là que je devais commencer.

– *Tuvan-eh-savan-teh-beranth,* déclamai-je en espérant ne pas me tromper dans l'incantation.

Il ne se produisit rien, mais il pouvait y avoir de multiples raisons à ça. Un sort Jan'Tep comporte cinq ingrédients : l'incantation, qui doit être parfaitement prononcée ; la visualisation du sort, totalement limpide ; les formes somatiques créées avec les mains ; l'ancrage, pour lequel je me servais du sable et du vent. Le dernier ingrédient, c'était la domination : la puissance magique. Ce qui avait toujours été mon point faible.

– *Tuvan-eh-savan-teh-beranth,* répétai-je en vérifiant que je créais la bonne forme somatique.

Comme ça ne donnait rien, j'essayai de modifier une à une chaque composante du sort jusqu'à trouver mon erreur. Bien sûr, il n'y avait peut-être pas d'erreur. Peut-être que je n'étais pas assez doué, tout simplement.

Cette inquiétude brisa ma concentration, et ma vision du sort se dissipa. J'étais énervé contre moi-même, car je savais que Shalla aurait réussi à faire ça dans son sommeil. Je l'imaginai en train de me regarder avec son air amusé mais déçu, je visualisai son splendide visage et ses cheveux d'or, si différents de la touffe sombre qui coiffait mon crâne. Surtout, c'était sa voix qui m'agaçait : bien trop mature pour quelqu'un de treize ans, avec une élocution parfaite, chaque syllabe résonnant comme une note de musique. Je ne savais pas pourquoi je prenais la peine d'essayer de retrouver Shalla. C'était comme si elle était déjà en moi.

– *Tuvan-eh-savan-teh-beranth*, prononçai-je pour la dernière fois.

Un peu de sable me vola dans les yeux, ce qui me fit pleurer. Le vent s'était levé. Mais quand je regardai de nouveau le sol, je vis les grains de sable s'assembler de façon particulière.

– Kelen ? dit le visage de Shalla.

– Shalla ?

L'image fronça les sourcils.

– Comment as-tu... ?

J'étais sur le point de lui expliquer comment j'avais réussi à jeter le sort, mais l'image se modifia de nouveau.

– J'ai compris ! J'avais oublié de mettre fin à mon sort, alors sans doute que ta petite évocation du souffle a suffi à le faire réagir.

– Oui, sans doute, dis-je, ne voulant surtout pas me disputer avec elle ; j'avais besoin de renseignements. Shalla, qui dans notre clan pourrait... ?

Elle me coupa la parole, le dessin de ses yeux dans le sable s'agitant dans tous les sens.

– Ancêtres ! Kelen, tu es toujours à Teleidos ?

– Oui. Il y a quelque chose...

– Sors de là ! hurla-t-elle, le vent s'agitant en réponse à sa puissance magique. Je t'ai dit de quitter cet endroit !

– En effet, dis-je calmement. Et tu semblais savoir exactement pourquoi je devais partir.

Un mouvement subtil dans le sable me fit comprendre qu'elle secouait la tête.

– Ce n'est pas ça, Kelen. C'est juste que... Je t'en supplie, crois-moi, tu ne dois pas rester là.

– Et pourquoi, Shalla ? Parce que la peste de l'ombre au

noir, ça n'existe pas ? Parce que c'est en réalité notre propre peuple qui est derrière tout ça ?

– Ça n'a rien à voir avec toi, Kelen. Quitte cet horrible endroit !

Cette conversation ne me menait nulle part, or Shalla avait toujours été plus bornée que moi.

– Dis-moi ce que tu sais, et alors, peut-être que je partirai.

Les particules de sable restèrent étrangement immobiles, malgré la brise ; Shalla réfléchissait.

– Pas grand-chose, Kelen, et quand j'ai jeté mes sorts de divination pour trouver la source de l'ombre au noir, je n'ai pas réussi à comprendre ce que je voyais.

– Qu'est-ce que tu veux dire ?

– Il y avait... Le seul mot pour décrire ça, Kelen, c'est « brins ». Des brins de force qui s'étiraient depuis les territoires Jan'Tep jusqu'aux Sept Sables. Et quand j'ai essayé d'en voir un peu plus...

– Qu'est-ce qui s'est passé ?

L'image de Shalla dans le sable prit une expression étrange, que je n'avais pas l'habitude de voir sur le visage de ma sœur : de la peur.

– J'ai été repoussée par ces forces et j'ai perdu connaissance, Kelen. C'est un mage bien plus puissant que moi qui est à l'origine de tout ça.

Que Shalla admette que quelqu'un soit plus puissant qu'elle me fit mesurer à quel point la situation était grave.

Le sable s'agita de nouveau et son visage commença à disparaître. Elle déclara précipitamment :

– Les sorts que j'ai créés pour nous permettre de communiquer sont en train de faiblir et je ne peux pas recommencer, de crainte que ça n'attire l'attention de la personne qui fomente tout ça. Je ne sais pas quand on pourra à nouveau se parler, Kelen, mais maintenant tu en sais autant que moi, alors tiens ta promesse de quitter Teleidos dès ce soir.

Je ne mentionnai pas le fait que je n'avais rien promis du tout. Au lieu de ça, je me frottai les yeux pour en chasser le sable.

– Prends soin de toi, Shalla.

39

Les témoins

Je regagnai la maison des Thrane à l'aube. Je crus m'y trouver seul, car Furia et Seneira devaient être à l'hôpital et Rosie à la recherche d'allez savoir qui. Sur tout le chemin du retour, je ne cessai de songer à Revian, ainsi qu'à l'attitude et aux mots qui pourraient un peu apaiser Seneira.

Mais je n'eus pas à m'en inquiéter, parce qu'à mon arrivée, Seneira et son père étaient assis à la table de la cuisine. Avec une terrible nouvelle.

– Il est mort, déclara Beren, pâle comme un fantôme alors qu'il s'accrochait à sa fille qui, elle, serrait entre ses mains un cheval en tissu.

La lanterne projetait une lueur tremblotante et envoyait des ombres dans chaque coin.

– Tyne est mort.

Un sanglot déchirant franchit ses lèvres et il enfouit son visage dans la chevelure de sa fille.

Seneira tendit la main pour caresser machinalement Rakis. On aurait dit qu'elle ne comprenait pas ce que nous faisions tous là.

Le bruit de la porte attira mon attention, et je vis Rosie apparaître. Elle fit un signe de tête à Furia avant de ressortir.

Je sentis la main de cette dernière sur mon épaule.

– Viens, gamin. Laissons-les à leur deuil.

On rejoignit Rosie près d'un cheval attelé à un petit chariot. Une jeune femme s'y trouvait, l'air apeuré. Elle tenait la main d'un petit garçon qui devait avoir cinq ans.

– Je vous présente Adella, annonça Rosie.

Le garçon leva les yeux vers elle, comme s'il s'attendait à ce qu'elle donne son nom à lui aussi. Elle n'en fit rien, alors il déclara :

– Je m'appelle Yerek Farssus. Mon père s'appelait Junior Farssus, mais il ne vit plus avec nous. Ma sœur...

– Il est totalement obsédé par son histoire, dit Rosie d'un air las.

À Furia, elle déclara :

– Hier soir, j'ai suivi les rumeurs qui me conduisaient jusqu'à Lastreida, à une vingtaine de kilomètres d'ici, où habitent Adella et son fils. Il y a un an, le petit garçon a eu une fièvre terrible, puis sont apparues des marques sombres autour de son œil droit.

Je m'agenouillai pour examiner le visage de l'enfant. Je n'y trouvai rien, ni traces, ni cicatrices comme celles de Dexan. Yerek écarquilla les yeux d'un coup et il me fallut une seconde pour comprendre qu'en fait, il regardait Rakis, qui bondit sur mon épaule.

– Oh, un gros matou moche ! s'écria-t-il.

« Ô ancêtres », pestai-je en silence en attrapant Rakis avant qu'il puisse déchiqueter le petit garçon.

Le chacureuil oubliait parfois que les enfants ne sont pas

juste des adultes en modèle réduit, et il était capable de les mordre très fort.

– Et qu'est-ce qui s'est passé quand tu es tombé malade ? demanda Furia au petit garçon.

– Je transpirais beaucoup et j'avais très mal, répondit Yerek en hochant la tête comme s'il avait besoin d'appuyer ses propos. J'entendais un démon me parler. Ça n'était pas agréable du tout.

– On a essayé plein de traitements, dit Adella en posant un bras protecteur sur Yerek. En vain. C'était même pire. Chaque fois qu'on tentait quelque chose, il allait encore plus mal.

– Comme si la maladie sentait que quelqu'un essayait de la chasser, dit Rosie en regardant Furia.

– Continuez, dit celle-ci à Adella. Racontez-nous la suite.

La jeune femme obtempéra :

– Les symptômes étaient si violents qu'on a commencé à craindre que Yerek... que le pire se produise. (Un sourire apparut alors sur son visage.) Puis un homme est arrivé, il avait entendu dire qu'on cherchait un docteur capable de soigner l'ombre au noir. Je ne savais même pas que ça s'appelait comme ça mais, quand il a décrit la maladie, eh bien, c'était exactement ce qui faisait souffrir Yerek.

– Comment s'appelait-il ? demandai-je.

– Soredan, répondit-elle. Le docteur Soredan.

– Soredan ?

Furia demanda :

– Et ce docteur Soredan était-il grand et beau, avec des cheveux sombres et le sourire facile ? Et portait-il un chapeau comme le mien ?

Adella acquiesça en ajoutant :

– Mais le sien avait des symboles tout autour.

– Dexan, dis-je tout bas. C'était Dexan.

Rosie leva les yeux au ciel, comme si c'était tellement évident que ça ne méritait même pas d'être dit.

Pendant plusieurs minutes, Furia écouta avec patience Adella raconter son histoire tandis que Yerek intervenait sans cesse pour rappeler que c'était lui qui avait souffert. Dexan, alias docteur Soredan, avait annoncé que la guérison serait dangereuse et chère. Le premier jour, il n'avait pas donné son tarif, mais quand Adella eut réuni ce qu'elle avait pu en vendant ses objets de valeur et en empruntant tout ce que sa famille pouvait se permettre, Soredan annonça un prix presque équivalent à la somme. Quelques jours plus tard, une fois l'argent versé, il administra le « traitement », qui ressemblait à un simple sort rituel. Le lendemain, Yerek était guéri.

– Maintenant, la vie est dure. On a dû vendre notre boutique, je lave le linge de familles riches en ville, mais ça valait le coup. Ça en valait chaque sou, conclut-elle en serrant son fils contre elle.

– Je suis ravie que ça ait marché, dit Furia d'une voix calme et légère, même si je savais qu'elle était aussi furieuse que moi.

Puis elle s'agenouilla devant Yerek et déclara :

– Il m'a l'air d'un petit garçon tout à fait normal. Mais un sacré numéro, quand même.

– Ça c'est sûr ! s'exclama Yerek avec enthousiasme en tendant une main pour attraper la mèche blanche dans la chevelure rousse de Furia.

Adella désigna la maison des Thrane.

– Vous pensez… J'ai demandé à votre amie de nous conduire ici, car elle m'a dit que certaines personnes y souffrent de la même maladie. J'ai pensé qu'ils aimeraient peut-être entendre que rien n'est perdu. S'ils trouvent le docteur Soredan, alors...

– Oh, je crois bien qu'ils l'ont trouvé, répondit Furia en jetant un coup d'œil à la maison. Mais ce n'est pas le meilleur moment pour leur rendre visite.

Adella acquiesça, comme si elle avait compris.

– Dans ce cas, nous allons rentrer chez nous, mais votre amie ici présente sait où nous trouver si nous pouvons vous être utiles.

Elle installa Yerek sur le siège à l'avant du chariot, puis monta et attrapa les rênes. Elle nous fit au revoir de la main avant de donner un gentil coup de fouet sur la croupe du cheval, qui se mit en marche. Le chariot fit demi-tour et repartit dans la rue.

– La maladie apparaît et le traitement surgit quelques jours plus tard. C'est pratique, commenta Furia.

– Mais Dexan a dit que Beren avait envoyé des hommes à sa recherche. Ce n'est pas lui qui s'est présenté à leur porte.

– Il devient plus malin, c'est tout. (Elle désigna le chariot qui s'éloignait.) Si on réalise toujours la même arnaque de la même manière, quelqu'un finit par comprendre. Dexan a payé des gens pour répandre la rumeur qu'un frondeur de sort guérit l'ombre au noir. Quelqu'un comme Beren, avec de l'argent et des connaissances, n'a pas pris le risque d'attendre qu'il surgisse de lui-même.

– Donc Dexan traîne toujours dans le coin, il attend simplement qu'on le trouve.

Elle acquiesça.

– Il y a plus d'argent à gagner, comme ça.

Je me retournai vers la maison de Seneira.

– Mais pourquoi ne pas avoir soigné Tyne ? Pourquoi l'avoir laissé mourir ?

– Peut-être que l'état du garçon a empiré trop vite.

Un doute parut s'immiscer dans sa voix, puis elle ajouta :

– Ou alors, laisser mourir le petit garçon permet de soutirer encore plus d'argent à un père en deuil pour sauver sa fille ?

Elle se tourna vers Rosie, et je vis alors que la colère de Furia n'était pas réservée à Dexan.

– C'est ça, non ?

Rosie hocha la tête. Ce fut à cet instant que je remarquai son cheval sellé non loin, et ses sacoches remplies.

– Attendez, dis-je. Qu'est-ce qui se passe ?

– Il n'y a pas de peste ici, déclara Rosie. Quelles que soient les machinations en cours et les tragédies qui s'abattent sur ces gens, ce n'est pas une peste.

– Et donc… tu pars ?

– Oui.

– Tu abandonnes Seneira et son père ? Ainsi que les élèves de l'Académie ? Ils…

– Quoi qu'il leur arrive, c'est leur affaire et non celle du vaste monde. Un Argosi…

– Arrête, la prévint Furia, il ne comprendra pas.

– Comprendre quoi ? protestai-je. Qu'un Argosi se moque de tout, à moins que le « vaste monde » soit sur le point de s'écrouler ?

– Ce n'est pas ça, gamin.

– Tu le dorlotes trop, déclara Rosie.

Elle se plaça face à moi. Il n'y avait nulle trace de remords dans ses yeux.

– La voie de l'orage ne consiste pas à frapper toutes les

sources de chagrin ou de souffrance. Un Argosi doit choisir avec soin ce avec quoi il interfère. Sinon, il risque de déclencher des problèmes encore plus graves.

Il y avait une certaine logique là-dedans : les Argosi ne voyagent pas pour réaliser de bonnes actions. Ils sont en quête des événements capables de modifier le cours de l'histoire. Ce qui est le cas d'une peste. Mais pas d'une conspiration pour infliger des souffrances à quelques jeunes gens bien nés ou à leur famille, même si elle est destinée à anéantir une école comme l'Académie.

– Toi aussi, tu crois ça ? demandai-je à Furia.

– Le Chemin de la Pâquerette Sauvage n'a jamais vraiment vu le monde comme nous autres, s'interposa Rosie. Elle a tendance à... davantage interférer.

– En effet, dit Furia.

Les deux femmes se dévisagèrent. Je ne voyais entre elles aucune hostilité, juste de la perplexité, comme si, depuis le temps qu'elles se connaissaient, elles savaient qu'elles ne se comprendraient jamais.

Pour finir, Rosie glissa un pied dans l'étrier et se mit en selle.

– Au revoir, Kelen du peuple Jan'Tep, me dit-elle. J'espère que tu trouveras un jour un chemin qui te conviendra.

Je regardai son cheval partir au petit trot dans la rue.

– Je me sens en paix avec moi-même, finalement, déclara Rakis, toujours perché sur mon épaule.

– Pourquoi ?

– Je lui ai volé quelques trucs.

Il devait s'attendre à se faire aussitôt réprimander, parce qu'il ajouta aussitôt :

– Oh, pas grand-chose. Quelques pièces de monnaie, un joli

éléphant miniature sculpté, et aussi le petit flacon d'herbe de faiblesse qu'elle a toujours sur elle. Ça peut servir.

– Qu'est-ce qu'il raconte ? demanda Furia.

Je traduisis, et j'imagine que mon absence de culpabilité dut se sentir.

– Il ne faut pas détester Rosie, déclara-t-elle.

– Ah ouais ? Et pourquoi ?

Elle poussa un soupir.

– Parce que la haine ne mène nulle part. Parce que ça n'est pas sa faute. Parce qu'au final, il se pourrait qu'elle ait raison.

Furia tourna les talons et se dirigea vers la maison en concluant :

– Parce que, le plus souvent, je la déteste suffisamment pour nous tous réunis.

40

Le baiser

Cette nuit-là, je fus réveillé par des pleurs à la porte de ma chambre. Je crus d'abord que je rêvais, puis je finis par ouvrir les yeux et compris que ce n'était pas dans mon imagination. Je repoussai Rakis aussi doucement que possible pour m'extraire du lit, puis j'enfilai une chemise et un pantalon. Quand j'ouvris la porte, je découvris Seneira assise par terre dans le couloir, les bras autour de ses genoux.

– Seneira ?

– Je suis désolée, dit-elle, et c'était comme si sept douleurs de tonalités différentes emplissaient sa voix. Ça fait si mal, là.

Je m'agenouillai près d'elle.

– Les marques ?

Elle hocha la tête et, même dans la pénombre, je vis les traces noires tourbillonner sous sa peau.

– Je ne savais plus quoi faire, sanglota-t-elle. Je suis venue te demander de l'aide, puis je n'ai pas eu le courage de frapper à ta porte, ni de partir. Je ne comprends pas ce qui se passe. Pourquoi ça nous arrive à nous, Kelen ? Pourquoi Revian et Tyne sont-ils morts ? Qu'est-ce que j'ai fait pour… ?

– Tu n'y es pour rien, l'interrompis-je alors que la colère montait en moi.

Mais je la ravalai. Elle ne faisait qu'empirer mes crises, il y avait donc peu de chances pour qu'elle aide Seneira. En revanche, je comptais bien retrouver Dexan pour le faire parler.

– Tu entends des voix ? demandai-je après m'être calmé.

Elle acquiesça.

– Elles sont si fortes, Kelen. Elles n'arrêtent pas de se moquer de moi. Je suis incapable de les faire taire. C'est comme… comme si elles jouaient avec moi. Je les sens, je sens leurs doigts agripper mon esprit.

Elle me serra la main si fort que je dus l'empêcher de me transpercer les paumes avec ses ongles.

– Kelen, je t'en supplie, débrouille-toi pour que ça s'arrête !

– Je ne sais pas quoi faire, avouai-je, me sentant encore plus impuissant que jamais.

– Je t'en supplie !

– Je suis désolé, Seneira ! Je suis désolé, mais…

– Embrasse-la, me dit Rakis.

En tournant la tête, je le vis dressé sur ses pattes arrière, ses yeux luisant dans la pénombre.

– Ce n'est pas le moment ! lui criai-je.

– Cette fois, je suis sérieux, Kelen. Quoi qu'il lui arrive, il faut que tu parviennes à briser le lien avec ce qui la ronge de l'intérieur avant que…

– Qu'est-ce que tu connais de la magie ? lui lançai-je. Tu n'es qu'un chacureuil ! La seule chose que tu sais faire, c'est tuer et voler…

– Écoute-moi, grogna Rakis comme son poil se hérissait, je

te le dis, je le sens sur elle. Les traces autour de son œil. Ils s'en servent pour l'atteindre, ils se nourrissent de sa tristesse et de sa peur. Il faut que tu la sortes de cet état.

– Je refuse de l'…

Je me tus juste à temps.

– Qu'est-ce qu'il dit ? demanda Seneira, qui se labourait maintenant le cuir chevelu.

– Rien. Des bêtises. Essaie de te détendre.

– Mais je n'y arrive pas, protesta-t-elle en se balançant d'avant en arrière. Je t'en prie, il y a bien quelque chose… un sort, je ne sais pas. Il faut que ça s'arrête !

Je jetai un coup d'œil à Rakis. Je savais qu'il était sérieux parce que, contrairement à d'habitude, il ne me menaçait pas de représailles, alors que je venais de l'insulter. À regret, je traduisis à Seneira ce qu'il m'avait dit.

– Est-ce… ? Tu… Non, tu ne te moquerais pas de moi.

Alors que la crise redoublait d'intensité, elle se plia en deux.

– Oh, dieux de l'Air et de la Terre…

Tout à coup, elle tendit les mains et me prit le visage jusqu'à ce que nos lèvres se touchent, trop fort et trop vite pour que ça soit sensuel, trop brutalement pour être autre chose que du besoin pur.

J'acceptai ce baiser, j'y répondis du mieux que je pus en essayant de l'enrober de consolation. Je sentais la tension dans les muscles de son visage, ses mâchoires contractées. C'était un drôle de baiser, surtout pour le deuxième de ma vie.

Lentement, très lentement, la tension de Seneira s'apaisa et ses tremblements cessèrent. Je voulus lui demander si la douleur cédait, si les voix se faisaient plus lointaines, mais elle me retint, ses mains toujours autour de mon visage, mes bras maladroitement passés autour de sa taille.

J'entendis Rakis s'éloigner.

Seneira me regarda et je vis que les marques autour de son œil avaient cessé de bouger, et que son front était moins plissé. Je découvris aussi sur son visage quelque chose que je savais être présent sur le mien. On s'embrassa de nouveau, cette fois pour une raison tout à fait différente.

Ce baiser déclenché par le chagrin et l'anxiété se transforma alors en autre chose et, pendant les heures qui suivirent, Seneira et moi, on se contenta de rester ensemble, assis par terre, à s'embrasser, à parler de ceux qu'elle venait de perdre, de son affection pour eux. Parfois, on se serrait simplement l'un contre l'autre, liés par ces étranges marques autour de nos yeux, par la douleur et le besoin désespéré de trouver un moyen de les vaincre.

Ensemble.

41
Frondeur de tort

Le lendemain, Furia et moi on se disputa dans ma chambre sur la façon de s'occuper de Dexan. Seneira s'efforça de nous calmer. Sans y parvenir.

– Gamin, on peut pas se pointer comme ça et donner des coups de poing dans tous les sens ! On doit avoir un plan ! Attends que…

– On n'a pas le temps ! protestai-je tout en continuant à remplir mes bourses de poudre, ce qui n'était pas une bonne idée, car c'est une opération pour le moins délicate. Dexan m'a dit qu'il partait ce soir. Il faut le retrouver avant qu'il sache qu'on a compris son petit manège et qu'il s'éclipse.

– Et où tu vas le trouver ? demanda Seneira.

– C'est vrai, ça, gamin. La ville est trop grande pour que…

Je tendis la paume de ma main droite. Même là, je me sentais attiré par le charme qu'il avait réussi à glisser sous ma peau.

– Il m'a proposé de m'associer à lui, tu te souviens ? C'est ça qui va nous conduire à lui.

– Et ensuite ? insista Furia en montrant mes bourses de poudre. Tu vas le vaincre avec ta petite magie ? Il est bien plus expérimenté que toi, Kelen.

– Ouais, mais moi, j'ai une surprise pour lui.

Je me tournai vers Seneira.

– Tu as des gants ? lui demandai-je. Sans doute que ton père...

Elle acquiesça et quitta la pièce.

– Qu'est-ce que tu comptes faire, gamin ? demanda Furia.

En guise de réponse, j'attrapai la bourse en velours où Rakis rangeait son butin.

– Hé ! protesta le chacureuil, qui n'en revenait pas que je fouille dans ses affaires.

– J'ai juste besoin de ça, dis-je en prenant la petite fiole d'herbe de faiblesse volée à Rosie. Il est hors de question que je laisse Dexan jeter un sort.

À la nuit tombée, Furia, Rakis et moi, on suivit le tiraillement du charme dans ma main. Il nous conduisit à travers la ville jusqu'à un quartier où il n'y avait presque aucune lanterne ni la moindre source de lumière. Dans ce qui paraissait être un bâtiment à l'abandon, on découvrit Dexan sur le départ.

– Tu m'as menti, annonçai-je en me plaçant face à lui.

– Ah ouais ? Et à quel sujet, gamin ?

– Tous.

Et là, sans prévenir, je le frappai au visage. En général, je n'aime pas ça, ça peut abîmer les mains, or, j'en ai besoin pour mes formes somatiques. Mais j'étais très en colère, et j'avais pris mes précautions.

Dexan se frotta le visage.

– Qu'est-ce qui te prend, gamin ? Tu t'es converti à la bagarre aux poings comme les sauvages du coin ?

– Ouais, les Sept Sables ont fini par déteindre sur moi. Bon, à un certain moment, tu vas avoir envie d'essuyer le truc sur ton visage.

Il porta une main à sa joue, et ses yeux s'arrêtèrent sur mes mains gantées.

– Gamin, c'est pas sympa de frapper un camarade avec des gants imprégnés d'herbe de faiblesse.

Je retirai les gants et plongeai mes mains dans les bourses à ma ceinture.

– Maintenant, Dexan, tu vas arrêter tout de suite ce que tu infliges à Seneira et aux autres.

– J'en serais ravi, gamin, mais mes clients ne seraient pas contents.

– C'est qui ? demanda Furia.

– Désolé, mais je ne peux pas vous le dire.

– Moi, je crois que si, dis-je en prenant une pincée de poudre dans chaque main. Parce que, sinon, tu vas connaître le même sort que Revian après qu'il a envoyé ses éclairs.

Dexan leva les mains.

– Bon, d'accord, gamin. Tu es le plus fort.

Et là, un sourire s'afficha sur son visage.

– Quoique.

Il fit un petit geste avec deux doigts de chaque main et prononça une incantation à trois syllabes que je reconnus comme étant une forme plus puissante de ma propre magie du souffle. L'instant d'après, Furia, Rakis et moi, on s'envolait pour percuter un mur, puis retomber par terre.

– Ne sois pas trop dur avec toi-même, gamin, me dit Dexan. Ton plan était plutôt bon. L'herbe de faiblesse sur les gants pour me frapper, c'était bien vu.

Il s'essuya le visage. Non seulement les traces vertes de l'herbe disparurent, mais aussi une substance claire qui ressemblait un peu à de la cire.

– Tu avais de la pâte de *mesdet* sur le visage. Comment tu savais que... ?

Il haussa les épaules.

– Moi aussi, j'ai le droit d'être malin.

Je me relevai, et Rakis bondit sur mon épaule. Il se mit à flairer.

– Il y a un problème, Kelen. Le sac à peau n'est pas tout seul.

Dexan sourit.

– Il sent tout, c'est ça ? Ces animaux sont malins. Ça doit être bien utile quand tu te retrouves dans le pétrin. Mais moi aussi, j'ai un familier.

Il effleura le bracelet en onyx à son poignet et, de l'obscurité, surgit une créature recouverte d'écailles avec d'immenses mâchoires. Je n'avais jamais vu ces bestioles en vrai, seulement dans les livres. Mais dans les livres, elles n'étaient pas aussi grosses.

– Zut alors, s'exclama Furia en se relevant et en attrapant son jeu de cartes rasoirs. Ce type a un crocodile !

42
Le crocodile

Dexan fit un pas vers nous tandis que le crocodile claquait des mâchoires. Depuis mon épaule, Rakis grogna en direction du reptile, mais cette fois ce n'était pas d'un ton de défi joyeux à l'idée du combat à venir. Il poussait des cris aigus, presque paniqués ; le chacureuil était terrifié.

– Comment tu savais ça ? insistai-je pour gagner du temps, tout en cherchant frénétiquement une diversion qui nous permette de fuir.

Dexan me fit l'un de ses beaux mais faux sourires et secoua tristement la tête.

– Troisième règle du frondeur de sort, gamin : ne jamais laisser l'amour te rendre idiot.

– Tu mens, protestai-je, tandis que mes doigts brûlaient de s'emparer des poudres à ma ceinture. Seneira n'aurait jamais…

– Il cherche juste à monopoliser ton attention, gamin, me lança Furia, qui avait une demi-douzaine de cartes rasoirs prêtes dans la main droite. Ne rentre pas dans son jeu.

Mais j'étais incapable de l'écouter. Je ne supportais pas l'idée que Seneira ait pu nous trahir, qu'elle soit de mèche avec Dexan.

« Non, c'est justement ce qu'il veut que tu penses. »

– La fausse ombre au noir, dis-je alors, me mettant à réfléchir à voix haute. Tu vois ce que voient tes victimes, tu entends ce qu'elles entendent. C'est pour ça que les crises arrivent à des moments précis : c'est toi qui les déclenches, tu utilises tes victimes comme des espions.

Dexan poussa un soupir.

– Tu vois, gamin ? C'est exactement pour ça que tu devrais venir bosser avec moi. Tu es intelligent. Tu piges vite. On ferait une sacrée bonne équipe, tous les deux.

La peur et la rage dans mon ventre menaçaient de me submerger.

– Les voix que Seneira entend, c'est toi. C'est toi qui lui dis toutes ces choses horribles.

– Ce n'est pas tout à fait exact. C'est vrai, je me suis un peu amusé au début. Cette fille était tellement prétentieuse. Comment ne pas avoir envie de lui faire du mal de temps à autre ? Mais ça, c'était avant que je passe le contrôle à mes clients. Maintenant, c'est eux qui lui parlent, Kelen. Et crois-moi, tu n'as pas envie de les connaître.

– C'est qui ? demandai-je. Pour qui tu travailles ?

– Quatrième règle, Kelen : ne jamais trahir son client.

Et là, il effleura le bracelet en onyx à son poignet en prononçant une incantation à deux syllabes. Tout à coup, le crocodile se précipita sur nous, mâchoires grandes ouvertes. Le grognement de Rakis m'emplit l'oreille droite tandis que je sortais mes poudres de mes bourses pour les jeter en l'air.

– *Carath*, prononçai-je tout en créant les formes somatiques.

L'explosion se produisit devant moi, si chaude que j'eus l'impression de me brûler les joues. Rakis hurla et bondit par terre pour étouffer les flammes qui s'en prenaient à sa fourrure. C'est là que je compris que mon sort avait échoué. Je regardai la paume de ma main droite, où pulsait le rond de peau rouge.

– Désolé, gamin, lâcha Dexan. Le charme que je t'ai mis là fait plus que te conduire à moi. Il t'empêche aussi d'utiliser ta magie sans mon accord.

Je fis un bond en arrière pour éviter les dents du crocodile. En quelques secondes, j'étais acculé dans un coin d'où je regardai, impuissant, la bestiole pivoter la tête d'un quart de tour pour m'attraper une jambe. Une carte rasoir fusa dans l'air et heurta le cuir de l'animal avant de retomber par terre. Le crocodile fut distrait un instant, puis s'en prit de nouveau à moi.

– Crève, espèce de saloperie de bestiole ! hurla Rakis, son inquiétude telle qu'elle surpassa un instant sa peur des crocodiles.

– Rakis, non !

Le chacureuil atterrit sur le dos de l'animal et se mit à le griffer, en vain. Les écailles étaient trop épaisses. Le crocodile se retourna d'un coup et roula sur Rakis, qui hurla de douleur et de surprise quand il se retrouva à terre, là où il était le plus vulnérable. Deux autres cartes frappèrent la peau du crocodile.

– Et merde ! lâcha Furia.

À l'instant où l'animal allait refermer ses mâchoires sur Rakis, Furia laissa tomber son jeu de cartes rasoirs et bondit sur le dos du reptile, l'enveloppant de ses bras et de ses jambes pour l'empêcher de la mordre. Le crocodile tenta plusieurs fois de se débarrasser d'elle, mais Furia tint bon en criant :

– Je. Déteste. Me bagarrer. Contre un. Crocodile !

Je courus ramasser ses cartes en essayant de ne pas me

couper les doigts. Je ne savais pas comment elle se débrouillait pour les tenir sans se faire mal, en tout cas, moi, je ne possédais pas encore ce talent.

– Laisse-moi le croco ! cria-t-elle en luttant pour ne pas lâcher l'animal alors que Rakis sautillait partout, le poil hérissé, à la recherche d'un point faible. Occupe-toi de Dexan !

Je jetai l'une des cartes vers le frondeur de sort, même si je doutais fort d'atteindre ma cible. Évidemment, Dexan avait mis un bouclier en place.

– Il vaut mieux que tu abandonnes tout de suite, gamin, me dit-il. Si tu continues, l'Argosi et le chacureuil vont mourir par ta faute.

Je tentai de jeter deux autres cartes mais, de nouveau, elles se figèrent en l'air, puis retombèrent. Son bouclier n'était pourtant pas très puissant. Si je parvenais à le distraire, peut-être que Dexan ne parviendrait pas à le maintenir. Je plongeai mes doigts dans mes bourses pour jeter une pincée en l'air. L'explosion me brûla les mains, mais Dexan sursauta et, pendant une seconde, je fus certain que son bouclier avait disparu. J'entendis Furia grogner de douleur, mais je restai concentré et jetai une autre carte, ravi de la voir se planter dans la cuisse de Dexan. Il hurla. Mais il ne fut pas le seul.

D'un coup d'œil, je vis Furia à terre, un bras ensanglanté, là où le crocodile avait planté ses dents. Pourtant, la créature ne s'intéressait plus à elle, car elle avait réussi à s'emparer de Rakis. Le chacureuil hurlait mon nom.

– Et voilà, déclara Dexan en extrayant la carte de sa cuisse. J'imagine que ça devait se finir comme ça.

– Je t'en supplie, dis-je, les yeux rivés sur les mâchoires du crocodile fermées sur Rakis.

S'il accentuait la pression, même un tout petit peu, c'en serait fini du chacureuil. Je me demandai pourquoi il ne terminait pas le travail, et là, je vis les marques noires qui tourbillonnaient autour de ses petits yeux : Dexan utilisait pour contrôler le crocodile la même magie que sur ses victimes. Rakis gémit et je le vis, les yeux écarquillés de terreur, me supplier de le sauver.

– Laisse-nous partir, lui demandai-je.

– Vous laisser partir ?

Pour la première fois, l'assurance du frondeur de sort disparut, remplacée par une terrible colère.

– Je t'ai offert la chance de devenir mon partenaire, Kelen. Mon *partenaire* !

Il s'avança vers moi les mains tendues, comme s'il allait m'étrangler. Juste avant qu'il arrive à ma hauteur, Furia plongea la main dans son gilet et en sortit son tube en métal, qu'elle déploya pour le frapper au menton.

– Argh ! râla-t-il.

Furia voulut frapper de nouveau, mais les doigts de Dexan s'agitèrent, si bien que les mâchoires du crocodile se refermèrent un peu plus. Rakis hurla. Je vis le sang sur sa fourrure. Puis ce fut le silence. Il avait perdu connaissance sous le coup de la douleur, ou bien de la peur.

– Arrête ! dis-je en me mettant à genoux. Je t'en supplie. Dis-moi ce que je dois faire.

Un sourire réapparut sur les lèvres de Dexan, plus mauvais que toute expression que j'avais déjà vue chez lui.

– Eh bien, pour commencer…

Il se pencha et frappa du poing la joue de Furia. Il y eut un craquement. À terre, elle ne put parer le coup. Sa tête jaillit en arrière et ses yeux cessèrent d'accommoder, mais je vis malgré tout qu'elle se préparait à contre-attaquer.

– Essaie, lui dit Dexan, et le chacureuil meurt.

Furia serra les mâchoires.

Il sourit et s'agenouilla à hauteur de Furia. Puis il reprit :

– Tu veux sauver le familier ? Dans ce cas, c'est très simple : tu ne bouges pas.

Je ne compris pas, mais apparemment, Furia, si. Elle fit un signe de tête.

Dexan prit son élan et frappa si fort que sa main revint tachée de sang.

– Ouah, même moi, j'ai mal, dit-il en souriant alors qu'il frappait de nouveau.

Au bout du troisième coup, Furia était à peine consciente. Quand il frappa pour la quatrième fois, la tête de l'Argosi retomba, comme celle d'un ivrogne, et s'immobilisa, bouche ouverte.

– Ça suffit ! m'écriai-je.

– J'y suis presque, rétorqua Dexan en portant un dernier coup.

Cette fois, Furia ne réagit même pas.

– Espèce de malade ! hurlai-je. Mais pourquoi tu fais ça ?

Il se remit debout et s'approcha de moi. Je me sentais comme un enfant qui l'avait déçu.

– Je te l'ai déjà dit, Kelen, la vie n'est pas simple pour les gens comme nous. Tu crois avoir déjà connu le pire ? Ça fait quinze ans que je suis en exil. Les chasseurs de primes, les traqueurs de sort, les mages guerriers… (Il soupira avec un faux air de dégoût.) Tu voles un livre sacré de trop et ils te considèrent comme un paria.

– Je croyais qu'on te pourchassait parce que tu avais l'ombre au noir !

Dexan éclata de rire et leva une main vers la cicatrice autour de son œil. Il retira une sorte de pellicule de chair cicatrisée. Dessous, sa peau était intacte.

– L'arnaque fonctionne mieux si les gens croient que je me suis guéri tout seul, expliqua-t-il.

– Mais si c'est qu'une question d'argent, pourquoi avoir tué Revian et Tyne ? Pourquoi tu… ?

– Je me suis fait avoir, d'accord ? hurla soudain Dexan. (Puis il se calma et répéta :) Je me suis fait avoir, Kelen. Ceux qui étaient à mes trousses en ont eu marre que je leur échappe sans cesse, alors ils ont embauché quelqu'un de très puissant. Il m'aurait tué sur-le-champ, sans procès ni rien. Alors j'ai dû lui révéler ma découverte, le truc que j'ai trouvé pour faire croire aux gens qu'ils avaient l'ombre au noir. Je me suis même vanté de pouvoir espionner ma victime et sa famille, histoire de savoir combien exiger pour le traitement.

C'était stupide d'avoir dit ça. Même moi, je le savais. Pour la première fois, Dexan ne m'apparaissait plus comme un bandit de grand chemin avec un code d'honneur, mais comme un escroc, certes très brillant, mais prêt à tout pour sauver sa peau.

– Et là, tu as passé un marché.

– Me regarde pas comme ça, espèce de sale petit ingrat. J'aurais pu vous tuer, toi, l'Argosi et ton animal de compagnie, dès le jour où je vous ai rencontrés. Je suis pas un mauvais gars, j'ai juste besoin de regagner mon clan et d'approcher une oasis pour renforcer ma magie. Les mages qui m'ont coincé m'ont promis de mettre fin à mon exil. Comme ça, je pourrai quitter ce trou à rat et rentrer chez moi.

– Dans ce cas, pourquoi tu es encore là ? Si tu leur as donné ton secret, pourquoi ils…

– C'est pas aussi simple que ça, gamin. Il m'a fallu un moment pour… Je pourrais te le dire, mais ça briserait la règle numéro deux. (Il s'approcha de moi et prit son élan.) J'ai rien contre toi, gamin. Je considère la violence comme barbare, mais mes clients veulent faire passer un message.

Il lui suffit de me frapper une fois pour que je perde connaissance.

43
Les vers

Quand je rouvris les yeux, Furia et moi, on était chacun ligoté sur une chaise en bois, les mains dans le dos. Son gilet et la ceinture à laquelle étaient accrochées mes bourses de poudre gisaient par terre, à quelques mètres de là. J'avais mal aux doigts. Je compris alors qu'ils étaient attachés de façon à m'empêcher de créer des formes somatiques. C'était la seule bonne nouvelle : Dexan ignorait que sans mes poudres je ne pouvais rien faire. Peut-être que si je parvenais à les libérer, j'arriverais à lui faire croire que j'étais dangereux.

« Si jamais je me sors de là, il faut vraiment que j'apprenne à bluffer. »

Je vis plusieurs outils métalliques sur la table devant nous, mais mes yeux furent attirés par un couteau particulièrement pointu.

– J'ai pourtant cherché à te prévenir, Kelen, dit Dexan en tendant la main vers une étagère pour attraper un bocal en verre bleu avec des rayures argentées. Tu te souviens de la première règle d'un frondeur de sort ?

« Ne jamais se mêler des affaires d'un autre frondeur de sort. »

– Parler comme un connard prétentieux ? lançai-je.

Il gloussa.

– Malin. Et courageux.

Tout sourire, il se plaça face à moi.

– En tout cas, c'est l'impression que ça donne, ce qui est presque aussi bien que si c'était vrai, non ?

Je regardai tout autour de moi dans l'espoir de trouver quelque chose, n'importe quoi, qui puisse nous sortir de là. Rakis était toujours évanoui, des traînées de sang sur sa fourrure à l'endroit où le crocodile avait planté ses dents. L'immense créature faisait les cent pas, comme une sentinelle. J'avais envie de tuer cet animal pour ce qu'il venait de faire, mais la noirceur de ses yeux me fit comprendre qu'il n'avait pas son mot à dire : il était l'esclave de Dexan. Encore une bonne raison de venir à bout de ce type.

– Explique-moi, reprit-il en plaçant le bocal sur la table, comment tu as compris que ça n'était pas l'ombre au noir ?

– Revian, concédai-je. Quand je suis allé examiner son corps, toutes les marques autour de son œil avaient disparu. Il ne restait qu'un petit tas de cendres près de son visage. L'ombre au noir fait partie de la peau, elle ne peut pas partir comme ça.

Il eut l'air impressionné.

– Tu vois ? Comme j'ai dit : tu es malin.

Il leva une main, qui tenait un objet de quinze centimètres de long. Je sursautai, croyant qu'il s'agissait d'une arme. Mais ce n'étaient que des pinces argentées. Il reprit :

– Tu avais raison. Ce n'est pas l'ombre au noir, et ce n'est pas non plus une peste. C'est quelque chose de plus… original.

Il posa les pinces et, avec prudence, presque comme s'il

respectait un rituel, ouvrit le bocal bleu pour me montrer son contenu. D'abord, je ne vis qu'une sorte d'huile noire et épaisse qui s'agitait parce que le bocal venait d'être déplacé, puis j'y distinguai de petites créatures qui se tortillaient. Il y en avait là des dizaines.

– Des vers. J'en ai trouvé une colonie dans la pierre volcanique à quelques kilomètres au nord, près des montagnes. (Dexan fit une moue de dégoût.) Ce sont vraiment de sales bestioles. Quand je suis tombé là-dessus, il y a quelques années, j'ai failli les détruire.

– Et pourquoi tu ne l'as pas fait ? dis-je, révulsé à la vue de cet amas de vers.

– Quelque temps auparavant, j'avais obtenu d'un homme qui est mort non loin d'ici un vieux grimoire Jan'Tep. Il y était question d'un charme que je n'ai retrouvé nulle part ailleurs. Je ne savais pas quoi en faire jusqu'à ce que je découvre les créatures nécessaires à sa réalisation.

Dexan attrapa les longues pinces et les plongea dans le bocal pour en sortir un ver. Qu'il laissa pendre sous mon nez.

– Le livre parle d'*Obandiria Neheris*, mais moi, je préfère dire ver d'obsidienne. C'est très laid, non ?

Il posa le ver sur la table et attrapa un couteau. Puis coupa la créature en deux. Un petit nuage noir s'éleva entre nous.

– Évite de respirer ça. Ça te rendrait terriblement malade pendant des heures.

– Et à quoi ça mène, de couper ce machin en deux ?

– Quand tu étais petit, tu n'as jamais essayé de couper des vers de terre ? Certains ne meurent pas, ils deviennent juste deux vers. L'*Obandiria Neheris* fait bien mieux que ça : ses deux parties restent liées. Même à plus d'une centaine de kilomètres de distance, elles continuent à communiquer.

Il tenait toujours une moitié de ver avec sa pince.

– D'abord, il faut le placer sur de l'onyx.

Il exhiba alors un bracelet composé de perles noires, comme celui qu'il avait utilisé pour contrôler le crocodile.

– Regarde bien, Kelen. C'est la première chose surprenante.

Très lentement, il mit en contact le ver avec le bracelet. Horrifié mais fasciné, je regardai la créature se glisser millimètre par millimètre dans l'une des perles jusqu'à y disparaître complètement.

– Comment c'est possible ? m'exclamai-je.

Dexan haussa les épaules.

– Va savoir, gamin. Les minéraux qu'on trouve dans le sous-sol par ici agissent de façon étrange sur certaines créatures. (Il désigna Rakis, qui gisait par terre.) Regarde ton ami, là-bas. Tu crois que c'est naturel ?

– Et ça va nous coûter combien, cette petite expérience de zoologie ? lança Furia d'une voix encore incertaine.

Elle clignait des yeux. Je vis qu'elle luttait pour y voir clair, mais qu'elle cherchait déjà un moyen de s'échapper.

– Tiens, tu as repris connaissance, lança Dexan, qui attrapa le deuxième morceau du ver avec la pince. Maintenant, Kelen, puisque tu es si malin, j'imagine que tu as deviné ce que je vais faire avec cet autre bout ?

« Ancêtres, pensai-je, les yeux rivés sur l'horrible ver qui s'entortillait au bout de la pince. Je vous en supplie, ne le laissez pas me faire ça. »

Je suis presque sûr d'avoir hurlé.

Dexan éclata de rire.

– Allons, gamin, qu'est-ce que je t'ai dit sur la première règle d'un frondeur de sort ? Ne jamais, jamais, se mêler des affaires d'un autre frondeur de sort. En plus, d'après mes sources, ton père a de bonnes chances de devenir prince de clan.

Il se tourna vers Furia et s'approcha, le ver toujours au bout de la pince.

– En revanche, cette emmerdeuse d'Argosi n'a pas le moindre ami.

Furia écarquilla les yeux, mais reprit son calme habituel.

– Tu crois vraiment que c'est ton meilleur coup à jouer ? demanda-t-elle. Parce que, selon moi, tu te plantes.

J'avais vu Furia s'en sortir bien des fois avec des pirouettes, réussissant à placer son adversaire dans une position telle qu'elle reprenait le contrôle de la situation. Mais Dexan, lui, ne se laisserait pas avoir.

– Ne joue pas à ce petit jeu avec moi. Tu crois que tu vas m'hypnotiser, l'Argosi ? (Il l'attrapa par la mâchoire et serra très fort.) Tu devrais savoir que je ne suis pas fondamentalement mauvais. Je ne tue personne, sauf quand je n'ai pas le choix. Je ne suis qu'un type avec quelques sorts et astuces dans sa manche, qui essaie de survivre comme il peut.

Il approcha le ver de la peau de Furia, juste sous son œil droit.

Elle voulut se dégager, mais Dexan la tenait fermement. Tout d'abord, il ne se passa rien. Le ver sembla faire le tour de son orbite. Puis il se mit à pénétrer sa peau, et Furia Perfax hurla comme si le ver d'obsidienne creusait un tunnel jusque dans son âme.

Elle hurla longtemps.

Je ne sais pas combien de temps ça dura. Je suppliai Dexan d'arrêter. Je le menaçai aussi, même si ça ne servait à rien. Je crois qu'il m'a frappé parce que, lorsque je repris connaissance, on était dehors, libres. Furia titubait.

– Elle va être comme ça pendant quelques heures, me prévint-il, debout près de moi. Un peu comme si elle était ivre. Puis la fièvre va monter. N'essaie pas de la faire tomber, ça ne fait qu'empirer les choses. Le mieux, c'est de laisser la nature agir.

– Et puis ?

– Et puis, elle sera à moi.

Je voulus le frapper, mais il dut être très rapide, ou alors moi très maladroit, parce que je le ratai d'un kilomètre. Il me gifla.

– Gamin, voilà comment ça va se passer à partir de maintenant. Tu vas faire ce que je te dirai, quand je te le dirai et comme je te le dirai. Sinon…

Sans attendre que je réagisse, il exhiba son bras et caressa son nouveau bracelet en onyx. Le ver à l'intérieur se tortilla comme s'il nageait dans la pierre noire. Furia hurla de nouveau, tandis que l'autre bout de la créature se déplaçait sous sa peau.

– Arrête ! criai-je en plongeant vers Dexan.

Il fit un pas de côté et je m'étalai face contre terre.

Au bout de quelques secondes, il retira les doigts du bracelet et Furia cessa de crier.

– Je peux faire ça quand je veux, Kelen, de n'importe où. Je peux aussi me servir de la magie de la soie pour lui faire faire des rêves qui lui donneront l'impression qu'on lui ronge le cerveau. J'ai en réserve plein d'autres choses, des choses affreuses.

Des choses que je n'ai pas envie de faire, à moins que tu m'y contraignes. (Il m'attrapa par le col pour me remettre debout.) Mais peut-être que si vous vous conduisez bien pendant un an ou deux, je serai gentil, et alors je me servirai de l'un des rituels que j'ai trouvés pour détruire le ver. On est bien d'accord, Kelen de la maisonnée de Ke ?

Furia, elle, aurait profité de cette proximité pour le frapper. Elle aurait su dire quelque chose de malin, trouver une issue à cette situation impossible. Moi, je me contentai de dire :

– D'accord.

– Bien, dit-il en me tendant un bout de papier, qu'il glissa dans la poche de ma chemise. Dis à Beren que c'est la dernière offre de mon client.

Sur ce, il tourna les talons sans redouter que je l'attaque, parce qu'il n'avait rien à craindre de moi.

Dexan avait gagné.

Sur toute la ligne.

LA VOIE DE LA PIERRE

La voie des Argosi est la voie de la pierre.

La pierre ne se plie pas, elle ne tremble pas, elle est solide et préférera se briser en mille morceaux plutôt que d'être soumise à la volonté d'un autre. Comme la pierre, un Argosi ne dévie pas de son chemin. Même s'il lui arrive de serpenter et de faire des détours, le chemin ne cède pas. C'est pour cette raison qu'un Argosi qui sait aller de l'avant ne revient jamais, jamais, sur ses pas.

44
La voie des lâches

J'avançai sur la route en chancelant comme un ivrogne, chaque pas comme si c'était mon dernier, m'efforçant malgré tout de soutenir Furia. Elle était plus lourde qu'elle en avait l'air, mais c'était peut-être moi qui étais trop faible, tout simplement.

– Qu'est-ce que tu fous, gamin ? marmonna-t-elle avec son accent traînant que j'avais du mal à comprendre. C'est pas cette danse que je t'ai apprise.

Je sentais la chaleur monter en elle par vagues, cette fièvre qui la consumait, et la sueur tremper ses vêtements. Je devais m'appuyer à chaque arbre pour reprendre mon souffle. Furia semblait très mal en point. Sous sa peau rougie, je voyais le ver noir se tortiller autour de son œil droit et progresser vers son cerveau pour mieux prendre possession d'elle. Dexan m'avait révélé que ses « clients » lui avaient communiqué un sort pour cacher les marques, mais qu'il avait décidé de ne pas l'utiliser sur Furia. Il voulait qu'on voie les traces, il voulait qu'elle ne les oublie jamais. Il ne se satisfaisait pas de l'avoir infectée, il voulait déclarer au monde ce qu'il avait fait : Dexan l'avait marquée au fer rouge.

L'air était froid sur ma peau nue; j'avais dû retirer ma chemise pour la rouler en écharpe afin de porter Rakis. Toujours évanoui, il gisait en boule et son sang continuait à suinter de ses blessures.

Au loin, le ciel commençait à s'éclaircir, sa couverture noire désormais tachée de traces jaune orangé à l'horizon. J'étais tellement fatigué que j'avais envie de lâcher Furia et Rakis et de me coucher par terre dans l'espoir que quelqu'un vienne nous achever. J'avais failli à leurs yeux, j'avais failli aux yeux de tous, et cette idée m'était insupportable. Je ne sais pas trop ce qui me poussait encore sur cette longue route en direction de la maison de Seneira, sinon l'envie qu'elle sache à quel point j'avais tout raté, qu'elle me crache au visage et me mette dehors.

Avant que j'atteigne sa porte, elle sortit en courant, son père à côté d'elle.

– Kelen! cria-t-elle, avant de se précipiter pour m'aider à soutenir Furia.

– Faisons-les entrer, ordonna Beren en passant un bras autour de mes épaules.

Malgré ce bref soutien, mes jambes cédèrent. Il me retint, tout en rattrapant de l'autre main le bout de papier qui venait de tomber de ma poche.

– C'est bon, fils, je te tiens, laisse-toi aller, me dit-il, même si je voyais son visage crispé par l'effort.

Seneira saisit l'écharpe qui contenait Rakis.

– Il respire correctement. Je vais le soigner. Je vais tous vous soigner.

Ils étaient tellement soucieux de notre état qu'ils ne nous demandèrent même pas ce qui s'était passé, si on avait honoré notre promesse ou juste ruiné tous leurs espoirs.

Je crois que c'est ça qui me fit le plus mal.

Seneira et son père nous amenèrent jusqu'à une chambre et étendirent Furia sur le lit, puis s'occupèrent de nos blessures. Ils durent l'attacher au sommier parce qu'elle ne cessait de se gratter l'œil, et Beren craignait qu'elle se l'arrache.

– Il faut l'empêcher d'y toucher, déclara-t-il en inspectant les marques noires. Le… ver dont tu nous as parlé semble s'enfoncer plus profondément dès qu'elle gratte. J'ai peur que cette saloperie finisse par la tuer si elle continue comme ça.

Il sortit de la chambre et y revint avec un petit flacon de liquide transparent.

– C'est un sédatif qui vient de l'hôpital, dit-il en versant une cuillerée dans un grand verre d'eau. Ça va l'aider à dormir.

– Merci, dis-je. Merci pour tout.

Il passa une main sur chacune de mes joues. Un geste d'affection spontané que Beren avait sans doute eu des milliers de fois pour Tyne. Même si, maintenant, son fils avait disparu et ses propres joues étaient irritées par des larmes qui ne se tariraient sans doute jamais.

Je cherchais quelques mots de réconfort quand il retira sa main et me fit un sourire las.

– Ça va aller, dit-il en s'approchant de Rakis, que Seneira avait étendu sur le lit près de Furia et caressait doucement.

– Il est courageux, n'est-ce pas ?

« Le plus courageux de nous tous », aurais-je répondu, si ça ne m'avait pas de nouveau donné envie de fondre en larmes.

– Kelen ? dit Beren en se relevant.

Je le regardai.

– Oui ?

Il me fit signe de le suivre.

– Peut-être que toi et moi, on devrait parler, maintenant.

On s'installa à la table de la cuisine. Beren me proposa quelque chose à boire, mais je refusai. Il hocha la tête d'un air d'importance.

– J'ai trouvé ça dans la poche de ta chemise, dit-il en me montrant le morceau de papier plié.

J'avais oublié que Dexan l'avait mis là. Leur dernière offre.

– Qu'est-ce qu'ils demandent ?

– Rien.

Je l'observai.

– Qu'est-ce que vous voulez dire ?

Le visage de Beren semblait encore plus ridé qu'auparavant.

– Ils demandent que l'Académie continue à fonctionner comme si de rien n'était, que je me taise et que je poursuive mon travail à l'identique.

– Mais pourquoi ? Qu'est-ce qu'ils ont à y gagner ?

– Je ne sais pas et, pour le moment, je m'en moque, dit-il en froissant le papier pour le jeter sur la table. Ils veulent aussi que toi et ton amie argosi quittiez les territoires sur-le-champ.

– Je suis étonné qu'ils s'intéressent à moi. Ce n'est pas comme si je représentais une menace sérieuse pour eux.

Le regard de Beren se durcit et, un instant, son chagrin dévastateur laissa place à une détermination sourde.

– Ne prends pas cet air boudeur, mon garçon. Ce sont les enfants qui réagissent comme ça. J'ai besoin que tu fasses quelque chose, et tout de suite. Pour une raison que j'ignore, ils veulent que tu partes.

Je hochai la tête. J'imagine que c'était logique d'en arriver là.

– Vous avez raison. Je m'en irai dès que je pourrai transporter

Furia. Est-ce que… Est-ce que je peux aller dire au revoir à Seneira ?

Il secoua la tête.

– Non, Kelen, je ne crois pas.

J'aurais dû m'en douter. Mais l'instant suivant, il me surprit en ajoutant :

– Car tu emmènes Seneira avec toi.

– Avec moi ? Et pourquoi ?

– Parce que je ne vais pas continuer à faire fonctionner l'Académie, Kelen. Je suis déjà en train d'organiser sa fermeture. Les étudiants partiront dès que je pourrai m'assurer d'un passage sûr pour eux jusqu'à leurs contrées d'origine. Quelques maîtres choisiront peut-être de rester, cette décision leur appartient. Mais les gamins doivent rentrer chez eux avant que Dexan et ses employeurs puissent s'en prendre à d'autres.

– Mais ils ont…

Beren me coupa la parole :

– Je m'occuperai des conséquences le moment venu. En revanche, ma fille… a besoin d'avoir sa chance dans la vie. Même si elle part si loin d'ici que nos ennemis ne pourront plus activer cette chose dans son œil… partout où elle ira, les gens penseront qu'elle a l'ombre au noir. Il faudra alors qu'elle fuie de nouveau, qu'elle se cache, qu'elle trouve un autre lieu.

Fuir et se cacher, encore et encore. La façon dont il évoquait ça me montrait clairement qu'il n'avait aucune idée de ce que ça serait pour Seneira. Puis il me prit la main.

– Tu peux l'aider… Non, se corrigea-t-il, vous pouvez vous aider l'un l'autre. Tu comptes beaucoup pour elle, Kelen. Un jour, il se pourrait même qu'elle tombe amoureuse de toi.

– Elle ne…

– Je sais que c'est beaucoup te demander, fils, de choisir ton chemin dans la vie sans même une journée pour y réfléchir, mais je ne sais plus faire que ça, demander.

Je vis sa mâchoire se mettre à trembler, et les mots suivants sortirent dans un murmure :

– Ils m'ont pris mon fils, Kelen, ne les laisse pas me prendre aussi ma fille.

Cela semblait étrange… surréaliste… que cet homme aussi important et puissant s'adresse à moi comme un mendiant qui supplie pour avoir quelques pièces. Mais ce qu'il me demandait n'était tout simplement pas possible.

– Seneira refusera de partir, monsieur. Je commence à la connaître.

Il renifla et lâcha un petit rire.

– C'est sûr, ma fille sait ce qu'elle veut.

Mais ce rire amer disparut aussi vite qu'il était apparu.

– Je lui ai déjà parlé, Kelen. Va la voir. Elle t'attend.

Je trouvai Seneira dans sa chambre, une petite valise ouverte sur son lit. Elle examina une chemise en tissu épais avant de la ranger dedans.

– C'est trop ? demanda-t-elle d'une voix ni coléreuse, ni triste, juste sans émotion, comme si elle avait perdu toute capacité à ressentir quoi que ce soit.

– Trop pour quoi ?

Elle désigna la valise.

– J'ai vu des gens voyager avec beaucoup plus de bagages, mais je sais que, pour nous, ça sera différent.

– Seneira… Il faut que ton père trouve un accord avec Dexan et ses clients, un accord qui…

– Il refusera tant que ça impliquera de mettre en danger la vie d'autres jeunes. Mon père va faire ce qu'il pense être le mieux, c'est-à-dire mettre ses étudiants à l'abri.

Elle referma la valise en concluant :

– Toi et moi, on doit faire pareil.

– Je ne comprends pas.

Elle se plaça face à moi et déclara d'un ton très décidé :

– Tu l'as dit toi-même, Dexan est un laquais au service de puissants. Je ne pense pas qu'ils prendront le risque de tuer mon père, même s'il ferme l'Académie, s'ils ont un autre moyen de faire pression sur lui. Mon père est fort et intelligent. Il a bâti la plus belle université qui existe dans une ville perdue, au cœur d'une contrée qui n'intéresse personne. (Quelque chose changea dans son expression.) Mais si je reste ici, il n'a aucune chance. Tant qu'on peut m'utiliser comme on a utilisé ce pauvre Revian… ainsi que Tyne. C'est pour ça que je dois partir, partir si loin que leurs sorts ne m'atteindront pas.

Je la regardai fixement, regrettant tout à coup le courage et le côté guerrier que j'avais pris l'habitude de voir dans ses yeux, l'intelligence présente dans le plus petit mouvement de ses lèvres, la compassion qu'elle avait pour tout le monde. Mais ce fut la pâleur de sa peau qui attira mon regard. Seneira n'avait jamais passé de temps sous un soleil ardent. Ses doigts étaient doux car elle avait consacré sa vie à l'étude. Elle était, d'une certaine manière, comme moi. Moi, quelques mois plus tôt, avant que je perde tout.

– Ce n'est pas ce que tu imagines, protestai-je. La vie d'un exilé, d'un paria, ça n'a rien de glorieux ni d'exotique. C'est affreux. Le plus souvent, c'est ennuyeux et fatigant, sauf quand tu dois t'enfuir, terrifié, parce que tu risques de mourir. Même ici, dans les terres de la Frontière, personne n'aime les vagabonds. Et d'après ce que m'a raconté Furia, ailleurs, c'est encore pire. Seneira, c'est une vie dont personne ne voudrait. Tu as passé combien de temps dehors avec Rosie qui veillait sur toi ? Imagine vivre ça jour après jour, année après année.

Elle écouta ma litanie, puis déclara :

– Je suis sûre que tout ça est vrai, Kelen, mais tu sais ce que je crois ?

– Quoi ?

Elle prit mes mains entre les siennes, puis, comme si elle venait de regagner la surface d'un lac noir et profond, elle m'embrassa avec passion.

– Je pense que la vie, c'est un moindre mal tant que tu la partages avec quelqu'un que tu aimes.

45

Dans les vapes

Seneira eut vite terminé ses bagages. Sur les routes, il ne faut prendre que ce qu'on peut porter. On aurait pu lever le camp dans l'heure si Furia n'avait pas été toujours fiévreuse à cause du ver d'obsidienne.

– Hé, Kelen, dit-elle en entrouvrant les yeux comme j'entrais dans sa chambre. Tu es venu à ma rescousse ? Tu veux bien me libérer pour que je boive ? J'ai affreusement soif.

– C'était pour t'empêcher de te blesser.

– Pas besoin. Pourquoi je me ferais du mal alors qu'il y a déjà plein de gens qui s'en chargent pour moi ? Retire-moi ces machins autour des poignets, tu veux bien ?

– Tu devrais dormir. Laisse-toi...

– Me laisser quoi, gamin ? M'habituer à ce machin qui rampe sous ma peau ? protesta-t-elle en tirant de nouveau sur ses liens. Retire-moi ça, Kelen. Ne t'inquiète pas, je vais pas m'arracher l'œil. J'en ai encore besoin.

Incapable de lui résister, je fis ce qu'elle me demandait. Elle s'assit péniblement.

– Maintenant, où sont mes bottes ?

– Furia, il faut que je te parle. Il faut que je t'explique le plan.

Elle sourit d'une façon que je jugeai un peu hautaine.

– Le plan ? Bien sûr, gamin, explique-moi le plan.

Je m'exécutai, lui révélant le souhait de Beren, et lui annonçai qu'on partirait dès la tombée de la nuit.

– Ça semble raisonnable, commenta-t-elle. Bien vu. Bonne analyse. Bon, maintenant, mes bottes, gamin.

Je fus frappé par le ton désinvolte qu'elle employa.

– Furia, tu viens avec nous. Toi, moi, Seneira et Rakis, on part ce soir, avant que…

– Non, Kelen, ça, c'est *ton* plan, pas le mien. La fille et toi…

Elle jeta un coup d'œil à Rakis, toujours inconscient sur le lit.

– … Et le chacureuil, s'il le souhaite, vous partez au plus vite. Mais moi, j'ai sur mon carnet de bal le nom d'un type que j'ai bien l'intention de rayer une bonne fois pour toutes.

– Tu as perdu la tête ! Dexan va te tuer !

Je pris un petit miroir qui se trouvait sur une commode et le plaçai face à son visage.

– Tu vois ce truc autour de ton œil ? Il peut s'en servir pour te faire du mal. Pour peu que les bracelets qu'il utilise contiennent un peu de sympathique du sang ou un sort d'attraction de fer, il te repérera dès que tu tenteras quelque chose. Avant que tu l'approches à plus de quinze mètres, il te tuera.

Elle fit exprès de s'arranger les cheveux devant le miroir.

– C'est possible, reprit-elle. Ça vaut peut-être le coup de parier sur moi, si tu trouves quelqu'un d'assez stupide pour ça.

Elle refusait de m'écouter. Furia recommençait à se

comporter comme si la vie n'était qu'une vaste blague, comme s'il lui suffisait d'aller voir Dexan pour le dissuader de faire ce qu'il faisait.

– Viens avec nous, la suppliai-je. Tous les quatre, on peut survivre, à condition de…

Elle se leva. Elle était encore instable, malgré tout, mais refusa mon aide.

– Gamin, ça fait des mois que j'essaie de t'apprendre ce que ça signifie d'être un Argosi. Ce n'est pas une série d'astuces ou de talents, ce n'est même pas une philosophie. C'est un chemin, Kelen. C'est ça qui fait d'une personne un Argosi : prendre un chemin et ne jamais en dévier.

Elle enfila son gilet en cuir noir et attrapa la flasque en métal qu'il contenait.

– Or, il se trouve que mon chemin passe par-dessus ce salopard.

– Ne fais pas ça, suppliai-je, presque en larmes.

Certes, j'en rajoutais un peu, mais il fallait que je sois crédible, histoire qu'elle ne se doute de rien.

Elle inclina la tête, puis tendit la main et m'ébouriffa les cheveux.

– T'es vraiment un drôle de gosse, tu sais ?

Elle dévissa le bouchon de sa flasque et but une longue gorgée.

– Kelen, il faut que la fille et toi, vous partiez vite. Mais moi, il faut vraiment que j'aille danser.

– Vous voulez bien la fermer, tous les deux, gémit Rakis. J'essaie de mourir, moi.

– Il va s'en sortir ? demanda Furia.

Je hochai la tête.

– Seneira l'a soigné. Elle dit que ses blessures étaient trop superficielles pour avoir causé de véritables dégâts.

– C'est une bonne chose.

Elle prit une nouvelle gorgée avant de reboucher la flasque et de la remettre dans son gilet.

– Rien ne t'empêchera de te lancer à la poursuite de Dexan, c'est ça ? lançai-je.

Elle sourit.

– Absolument, gamin. Rien du tout, et si tu as un peu de respect pour moi, tu comprendras que…

Tout à coup, elle eut l'air troublée et se rassit lourdement sur le lit en disant :

– Ouah ! Qu'est-ce qui fait tourner cette pièce ?

– Ça doit être la fièvre, dis-je.

Furia jeta un coup d'œil à la table de nuit. La petite fiole de sédatif était à quelques centimètres de l'endroit où elle se trouvait un peu plus tôt.

– Bon sang, Kelen. Tu as mis de la drogue dans ma gnôle ?

Je fis signe que oui.

– C'est… C'était juste…

Elle s'écroula. Je la rattrapai à temps pour poser sa tête sur l'oreiller. Ses paupières papillonnaient quand elle me cracha :

– T'es le pire élève que j'aie jamais eu.

Rakis se leva et s'ébroua, puis examina ses blessures.

– Et maintenant ? On met l'Argosi à l'arrière d'un chariot et on se barre ?

J'en avais très envie. Plus que tout au monde, l'idée de quitter cet endroit et de commencer une nouvelle vie avec Seneira m'attirait comme la magie du fer. Mais quel genre d'homme serais-je, quel genre de vie j'offrirais à Seneira si je laissais tomber mes amis ?

– Non, on arrête de fuir, déclarai-je. Furia a raison : un Argosi ne bat jamais en retraite.

– Ni un chacureuil. Mais je me disais...

Je désignai les marques noires autour de l'œil de Furia.

– On peut parier que si elle approche Dexan, il le saura grâce à ce ver. Et il la tuera avant qu'elle puisse même jeter une carte sur lui.

Rakis me dévisagea, puis s'ébroua, sa fourrure passant d'un gris aux raies argentées à un noir avec des stries couleur sang.

– Donc toi et moi, on va...

Je hochai la tête.

– Ouaip, partenaire.

Rakis parut tout à coup se demander s'il m'accompagnait ou s'il partait à la recherche d'un nouveau partenaire, de préférence un type qui ne risque pas sa vie toutes les cinq minutes. Je n'aurais pas pu lui en vouloir. Rien de tout ça n'était sa faute. Mais après une minute à patienter, j'étais à bout de nerfs. À l'idée de me retrouver seul, j'allais finir par perdre tout courage.

– Alors ? lançai-je.

Il se dressa sur ses pattes arrière et inspecta une dernière fois les plaies sur ses flancs, puis leva la tête vers moi.

– Cette fois, je vais vraiment tuer ce crocodile.

46

La magie du murmure

Rakis et moi, on quitta la ville en direction de la forêt marécageuse, dont la présence était pour le moins surprenante sous un climat aussi sec. J'étais tellement habitué aux vastes étendues des Sept Sables que le feuillage épais qui se refermait sur moi me paraissait sinistre et terrifiant.

– Tu viens parler à mes esprits, frondeur de sort ?

Je regardai partout à la recherche de la voix.

– Mama Murmure, j'ai besoin de ton aide. J'ai besoin de ta magie.

Elle apparut derrière un arbre, cette toute petite fille qui se moquait bien de se montrer telle qu'elle était. Elle m'adressa un léger signe de tête, ce qui manqua de faire tomber son vieux chapeau.

– Je te l'ai déjà dit, frondeur de sort, Mama Murmure n'a pas de magie. Elle se contente de parler aux esprits et, parfois, ils lui répondent.

Rakis feula sur mon épaule :

– Il faudrait que quelqu'un dise à Mama Murmure qu'elle radote comme une vieille peau.

Elle inclina la tête et éclata de rire.

– Eh bien, il faudrait peut-être que quelqu'un dise au chacureuil qu'il radote comme un bandit de la Frontière avec des dents du bonheur.

– Tu comprends ce qu'il dit ?

À part la mage douairière, je n'avais jamais rencontré quelqu'un qui sache traduire ses grognements et autres feulements.

– Je te l'ai dit, jeune homme, je n'ai pas de magie. Mais les esprits me parlent.

Je m'agenouillai devant elle et pris l'une de ses petites mains dans la mienne. Je ne savais pas si ça allait me mettre dans ses bonnes grâces ou bien me conduire à ma fin, pourtant, j'avais le sentiment que ce geste était nécessaire.

– Je dois anéantir l'homme à l'origine de la peste de l'ombre au noir, mais il se cache et je ne sais pas où le chercher. Les esprits pourraient-ils m'aider à retrouver sa trace ?

Elle retira sa main.

– Les esprits n'appartiennent qu'à eux-mêmes. Si tu veux leur aide, tu vas devoir apprendre à leur parler gentiment.

– Peux-tu me montrer ?

– Il faut voir.

Tout à coup, elle se mit à tourbillonner sur elle-même et dit d'une voix beuglante :

– Y a-t-il un esprit qui veut parler au frondeur de sort ? Il n'est pas méchant, juste un peu bête, parfois.

Ce n'était pas la description la plus élogieuse qu'on pouvait faire de moi.

– Alors ? s'enquit-elle. Un esprit a-t-il pitié de ce garçon, y en a-t-il un qui soit prêt à lui montrer un meilleur chemin en ce monde mauvais ?

– Est-ce que… ?

Elle me fit taire d'un geste de la main et d'un regard. Les bras tendus comme les flèches d'une girouette, elle se remit à tourner sur elle-même en sifflant et en murmurant dans l'air nocturne.

– J'en entends un. Un esprit fort. Courageux. Mais un peu bête.

Elle ouvrit les yeux et me regarda, puis elle ajouta :

– Qui se ressemble s'assemble.

– Euh… Merci.

Elle s'approcha de moi.

– Maintenant, il faut t'apprendre à lui parler, c'est ça ? Je vais te montrer comment on murmure.

Elle m'attrapa par le bras et examina l'une de mes bandes tatouées.

– Tu pratiques la magie du souffle, frondeur de sort ?

– Un peu.

– C'est bien. C'est très bien. L'esprit ici présent est une *sasutzei* : un esprit du vent. Elle préfère la magie du souffle à toutes les autres saloperies avec lesquelles les Jan'Tep font leurs bêtises. (Elle m'observa en plissant les yeux.) Mais il faut apprendre à murmurer correctement, d'accord ? Il ne s'agit pas de mots. Parler, tout le monde sait faire. Mais les murmures, c'est totalement différent. Tu crois en être capable ?

Comment pouvais-je répondre à une question que je comprenais à peine ? Pourtant, je sus que ma réponse avait de l'importance pour la *sasutzei* ainsi que pour Mama Murmure.

– Mon amie est malade, dis-je. Ainsi que d'autres. Je pense…

Je pense qu'il se passe quelque chose de terrible, et j'ai besoin de découvrir ce que c'est.

Mama Murmure haussa les épaules en déclarant :

– Et qu'est-ce que ça peut me faire ?

– Ça fait que je suis prêt à tout pour aider mon amie, alors arrête de me faire perdre mon temps et apprends-moi à murmurer !

Elle me regarda un instant avec les yeux écarquillés, puis cette fillette qui se faisait appeler Mama Murmure partit dans un éclat de rire, la tête inclinée en direction des cieux.

– Les esprits vont t'apprécier, frondeur de sort. Je crois que tu sauras vite leur parler.

Malgré son mysticisme à deux balles, Mama Murmure avait raison sur un point : la magie du murmure n'a rien à voir avec les incantations Jan'Tep. Le sort, si on pouvait appeler ça comme ça, n'était pas composé de mots ni même de syllabes, mais d'un souffle continu qui passait par la bouche, les lèvres, voire formait un sifflet à travers les incisives.

– Tu t'y prends mal, me dit-elle.

– Mais j'ai reproduit exactement ce que tu m'as montré !

Elle secoua la tête avec impatience.

– Ça, c'est la voie des imbéciles. Arrête de me copier. Laisse le murmure venir de ton ventre, de ton besoin, des promesses que tu as faites. (Elle me menaça du doigt.) Les esprits n'aiment pas les copieurs, alors arrête de vouloir te faire passer pour moi.

Ça commençait à avoir du sens.

« Quoique, non. »

– Parle, c'est tout, insista Mama Murmure d'une voix plus douce. Dis ce que tu veux à la *sasutzei*. C'est ça, le sort.

– J'ai besoin de retrouver les vers d'obsidienne, prononçai-je en direction de l'air nocturne autour de moi. J'ai besoin de savoir d'où ils viennent.

Elle me frappa le bras d'un geste étonnamment fort.

– Pas avec des mots, avec des murmures.

– Mais tu as dit…

– J'ai *dit*, tu as *dit*. Arrête de *dire* ! Les esprits n'aiment pas les bruits trop forts. C'est pour ça qu'ils viennent quand tout est calme, là où il n'y a personne. Ils n'ont pas besoin que tu leur parles, juste que tu murmures !

Si ça avait simplement consisté à murmurer des mots, j'aurais pu m'en sortir. Mais ce n'était pas ça, et elle me frappa de nouveau en disant :

– Ça, c'est parler tout bas.

Pour finir, j'essayai autre chose. J'essayai de penser à mon besoin, non avec des mots, ni même des images, mais au besoin en tant que tel, à mon désir de retrouver ces vers d'obsidienne, d'être capable de les voir. Et là, je découvris que ma respiration se modifiait. Je commençai à murmurer sans prononcer de mots, je laissai mon besoin s'exprimer.

– Voilà, dit Mama Murmure, ça, c'est bien. C'est très bien, frondeur de sort.

Rakis grogna :

– Il se passe quelque chose. Qu'est-ce que c'est ?

– Tu devrais te taire, maintenant, monsieur le chacureuil. Les esprits n'ont pas peur de toi.

– Je ne ressens rien de différent, dis-je.

Puis, tout à coup, mon œil droit, celui qui n'avait pas l'ombre au noir, se mit à me démanger. Au début, ça n'était rien, juste comme une petite brise. Puis la sensation crût en intensité jusqu'à ce que j'aie l'impression que quelqu'un faisait fondre de la glace sur mon œil.

– Qu'est-ce qui m'arrive ?

– Tu as demandé à voir, alors la *sasutzei* essaie de te montrer.

Je clignai furieusement des yeux pour me débarrasser de la sensation puis, tout à coup, la douleur disparut, je vis le vert grisâtre des arbres et l'herbe, mais... aussi autre chose : un fil noir comme celui d'une toile d'araignée qui scintillait devant moi. Il partait en direction de l'est, vers la ville, et disparaissait à l'ouest, dans le lointain.

– Mais qu'est-ce que c'est ? demandai-je.

– Tu voulais suivre les vers noirs, eh bien, la *sasutzei* te montre le fil qui relie chacune des moitiés.

– Donc je peux... Il me suffit de le suivre pour découvrir où ça me mène ?

– Peut-être, répondit Mama Murmure. Mais tu devrais peut-être cesser de le regarder d'aussi près.

– Qu'est-ce que tu veux dire ?

– Lève les yeux, frondeur de sort. Regarde autour de toi.

Et là, je me rendis compte qu'il n'y avait pas juste un fil noir, mais des douzaines, partout, à travers nous, au-dessus de nous... Comment Dexan avait-il pu implanter des vers dans autant de victimes ? Il allait y avoir une vague de panique !

Un regard sombre emplit les yeux si jeunes de Mama Murmure.

– Ils sont très intelligents, ceux qui se cachent derrière ces méchantes farces. (Elle me tapota la tempe.) Ils vous ont laissé voir une ou deux victimes pour vous faire croire, à l'Argosi et à toi, que vous aviez la situation en main, mais ils utilisent de la mauvaise magie pour cacher les autres personnes infectées, et pour que vous ignoriez à quel point le mal diabolique s'est déjà propagé.

Ce n'était donc pas qu'une histoire de chantage, ni même de vengeance. Quelles que soient leurs motivations, les clients de Dexan avaient un plan bien plus vaste.

– Je dois y aller, dis-je. Je dois suivre ces fils pour retrouver l'homme qui en est responsable.

– Eh bien, pars. Tu portes l'esprit en toi, à présent.

Mama Murmure gloussa en tapotant ma pommette gauche, puis ma droite.

– Maintenant, tu as l'ombre au noir à un œil, et la *sasutzei* à l'autre !

Rakis me renifla le visage. Je repoussai son museau.

– Combien de temps la… *sasutzei* va rester avec moi ?

Je n'étais guère heureux à l'idée qu'un esprit ait pris possession de mon œil droit. J'avais déjà suffisamment de visions dérangeantes comme ça à cause du gauche.

– Elle restera aussi longtemps que tu soutiendras son intérêt, mon garçon. Murmure-lui de temps en temps, et peut-être qu'elle te montrera ce que les autres ne peuvent pas voir. Mais prends garde à ne pas lui demander ce qu'il ne faut pas, frondeur de sort. La *sasutzei* peut parfois se mettre très en colère.

C'était tout ce qui me manquait dans la vie : un esprit furieux dans l'œil.

– Pars, me dit-elle en me poussant avec ses petites mains. Va retrouver ton monde bruyant avec tes ennuis bruyants. Tu deviendras un héros.

Elle regarda autour d'elle, comme si elle cherchait quelque chose.

– Ou un homme mort. Je ne sais pas encore.

47
Les fils

– Qu'est-ce qu'on fout ici ? demanda Rakis une fois de retour au pied de l'Académie.

Il m'avait fallu plusieurs heures pour suivre les fils qui menaient de la forêt marécageuse à la ville et, pour finir, à cet endroit. Ils disparaissaient souvent, mais si je m'arrêtais et murmurais mon besoin, l'esprit *sasutzei* dans mon œil droit me permettait de les distinguer un instant. Plus d'une douzaine de fils noirs menaient jusqu'ici.

– Qu'est-ce que les clients de Dexan peuvent bien vouloir à cette école ? demandai-je à voix haute.

Rakis grimpa le long de ma jambe, puis sauta pour se percher sur mon épaule.

– Peut-être qu'ils veulent qu'elle ferme. Mais dans ce cas, pourquoi ne pas se contenter de tuer Beren, plutôt que se donner la peine d'infecter ces crétins de gamins ?

– Les gens qui viennent étudier ici ne sont pas des crétins, dis-je sur la défensive en repensant à Cressia, Lindy, Toller et les autres. Ils sont intelligents et ambitieux. Ils sont issus des...

Rakis tapota ma joue avec sa patte.

– Quoi ? Qu'est-ce qu'il y a ?

J'étais sur le point de dire que ces étudiants étaient issus des meilleures familles des quatre coins du continent, mais ce n'était pas exactement ça. Ce que ces familles avaient en commun, c'était d'être riches et influentes : il s'agissait de militaires daroman haut gradés, d'ecclésiastiques berabesq, de puissants marchands de Gitabrie…

– Ancêtres, j'ai tout fait à l'envers. Les fils ne mènent pas à l'Académie, ils en partent.

– Qu'est-ce que tu racontes encore ? demanda Rakis.

Une cloche retentit, dont l'écho se propagea dans l'immense tour. Bientôt, des centaines d'étudiants fileraient profiter des nombreuses distractions qu'offrait la ville. Certains étaient porteurs sans même le savoir de vers d'obsidienne. Ils avaient attribué la fièvre à une maladie passagère, ignorant tout de ce qui avait à présent pris possession d'eux.

Pauvre Beren, qui avait construit cet endroit pour en faire la figure de proue de l'espoir et de la paix, une université où les jeunes de tout le continent viendraient non seulement étudier leur matière favorite, mais aussi en apprendre davantage sur les Sept Sables et leurs habitants afin d'établir des liens entre eux, pour peut-être, un jour, soutenir ce désert dans son désir de devenir une nation. Mais les employeurs de Dexan voulaient que les étudiants rapportent autre chose chez eux.

– Tyne disait que, dès qu'il avait une crise, quelqu'un l'écoutait. En fait, on écoutait à travers lui.

– Dexan pourrait utiliser ces vers pour espionner les familles des victimes jusque chez elles, fit Rakis en sifflant entre ses dents. On peut faire plein de choses avec ce genre d'informations.

J'acquiesçai.

– Et ce n'est pas tout. Tu te souviens de la façon dont ils ont utilisé Revian comme ancre ? Ils ont jeté des sorts de braise à travers lui dans une maison protégée de la magie par des glyphes cuivrés et argentés.

– Donc les gamins qui portent un ver caché grâce au sort de Dexan… quand ils rentreront dans leur pays…

– … deviendront des espions pour leur propre peuple. Voire des assassins.

Rakis émit un grognement sourd.

– Et qu'est-ce qu'on va faire ?

– Le bracelet. Celui que Dexan a créé avant de mettre le ver dans l'œil de Furia. Il doit en avoir plein d'autres, un pour chaque victime. Si on trouve sa cachette, on pourra détruire les bracelets et il sera incapable d'utiliser les vers.

– OK, fit Rakis. Mais il est assez malin pour nous avoir maintenus bien à l'écart de son terrier.

Je laissai de nouveau mon besoin monter en moi et je murmurai à la *sasutzei* dans mon œil droit, je la suppliai de me guider. Voilà ce à quoi j'en étais réduit : demander de l'aide à mes globes oculaires, et ça ne me semblait même pas étrange. Les fils des vers d'obsidienne apparurent à nouveau devant moi. Beaucoup brillaient dans la même direction.

– Je crois que je peux le retrouver.

– Génial, ensuite, on a juste à franchir un crocodile pour attaquer un type qui veut notre peau. La seule raison pour laquelle on n'est pas encore morts, c'est qu'il se fout tellement de nous qu'il a même pas pris la peine de nous tuer.

Je secouai la tête.

– La dernière fois, j'ai commis une erreur. J'ai voulu

l'affronter avec de la magie, mais sur ce terrain-là, il est bien trop fort pour moi.

– Et donc ?

J'adressai un sourire au chacureuil.

– Qu'est-ce que tu dirais d'un petit cambriolage ?

On suivit les fils noirs scintillants que la *sasutzei* nous avait montrés jusqu'à des grottes dans les collines à l'écart de la ville. C'était logique, maintenant que j'y pensais, Dexan y avait sans doute trouvé l'onyx nécessaire aux bracelets. Il devait beaucoup y avoir de minerai de fer aussi, ce qui compliquait la tâche des traqueurs de sort. Mais la façon dont il se protégeait n'avait plus d'importance, maintenant.

Rakis et moi, on fit le tour des grottes qu'il avait aménagées jusqu'à être sûrs d'avoir repéré chaque entrée et chaque sortie.

– Prêt, partenaire ? demandai-je alors qu'on se préparait à entrer.

Il sauta sur mon épaule.

– Tu sais, Kelen, je suis presque sûr qu'on va se faire tuer en essayant de sauver Furia et ces gamins, parce que tout est contre nous.

– Et alors ?

Je sentis alors quelque chose d'étrangement poilu contre ma joue.

Rakis – *Rakis* – était en train de me faire une caresse.

– Alors, je commence à me dire que t'es quelqu'un de bien, gamin.

48

Le cambriolage

– J'y suis presque..., dit Rakis en faisant tourner tout doucement les petites roues du cadenas.

– Tu as déjà dit ça. Six fois.

Il me jeta un coup d'œil de là où il était, dressé sur ses pattes arrière, seul moyen pour lui d'atteindre le cadenas interdisant l'accès à la tanière de Dexan.

– Tu veux vraiment qu'on en discute ?

– Désolé, dis-je.

Rakis reprit sa tâche. J'avais disposé par terre autour de nous un fil en cuivre pour contrecarrer l'éventuel charme d'alerte contenu dans le cadenas. J'étais convaincu que tant qu'on se tenait à l'intérieur du fil en cuivre, le sort ne pourrait pas atteindre Dexan.

Rakis parvint finalement à ouvrir le cadenas, qu'on déposa par précaution dans le cercle en cuivre.

J'allais entrer quand le chacureuil tira sur ma jambe de pantalon.

– Quoi ? lançai-je.

D'une patte, il désigna quelque chose tout près du sol. Au début, je ne vis pas de quoi il s'agissait, puis, en m'agenouillant à sa hauteur, je distinguai un fil presque transparent qui rejoignait les deux montants.

– Un fil piégé, expliqua Rakis en sautant par-dessus pour atterrir dans l'obscurité.

Au bout de quelques secondes, il m'appela :

– Hé, Kelen, tu devrais venir voir. C'est plutôt malin, comme mécanisme. En fait, il y a six fils au niveau du sol. Si tu en touches un, ça actionne un levier qui fait tourner une poulie reliée à un…

– Tu peux le désactiver ?

Un silence.

– Ouais, bien sûr, mais tu veux pas savoir comment ça fonctionne ? Parce que c'est bien vu, la façon dont la lame te coupe la tête.

– Une prochaine fois, peut-être.

– Dommage.

Quelques minutes plus tard, j'entendis un bruit qui faillit me faire avoir une crise cardiaque.

– Rakis ?

– Quoi ? dit-il en passant la tête par la porte.

– C'était quoi, ça ?

– Une lame de plus de deux mètres qui vient de s'écraser par terre. Tu imaginais quoi d'autre ?

Je le suivis à tâtons jusqu'à trouver une lanterne en verre rougeoyant suspendue à une paroi. Je concentrai toute ma volonté et, au bout d'une seconde ou deux, je parvins à obtenir une quantité de lumière pathétique, mais néanmoins utile.

– Bel endroit, commenta Rakis.

Il ne plaisantait pas. Ce qui aurait dû être une grotte humide était en fait une immense salle avec un sol et des parois en marbre poli semblable aux sanctuaires Jan'Tep. Il y avait là de grandes bibliothèques remplies de livres, de charmes et d'artefacts. Une porte ouvrait sur une salle de bains. Rakis fut ravi d'y découvrir une baignoire.

– Regarde-moi ça ! Elle est gigantesque, en plus ! s'exclama-t-il en tripotant un robinet. Il y a même l'eau courante.

Il sauta du bord de la baignoire et suivit le tuyau en cuivre jusqu'à un petit poêle.

– Hé, tu veux bien allumer ça pour moi, Kelen ?

– Tu es sérieux ? On est en plein casse, et tu veux prendre un bain ?

Le chacureuil flaira partout autour de lui.

– Nan, t'as raison, y a pas de biscuits.

– Allez, viens, lui dis-je. Il faut qu'on trouve les bracelets en onyx qui permettent de contrôler les vers. Après ça, je te promets de t'offrir tous les sablés que tu voudras.

– Marché conclu, fit Rakis, puis il ajouta, tout bas : Crétin.

Plus j'inspectais la grande pièce avec toutes ses curiosités et son mobilier, plus je m'étonnais que Dexan, que je croyais constamment en cavale, ait pu créer quelque chose d'aussi… permanent.

– Tu trouves ce qu'on cherche ? demandai-je à Rakis.

Il me regarda de là où il était perché, à savoir le sommet d'une bibliothèque protégée par une vitre.

– C'est très grand, ici, Kelen. Et si tu demandais au machin dans ton œil de t'aider ?

Je lui fis signe que c'était inutile. J'avais essayé plusieurs fois depuis notre arrivée, mais la *sasutzei* ne répondait plus. Peut-être que les sorts de protection de Dexan interféraient. Je me frottai l'œil droit, mais je ne sentis rien. Peut-être aussi que je lui avais déjà trop souvent demandé de l'aide, si bien qu'elle en avait eu marre et m'avait abandonné à mon sort.

– Et un petit sort de magie Jan'Tep ? insista Rakis.

Je faillis rire.

– Quand est-ce que tu m'as vu réussir un sort de recherche ?

Rakis se remit à inspecter les étagères en grognant :

– On peut toujours rêver, non ?

On fouilla pendant une heure, mettant le palais de Dexan à sac jusqu'à ce que, tout à coup, la lanterne en verre rougeoyant s'éteigne.

– Hé, un peu de lumière, s'il te plaît ? demanda Rakis.

Malheureusement, je fus incapable de la rallumer. Pire, j'étais presque sûr de savoir pourquoi. Je baissai les yeux vers la marque rouge dans ma paume et sentis à la piqûre que Dexan bloquait ma magie.

– Je t'avais dit que le sort se dissiperait au bout de quelques jours, me dit Dexan en surgissant dans la pièce. Si tu avais attendu un peu, tu aurais peut-être eu tes chances.

Je voulus prendre de la poudre dans mes bourses, mais je fus arrêté par la brûlure dans ma main.

– Oh, tu ne vas pas recommencer avec ça ? fit-il avec un soupir exagéré. Tu sais, c'est dur à croire, mais après tous les ennuis que tu m'as causés, je suis toujours incapable de te détester, Kelen.

– C'est gentil, feula Rakis en sautant sur une étagère très haute pour déployer ses palmures et attaquer. Réponds-lui que ce sentiment n'est pas partagé.

– Malheureusement, reprit Dexan, je ne peux vraiment pas te laisser briser la première règle encore et encore.

Je plongeai mes mains dans mes poches et en sortis plusieurs cartes rasoirs appartenant à Furia. Au moins, elles, Dexan ne pouvait pas les contrecarrer.

– Tu aurais dû accepter de devenir mon apprenti quand tu le pouvais encore, Kelen.

Il créa une forme somatique simple avec la main droite et, cette fois, je vis le faible scintillement du bracelet en onyx à son poignet. Le bruit de griffes épaisses arrimées à quatre courtes pattes et suivies d'une lourde queue traînante retentit sur le sol en marbre.

– Génial, fit Rakis, il a toujours cette saloperie de crocodile.

49
La lutte

– Tu sais quel est ton problème, gamin ? me demanda Dexan en s'approchant, son énorme crocodile sur les talons.

– Le sens du mauvais timing ?

Il fit signe que non.

– L'aveuglement.

– Comment t'as découvert ça ?

Sa main créa la forme somatique des aiguilles d'éclair que je l'avais déjà vu utiliser sur le mage de maison. Je n'avais aucune idée de ce que ça faisait, mais pas très envie de le découvrir. Il sentit mon malaise.

– Tu passes ton temps à te persuader que tu peux être autre chose qu'un frondeur de sort. Mais tous les deux, c'est ce qu'on est ! Des exilés, des parias. On a juste un peu de magie à notre disposition, notre intelligence et c'est tout. Quand tu oublies ça, quand tu te prends à imaginer que tu peux devenir un Argosi ou tomber amoureux d'une petite fille riche et emménager chez son papa, tu perds ton seul avantage.

– Lequel ?

– Savoir comment fonctionne vraiment ce monde.

Il fit un autre pas vers moi en continuant à créer la forme

somatique. Le bracelet à son poignet luisait à nouveau. Le crocodile ouvrit la gueule et émit une sorte de sifflement qui me glaça le sang, et tout le reste.

Rakis et moi, on avait passé presque tout le trajet vers les collines à chercher comment régler son compte à cette bête. On avait envisagé deux possibilités, dont aucune n'était très prometteuse. Pour finir, Rakis avait tranché.

Je reculai. Vite.

– Tu te trompes, Dexan. Je suis peut-être un paria comme toi, mais je ne suis pas obligé de n'être que ça.

Il secoua la tête d'un air dégoûté.

– Regarde-toi ! À quelques secondes d'affronter la mort, tu continues à nier que ça (il désigna d'un large geste du bras tout ce qui nous entourait), c'est ce que quelqu'un comme toi ou moi puisse espérer de mieux. Un peu d'argent, une jolie tanière, du confort, jusqu'à ce que notre propre peuple nous retrouve et nous le retire.

– C'est une existence très solitaire, dis-je en continuant à reculer.

– C'est la vie d'un frondeur de sort, Kelen. Les gens veulent nous tuer ou bien nous utiliser. Cette fille qui te plaît ? Même si tu pouvais la guérir, elle t'abandonnera quand même. Pourquoi une fille comme ça choisirait-elle de partager la vie d'un hors-la-loi atteint de l'ombre au noir ? Et cette Furia ? C'est une Argosi, Kelen. Ce sont des solitaires, ces gens-là. Bien sûr, elle a accepté de te prendre sous son aile un petit moment, mais le jour où sa fameuse route la conduira dans des endroits où tu n'auras pas envie d'aller, elle partira et tu ne la reverras jamais. Gamin, tu n'as même pas un vrai familier. Juste un chacureuil qui pique tout ce qui lui tombe sous les pattes.

– J'ai entendu, feula Rakis.

Tout à coup, un petit objet luisant fila en direction de Dexan, émettant un tintement aigu en le heurtant au front. C'était la clochette du charme qu'on avait essayé d'acheter au Rouquin.

Cet instant de distraction suffit à ce que je lance une carte rasoir. J'avais visé Dexan au cou, ce qui n'était pas une bonne idée car c'était une petite cible. Mais la carte lui fendit la joue, et j'entendis un grand cri. C'est là qu'il lança son crocodile sur moi.

Plus la créature avançait, plus je reculais. Je me préparai à ce que Rakis avait appelé la « manœuvre de la langue en sang ». À l'instant où le crocodile ouvrit la gueule, je visai avec une carte en métal. La première rata sa cible et rebondit contre les dents de la bête, mais la deuxième fila à l'intérieur. D'instinct, la créature referma ses mâchoires, puis poussa un rugissement quand les bords acérés en métal lui coupèrent l'intérieur de la gueule.

Dexan ne se laissa distraire qu'un instant. Aussitôt après, ses doigts recréèrent la forme somatique du sort des aiguilles d'éclair. Quand il ouvrit la bouche pour prononcer l'incantation, je sus que je n'étais plus qu'à quelques syllabes d'une fin très déplaisante.

Rakis bondit de son perchoir, les pattes écartées pour que ses membranes duveteuses masquent la vue de Dexan. Puis il enveloppa la tête du frondeur de sort et serra de toutes ses forces.

Le crocodile ne cessait d'ouvrir et de fermer la gueule pour déloger la carte. Je ne disposais que de très peu de temps avant qu'il s'intéresse de nouveau à moi, mais j'en profitai pour bondir sur Dexan.

– Rakis, maintenant ! criai-je.

Le chacureuil s'échappa à l'instant où je poussais Dexan par terre. C'était presque satisfaisant d'être l'assaillant, pour une fois, au lieu de celui qui se fait tout le temps tabasser. Mais Dexan mesurait vingt-cinq centimètres de plus que moi, et pesait au moins trente kilos de plus. En quelques secondes, il avait réussi à se dégager de mon étreinte. J'atterris contre l'une des bibliothèques, qui bascula, sa vitrine se brisant en mille morceaux.

– Espèce d'ingrat et de crétin, en plus ! cracha-t-il en se relevant. Tu crois que parce que je suis un frondeur de sort, je ne sais pas me battre ?

Je me redressai péniblement.

– Oh, ça, je suis sûr que tu sais te bagarrer. Mais moi, je suis plutôt danseur, ces derniers temps.

Je tendis la main pour montrer ce que je lui avais pris.

Dexan baissa les yeux vers son poignet et découvrit que le bracelet en onyx dont il se servait pour contrôler le crocodile avait disparu. Il voulut me le reprendre, mais je plongeai pour surgir derrière lui et lancer le bracelet à Rakis, qui le rattrapa entre ses dents. Fou de rage et libéré du contrôle de Dexan, le crocodile se jeta sur nous.

– Tu es sûr de ton coup, Rakis ? insistai-je en me préparant à jeter une autre carte dans la gueule de l'animal.

Je craignais qu'il échoue.

– Il est à moi ! grogna-t-il en bondissant sur la tête du crocodile pour y planter ses griffes.

Les chacureuils détestent perdre un combat, et Rakis était particulièrement revanchard. Quand le crocodile voulut se retourner pour chasser son hôte indélicat, Rakis sauta. Le crocodile essaya alors de le mordre, et Rakis en profita pour jeter le bracelet dans sa gueule.

Le bruit de l'onyx écrasé entre les mâchoires puissantes précéda l'arrêt des mouvements frénétiques de l'animal. Les formes noires qui s'agitaient dans ses yeux disparurent, et le crocodile nous regarda pour la première fois d'un œil clair. Je ne savais pas à quoi m'attendre : allait-il mourir, ou continuer à être aussi dangereux ? La théorie de Rakis, que j'espérais juste, c'était qu'une fois libérée du contrôle magique, la bête allait se retourner contre son tortionnaire.

Pour une fois, on eut de la chance.

Le crocodile fila sur le sol en marbre en direction de Dexan, qui partit en courant tout en cherchant quelque chose dans sa poche. Il en sortit ce qui ressemblait à une figurine en verre, qu'il écrasa dans sa main, grimaçant à cause des bris qui lui coupaient la paume. Le crocodile s'effondra et du sang jaillit de ses yeux et de sa gueule.

– C'est ça, la différence entre toi et moi, Kelen, dit Dexan en chassant les éclats de verre de sa main. On est tous les deux des frondeurs de sort, on est tous les deux malins, mais je fais ça depuis bien plus longtemps que toi. Tu n'as pas imaginé que j'aie une parade au cas où je perde le contrôle de cette bête ?

Il leva ses deux mains et des vrilles d'éclair bleu apparurent autour de ses doigts.

– Il y a une autre différence entre toi et moi, Dexan, c'est que moi, j'ai...

Je ne pus terminer ma phrase car, à cet instant, Dexan tomba comme une pierre. Derrière lui, Furia, accompagnée de Seneira, repliait tranquillement son bâton en métal extensible.

– Oh, je suis désolée, gamin, je t'ai coupé la parole.

– Ouais, dis-je en m'agenouillant pour laisser Rakis monter sur mon bras puis s'installer sur mon épaule, j'allais dire que l'autre différence entre Dexan et moi, c'est que moi, j'ai des amis.

Furia fit l'un de ses fameux sourires.

– Des amis ? Dans ce cas, pourquoi tu as filé comme ça sans nous ?

– Parce que je savais que tu ne me laisserais pas faire comme je voulais.

– T'as raison, parce que je savais que tu te retrouverais dans une mauvaise posture comme celle-là.

J'acquiesçai.

– Et moi, je savais que tu me retrouverais à temps.

50

La destruction des vers

On trouva sans difficulté du fil en cuivre pour ligoter Dexan. Je m'assurai de lui bloquer les doigts, comme il l'avait fait avec moi, de façon qu'il ne puisse pas créer la moindre forme somatique.

– Même en fouillant cet endroit pendant un siècle, tu ne retrouveras jamais ces bracelets, gamin. Tu ferais bien d'être gentil avec moi, sinon les négociations vont durer très, très longtemps.

Sa confiance et son arrogance me donnaient envie de le frapper, mais j'avais beau essayer de murmurer à l'esprit qui occupait à présent mon œil droit, la *sasutzei* gardait le silence.

– Et tu veux quoi ? demandai-je à Dexan.

– Attends, dit Rakis en sautant sur mon épaule. Laisse-moi essayer un truc.

– Quoi ?

– Écoute-moi et fais exactement ce que je te dis.

Il m'expliqua son plan et, même si je ne voyais pas en quoi ça allait nous aider, comme je n'avais pas de meilleure idée, je suivis ses instructions. Je m'agenouillai, saisis Dexan par le col et lui fis ma plus belle version d'un sourire narquois.

– Dexan, tu es un crétin, tu le sais ? Tu pensais vraiment qu'on allait risquer nos vies ici sans connaître l'emplacement des bracelets ? On les a récupérés avant ton arrivée. Franchement, je suis surpris que tu aies caché quelque chose d'aussi précieux dans un endroit aussi évident.

Son regard se troubla, puis il éclata de rire.

– Je suis désolé de te le dire, gamin, mais en bluff, tu es nul.

– Il a raison, feula Rakis. T'es vraiment pas bon pour ça.

Il bondit de mon épaule et courut sur un tapis jusqu'au mur du fond.

– D'un autre côté, ton camarade est pas meilleur.

– Qu'est-ce qui se passe ? demanda Seneira.

– La magie du chacureuil, dit Rakis, qui me fit traduire la suite pendant qu'il filait sur une série d'étagères et s'attaquait à un mur en pierre. Quand Kelen a dit à Dexan qu'on avait trouvé les bracelets, le sac à peau a dirigé un instant ses yeux vers la cachette.

– Je le regardais, et je n'ai pas vu ses yeux bouger.

Moi non plus, à part peut-être une infime fraction de seconde, mais il fallait croire que, pour ça, Rakis était meilleur que nous.

– Là ! s'écria-t-il, tout excité.

Furia continua à ligoter Dexan. Seneira et moi, on rejoignit Rakis. Et là, dans le coin gauche, il y avait une pierre qui ne paraissait pas différente des autres mais, quand j'y posai la main, elle était aussi souple et douce que la soie. Je pus enfoncer ma main dans le tissu, et je sentis une boîte en bois de la taille d'un grimoire. Quand je ramenai la main, le tissu se remit en place comme si de rien n'était. La boîte contenait deux douzaines de bracelets en onyx, chacun avec une créature qui remuait à l'intérieur : l'autre partie des vers d'obsidienne liés à ceux qui encerclaient l'œil des cibles de Dexan. Chacun portait le nom de sa victime.

Je trouvai rapidement celui de Furia.

– Tiens, dis-je en le lui tendant alors que Seneira me prenait la boîte des mains pour y chercher le sien.

D'habitude, ce n'est pas simple de savoir ce que pense Furia. Peu importe qu'elle soit furieuse, heureuse, triste ou terrorisée, elle a toujours l'air confiante et calme. Mais là, je vis en elle de la rage pure. C'est à cet instant que je compris quelque chose d'essentiel au sujet de Furia Perfax : rien ne lui importait plus en ce monde, voire le suivant, que d'être libre. C'était ça, le Chemin de la Pâquerette Sauvage.

Elle prit le bracelet sans un mot et le jeta par terre. Puis elle l'écrasa avec le talon de sa botte, le réduisant en miettes tout en hurlant de douleur. Je vis le ver se tortiller sous sa peau, puis éclater en mille particules noires semblables à des grains de sable. Pour finir, Furia s'immobilisa et ce qui restait du ver coula de son œil comme du sang. Elle essuya le tout d'un geste furieux, bien décidée à ne pas en garder la moindre trace. Puis elle se tourna vers Dexan. Je crois que, malgré ses vœux d'Argosi, elle aurait pu le tuer si, à cet instant, Seneira n'avait pas poussé un cri.

– Je ne le trouve pas ! Où est mon bracelet ?

Elle fouillait en vain dans la boîte à la recherche de celui qui portait son nom.

– Désolé, petite, dit Dexan, qui avait presque l'air sincère. Ils l'ont récupéré il y a trois jours. Par faucon. Je devais attacher le bracelet à sa patte, et il s'est aussitôt envolé pour rejoindre son maître.

– Mais pourquoi ? Pourquoi moi ?

– Ma fille, ils t'aiment bien. La descendante d'un puissant diplomate qui deviendra elle-même un jour diplomate. Ils t'ont choisie, avec quelques autres pour… leur servir d'émissaires. J'imagine qu'ils te considèrent comme très utile.

Elle me regarda d'un air terrifié et désespéré en espérant que je lui dise qu'on pouvait arranger ça. Je revins vers l'endroit où Dexan était ligoté.

– Il doit y avoir un autre moyen. Tu t'es vanté d'avoir des rituels pour détruire les vers. *Des* rituels. Pas juste un.

– Tu m'as mal compris, gamin. Sans le bracelet, tu ne peux rien faire.

« Tu ne peux rien faire » ? Pourquoi le dire comme ça ? Pourquoi ne pas dire « je ne peux rien faire » ?

Rakis s'approcha et renifla Dexan, puis siffla :

– Il ment.

Il renifla de nouveau en grognant :

– Plus exactement, il nous cache un truc.

Je ne savais pas comment il parvenait à sentir ça, mais puisque c'était mon seul espoir, je m'agenouillai pour être tout près du visage de Dexan.

– Le chacureuil pense que tu nous caches quelque chose.

– Tu ne devrais pas compter sur un animal pour réfléchir à ta place.

Rakis grogna et fit gonfler ses poils.

– Kelen, laisse-moi seul cinq minutes avec lui.

Je fis à Dexan mon regard le plus menaçant, qui ne l'était sans doute guère.

– Peut-être que tu as raison. Peut-être que Rakis se contente de repérer la puanteur d'un type qui transforme les enfants en espions et en esclaves. Alors si finalement j'avais tort, je m'en excuse par avance. (Je regardai Rakis qui faisait, lui, son sourire diabolique de chacureuil.) Tu passes ton temps à parler de bouffer des yeux. Là, tu tiens ta chance.

Le chacureuil trottina tout autour de Dexan comme si c'était une simple souris, puis remonta le long de sa jambe en grognant. Le frondeur de sort voulut le repousser, mais Rakis planta ses griffes. Furia me regardait droit dans les yeux. Elle était en train de se rétablir et me signifiait qu'elle ne nous laisserait pas torturer Dexan. Heureusement, le chacureuil était très fort pour faire peur sans avoir besoin d'arracher un œil. Il avait à peine commencé à lui lécher les paupières que Dexan se mit à supplier :

– D'accord ! D'accord ! Je vais vous le dire. Mais enlevez-moi ce chacureuil !

– Rakis, laisse-lui sa chance.

Celui-ci leva la tête vers moi en demandant :

– Il n'a pas besoin de ses yeux pour parler, si ?

Dexan bafouilla :

– Il y a un autre moyen de se débarrasser du ver. Mais c'est dangereux. Je veux conclure un pacte d'abord.

– Quel pacte ? demanda Furia.

– Vous me libérez. Vous me laissez repartir avec trois bracelets en garantie. Le monde est dur, et il se pourrait que j'aie besoin de l'aide d'un puissant, un jour.

Furia posa une botte sur le torse de Dexan en déclarant :

– Mon gars, tu n'imposeras plus jamais ta volonté à un enfant. Tu guéris cette fille, et on te laisse vivre ta misérable petite vie aussi longtemps que cette terre supportera que tu poses tes pieds sur elle. C'est la meilleure offre que tu obtiendras.

L'ébauche d'un sourire faillit s'étaler sur le visage de Dexan, puis il vit la façon dont Furia le regardait. L'Argosi a un truc. Je ne sais pas ce que c'est, ce n'est pas de la magie, mais pas naturel non plus. Pourtant, je n'ai jamais vu quelqu'un capable de soutenir ce regard.

– D'accord, dit-il en se tournant vers moi. Mais, Kelen, garde cette cinglée et cette saloperie de chacureuil loin de moi.

Puis il s'adressa à Seneira :

– Ça va faire mal.

– Ça m'est égal, dit-elle en tremblant à la fois de colère et de peur. Je veux juste être débarrassée de ce machin.

– Tu sais contrecarrer la magie des tatouages Jan'Tep ? me demanda Dexan.

Cette question me surprit. Rien qu'à la pensée de ce que mes parents m'avaient fait, j'en étais encore malade. J'acquiesçai.

– Eh bien, ça ressemble à ça. C'est un boulot dangereux, il faut utiliser un sort de souffle pour canaliser les encres et empêcher le patient de succomber pendant la manœuvre. (Il désigna ses liens d'un signe de tête.) Alors tu ferais bien de me débarrasser de ça avant que j'aie des crampes aux mains.

J'étais sur le point de défaire ses liens quand Seneira s'écria :

– Non ! Vous dites qu'il faut un sort de souffle ? Dans ce cas, je veux que ce soit Kelen qui s'en charge.

Elle tendit la main jusqu'à la bande tatouée sur mon avant-bras.

– Tu possèdes la magie du souffle, n'est-ce pas ?

C'était même la seule magie que je possédais, mais là, c'était différent.

– Seneira, je n'ai jamais fait ce dont il parle. Travailler avec des encres à tatouage magiques, c'est dangereux. Je pourrais te rendre aveugle, voire pire !

– Je m'en moque. Je refuse que cet homme pose ses mains sur moi s'il y a la moindre possibilité de procéder autrement. Je te fais confiance pour ne pas me blesser.

Génial. Sauf que moi, je ne me faisais pas confiance.

51
La procédure

Seneira et moi, on était assis face à face dans la tanière sens dessus dessous de Dexan. J'avais installé une petite table entre nous et disposé les instruments nécessaires. Deux sortes d'encres métalliques bouillonnaient dans de petits récipients au-dessus de braseros qui produisaient des flammes rouges et bleutées.

– Tu es prête ? demandai-je.

Elle fit signe que oui et affirma :

– Je suis prête.

Seneira réussit à empêcher sa voix de trembler, alors que la peur dans ses yeux était évidente. Elle allait souffrir, et elle le savait.

J'avais fait répéter trois fois la procédure à Dexan en m'assurant qu'il ne change pas le moindre détail. Furia le surveillait tandis que Rakis, enroulé autour de son cou, lui murmurait un flot incessant de menaces à l'oreille. Même si Furia n'avait aucune idée de ce qu'il disait, elle faisait mine de traduire chaque parole. Et elle tombait souvent juste. Parfois, Rakis est très prévisible.

Je plongeai une aiguille dans le cuivre liquide. Dexan n'avait pas menti en disant que ça ressemblait à la procédure que mes parents m'avaient infligée pour contrecarrer ma magie, si bien que mes mains avaient constamment envie de se crisper de colère ou de trembler de frayeur. Le point critique, c'était le sort de souffle pour conduire les encres sous la peau autour de l'œil de Seneira. Dès que l'aiguille aurait percé la surface, je devais guider l'encre liquide jusqu'au ver pour le tuer sans brûler Seneira… ni la rendre aveugle. C'était ça ou la laisser sous le contrôle d'allez savoir qui avait élaboré ce projet macabre.

Comme j'approchais la première aiguille de son œil, Seneira s'écarta.

– Attends… Kelen, arrête.

Je crus qu'elle doutait tout à coup de la procédure, et qu'elle paniquait.

– Kelen, je les sens… Les mages qui détiennent l'autre partie du ver. Ils essaient de parler à travers moi.

– Tiens-les à distance, lui commandai-je. Il n'y en a pas pour longtemps. Je te le promets.

– Non, je veux les laisser faire. Peut-être qu'ils diront quelque chose qui nous aidera à les retrouver.

J'avais déjà vu ce que ça donnait quand ils s'immisçaient dans un cerveau. La douleur était presque insupportable.

– Ils ne vont pas se trahir, Seneira. C'est juste…

Elle agita la tête.

– Je m'en moque. Peut-être qu'on n'apprendra rien de plus. Mais je veux quand même les laisser faire.

– Pourquoi ?

Elle m'attrapa la main et m'obligea à poser l'aiguille sur le plateau.

– Parce que je veux que tu leur délivres un message par mon biais.

– Bonjour, Kelen.

C'était la voix de Seneira, mais la diction et la façon dont sa bouche s'agitait appartenaient à quelqu'un d'autre, voire à quelque chose d'autre.

Je ne répondis pas. Je la regardai fixement, j'observai chaque mouvement de ses lèvres, chaque haussement de sourcils ou sourire ébauché dans un coin de sa bouche.

– Allez, reprit la voix, ne boude pas. Tu dois avoir de nombreuses questions.

– Non.

– Vraiment ? Je suis surpris.

Je ris, surtout pour cacher mon malaise à voir Seneira utilisée de cette façon.

– Je sais que vous ne révélerez pas qui vous êtes, et je sais déjà ce que vous allez dire.

Seneira plissa les yeux jusqu'à ce qu'ils ne soient plus que deux fentes.

– Dis-moi.

– Vous voulez conclure un marché, dis-je en désignant l'endroit où Dexan était ligoté. Comme avec lui.

Un sourire passa sur les lèvres de Seneira.

– Oh, mieux que ça. C'est vrai, nous aurions permis à Dexan de pénétrer dans l'une de nos oasis pour renforcer son lien avec la source pure de la magie Jan'Tep, mais à toi, nous sommes prêts à donner bien davantage.

– Le pardon, dis-je, car je n'en doutais pas. La fin de l'avis de recherche sur ma tête.

– La chance de devenir adulte sans plus être traqué, et de

pouvoir rentrer chez toi. La liberté au lieu de la captivité. La sérénité au lieu de la peur.

Seneira se pencha légèrement vers moi.

– La vie à la place de la mort.

Je réfléchis aux mots qui venaient d'être prononcés, jusqu'à finalement dire :

– Merci.

La tête de Seneira s'inclina.

– Attends, pas si vite. D'abord, voici ce que tu dois faire pour nous. Tu dois cesser de te mêler de nos affaires. Tu dois quitter cet endroit sans rien révéler des fils que ce sale petit esprit des marais t'a montrés, et tu dois tuer le frondeur de sort Dexan pour qu'il taise ce qu'il sait.

Cette dernière proposition était tentante, mais...

– Je ne crois pas, non.

La colère envahit les traits de Seneira.

– N'essaie pas de négocier avec nous, gamin. Tu as...

– Vous ne m'avez pas compris. Je ne vous remerciais pas pour votre proposition. Je vous remerciais pour l'indice que vous m'avez donné sur votre identité.

– Quoi ?

Je secouai la tête.

– Je savais déjà que seuls des mages de très haut rang sont capables de jeter les sorts nécessaires pour ce que vous avez fait là, et qu'il fallait un mage doté d'un pouvoir immense pour réunir autant de chasseurs de primes afin de retrouver Dexan. Seuls les mages seigneurs ont ce genre de pouvoir et d'autorité. Ensuite, vous m'avez donné l'élément qui me manquait en disant que je pourrais rentrer chez moi.

– Tu ne nous crois pas ?

– Au contraire, c'est très logique. Aucun mage d'un clan Jan'Tep ne pourrait faire cette offre à la place d'un autre clan, ce qui explique pourquoi votre accent ressemble tant au mien.

Je me penchai vers le visage de Seneira, mais je ne regardai que les yeux de mes ennemis.

– Vous êtes les mages seigneurs de mon propre clan.

J'imaginai leur tête. Ra'meth, s'il était encore vivant, Te'oreth, An'atria, Ven'asp. J'espérais qu'Osia'phest ne fasse pas partie de cette conspiration. J'avais toujours bien aimé ce vieux bonhomme. Je pris la boîte qui contenait les bracelets en onyx restants, puis j'attrapai un petit marteau que je trouvai dans les affaires de Dexan et brisai les bracelets.

Les mâchoires de Seneira se crispèrent, ses yeux s'écarquillèrent de rage. Ses mains voulurent saisir mon cou, mais elle était encore présente malgré tout, et sa volonté demeurait trop forte pour qu'ils parviennent à la contraindre.

– On va tuer cette fille sous tes yeux, annonça la voix, dont le timbre se modifia pour devenir plus grave, les mots résonnant dans la gorge de Seneira. On va envoyer de la magie de la braise à travers elle pour te tuer, ainsi que tous ceux qui sont autour de toi.

Un rougeoiement aux traces bleutées apparut dans l'œil de Seneira, comme un éclair qui va se transformer en boule de feu. Je craignis d'être allé trop loin, puis la magie disparut et Seneira, le front couvert de sueur, dit :

– Il. N'en. Est. Pas. Question.

Elle avait résisté au pouvoir des mages par sa seule volonté. Elle leur avait refusé tout accès pour qu'ils puissent se servir d'elle comme ancre qui relaierait leur sort. Je savais qu'elle ne pourrait pas tenir indéfiniment, alors je dis :

– Tenez-vous à l'écart des Sept Sables, mages seigneurs. Cela peut se révéler pour vous un endroit bien plus dangereux que vous le croyez.

Le rougeoiement disparut et, un instant, je crus qu'ils étaient partis. Puis la voix reprit :

– Il y a un enfer réservé à ceux qui trahissent leur peuple, Kelen de la maisonnée de Ke. Tu déshonores tous ceux qui t'ont aimé.

Je réfléchis à cette dernière menace. Quelque chose me dérangeait, un peu comme des mots que je ne parvenais pas à distinguer sur une page, ou une démangeaison que je ne parvenais pas à gratter.

– Je n'ai jamais voulu faire de mal à mon peuple, dis-je en regardant le noir qui tourbillonnait dans l'œil de Seneira et qui transportait mes paroles jusqu'à mon ennemi. Mais un jour, je découvrirai qui vous êtes, et je vous tuerai.

La bouche de Seneira voulut parler, puis ses poings se serrèrent.

– Non, on ne veut plus rien entendre de votre part.

Elle cligna des yeux et me regarda. Son œil droit ne contenait plus de traces noires. Elle avait retrouvé son regard vert, mais il était plein de larmes.

– Vas-y maintenant, Kelen. Brûle cette horreur en moi.

Je plongeai l'aiguille dans le cuivre liquide et, pendant l'heure qui suivit, je fis le nécessaire. La tâche était difficile et dangereuse, et les cris de Seneira alors que le ver se tortillait et se consumait sous sa peau m'étaient presque insupportables. Je luttai pour maintenir mon sort, et je ne faillis pas une seule fois. Le courage de Seneira me permit de garder les mains stables ainsi que toute ma concentration.

Quand ce fut fini, les minuscules cendres du ver partirent avec ses larmes. Elle les essuya avec soin sur sa manche. Un instant, elle resta silencieuse, puis elle dit, tout simplement :

– Merci, Kelen.

J'aurais dû me sentir soulagé qu'elle soit saine et sauve, tant les choses auraient pu mal se passer. Et pourtant, j'étais fou de rage. Mon peuple, mon propre peuple, était responsable de tout ça et continuerait à faire subir ce genre de souffrance à ceux dont ils possédaient le bracelet. Tout ça pour infecter des innocents avec une nouvelle forme de l'ombre au noir, l'héritage le plus sombre de mon peuple. Les traces autour de mon œil gauche se mirent au diapason de ma colère. Ma paupière gauche ne cessait de cligner malgré moi et, chaque fois, j'avais une vision. De feu. De destruction. Des idées de meurtre aussi, envers mes ennemis. Les brûler vifs. Tuer. Tuer. Tuer.

– Tout va bien, me dit Seneira d'une voix plus proche que je ne l'aurais pensé.

Elle était debout juste à côté de moi, la tête sur mon épaule, et me serrait fort comme si elle craignait que je sois balayé par une tempête.

– Tout va bien.

Aussi doucement que je pus, je me détachai d'elle, car la noirceur continuait à brûler dans mon œil, et je lui dis :

– Ne reste pas près de moi.

Elle demeura imperturbable.

– Et pourquoi ?

– Parce que j'ai l'ombre au noir. La vraie, pas celle qu'on t'a inoculée. Il y a… Il y a quelque chose de terrible en moi, qui est toujours prêt à surgir. J'ignore combien de temps je pourrai le repousser. Je ne suis pas qui tu crois.

Seneira tendit la main vers mon visage. Je sursautai, mais elle passa malgré tout le doigt autour des marques noires qui encerclaient mon œil.

– Peut-être que toi non plus, tu n'es pas qui tu crois être, Kelen. Mais il y a une chose dont je suis sûre.

Elle retira sa main.

– Laquelle?

Elle déposa un baiser sur ma joue.

– Tu es quelqu'un de bien mieux que tu ne le crois.

Je ne sus pas quoi répondre à ça, et je ne le sais toujours pas.

Seneira me serra contre elle, puis ajouta :

– Allez, viens. Mon père va se rendre compte de notre absence, et il va s'inquiéter.

– Je ne peux pas rentrer maintenant, répondis-je, tout à coup épuisé, comme après chaque crise. Je dois continuer à chercher au cas où Dexan ait caché d'autres bracelets en onyx.

– D'accord, dit-elle, mais ensuite, tu dois revenir chez moi. Ne prive pas mon père du bonheur de te remercier.

Ne sachant pas quoi faire d'autre, je hochai la tête.

Furia, Rakis et moi, on passa plusieurs heures à inspecter les possessions de Dexan, à son grand désarroi. Furia trouva son journal, qui comportait le nom de ses victimes, ainsi qu'une note sur une demi-douzaine d'entre eux signifiant sans doute que leurs bracelets étaient maintenant en possession de ses clients.

– Ils vont te retrouver, tu sais, me dit-il comme on se préparait à partir. Tu ne sais pas comment c'est, dehors.

– Quand je pense que tu vantais la vie de frondeur de sort…, lui lança Furia avec un petit rire.

Dexan cracha :

– C'est pas une vie. Ça consiste juste à fuir de ville en ville en espérant qu'un chasseur de primes ne va pas te tuer dans ton sommeil. Ça revient à gratter le sol à la recherche de tout ce que tu peux trouver pour avoir l'avantage lors du prochain combat. Personne ne te fait confiance, et tu ne peux faire confiance à personne. Crois-moi, gamin, tu vas regretter de ne pas avoir accepté leur proposition. Ces mages, qui qu'ils soient, te tueront. Si ce n'est pas moi qui m'en charge.

Je m'approchai de lui et pris son chapeau de la Frontière orné de glyphes en cuivre et en argent.

– Qu'est-ce que tu vas faire avec ça ? demanda-t-il.

Je le posai sur ma tête. Il tomba un peu bas sur mon front, car il était trop grand pour moi. J'avais sans doute l'air ridicule, mais je m'en moquais.

– Ça s'appelle la voie de l'eau, Dexan. Tu as essayé de me tuer, alors je te prends ton chapeau.

52

L'offre

On finit par retourner chez Seneira et, après moult explications et un dîner qui se termina dans une série de rots de satisfaction par Rakis, qu'il me demanda de transmettre au chef sans attendre, un silence lourd s'empara de la maison. Seneira et son père s'étaient montrés très accueillants et courageux mais, dès qu'ils échangeaient un regard, on sentait l'immense chagrin causé par la disparition de Tyne.

– Bon, finit par dire Furia, il se fait tard et le gamin a besoin d'une bonne nuit de sommeil, alors on...

Mais Beren l'interrompit et posa les mains sur la table en déclarant :

– Je souhaiterais échanger quelques mots avec Kelen dans mon étude.

Je ne voyais pas comment refuser. Seneira m'avait dit que *personne* n'entrait jamais dans l'étude de son père. Cette conversation en privé était donc un honneur. Ou bien un prix de consolation...

– Y a de beaux objets là-dedans, feula tout bas Rakis comme ses yeux examinaient les sculptures et les bibelots sur les étagères en chêne sombre. De *très* beaux objets.

Je lui avais demandé de rester dehors, mais ce n'était pas un animal très obéissant.

– Arrête de radoter, lui dis-je en lui donnant un petit coup de pied au derrière.

Beren s'installa dans l'un des gros fauteuils et me fit signe de l'imiter.

– Kelen des Jan'Tep, tu es un jeune homme remarquable.

– Kelen Argos, le corrigeai-je, même si ça ne me paraissait pas un nom approprié non plus.

Malgré tout, je ne voulais pas qu'il me confonde avec ces mages dont les cruelles machinations avaient failli détruire les Sept Sables.

Beren hocha la tête.

– Bien sûr, bien sûr, se reprit-il en tendant la main vers une carafe en cristal.

Il versa un peu de son contenu ambré dans deux verres et m'en tendit un.

– De la *pazione*, dit-il d'un ton qui inspirait aussitôt le respect.

Je pris une gorgée. Il faut savoir que mon expérience en matière d'alcool consistait jusque-là à m'être saoulé une seule fois juste avant de rencontrer les mages seigneurs de mon clan pour mes épreuves. Malgré tout, ce breuvage était la meilleure chose que j'avais jamais goûtée. Il avait des arômes de pêche et d'une épice qui vous brûlaient le palais, puis le rafraîchissaient, puis vous consumaient la langue avant de déposer une douce chaleur dans votre gorge.

Rakis, perché sur le dossier de mon fauteuil, renifla et me demanda :

– Fais-moi goûter.

À l'idée de laisser un chacureuil boire dans mon verre, je me sentis vraiment comme un vagabond, mais ce petit salaud avait failli se faire dévorer quelques heures plus tôt par un crocodile. Alors, à regret, et malgré le côté peu hygiénique de la chose, je lui tendis mon verre. Il y plongea la patte et la lécha en disant :

– Oh, que c'est bon.

Sa fourrure frémit et prit une couleur ambrée presque identique au contenu du verre. Il plongea à trois reprises la patte dans la *pazione* avant que je la lui retire. Quand il est ivre, il peut vraiment devenir désagréable.

Je pris une autre gorgée du breuvage où le chacureuil venait pourtant de tremper la patte. Qui fut encore meilleure que la première.

Beren dut voir mon émerveillement.

– Il s'agit de ma réserve personnelle, expliqua-t-il en prenant lui-même une longue gorgée avant de poser son verre sur l'accoudoir. C'est la chose la plus onéreuse que je possède, à part l'Académie, bien sûr.

– Et que va devenir l'Académie ? demandai-je.

Il eut un soupir las.

– Je l'ignore, Kelen. Tu n'imagines pas les sommes nécessaires à son fonctionnement. Pour faire venir les meilleurs professeurs dans les terres de la Frontière, pour payer les émissaires qui tentent de convaincre les influentes familles daroman, berabesq ou de Gitabrie, voire quelques Jan'Tep… C'est un puits sans fond. (Il s'adossa à son fauteuil, l'air épuisé.)

Et surtout, ça exige une énergie constante pour persuader mon propre peuple qu'elle ne menace en rien leur mode de vie. Tout en assurant la protection de tous. Mais à ce sujet, je pourrais avoir besoin de ton aide.

– Moi ?

– Ne prends pas cet air surpris. Tu es un garçon intelligent et plein de ressources. Tu es bien plus solide que tu n'en as l'air, ou que tu sembles le croire. Je serais plus tranquille si je pouvais rouvrir l'Académie en sachant que tu es là, Kelen.

Sans savoir pourquoi, je ne parvenais pas à mettre du sens sur ses mots. Je n'étais pas ivre, j'étais presque sûr que la *pazione* n'était pas empoisonnée, mais sa proposition devait être trop grande pour ma tête.

– Tu deviendrais étudiant, Kelen, expliqua-t-il, car il avait sans aucun doute remarqué mon expression confuse. Scolarité gratuite. Tous frais payés. Tu pourrais étudier la stratégie militaire, la conception de nouvelles armes, ou la philosophie, si tu préfères. Je te récompenserais largement pour ton aide.

Je m'imaginai tout à coup parcourir les couloirs en marbre de l'Académie et pénétrer d'un pas vif dans une salle de classe pour m'asseoir tranquillement parmi les jeunes gens les plus brillants en provenance de tout le continent. Des professeurs émérites nous transmettraient leur sagesse et l'étendue de leur savoir, puis se mettraient peu à peu en retrait avec un air amusé pour nous laisser, nous autres dirigeants du futur, débattre et nous affronter sur des questions existentielles. Les mécanismes complexes, c'était tentant, mais c'était surtout la philosophie qui me fascinait. Mon peuple respectait les philosophes étrangers alors même qu'ils n'avaient pas de magie. L'art du jeté de sorts s'était d'ailleurs un jour appelé « philosophie naturelle ».

Mais dans les terres de la Frontière, on comprend vite qu'il n'y a jamais rien de gratuit.

– Vous avez évoqué des problèmes de sécurité. Cela signifie que je serais aussi une sorte de gardien ?

– Rien d'aussi formel. En fait, rien que ta présence me ferait me sentir plus en sécurité.

Il eut un petit sourire contrit à l'intention de Rakis.

– Toi et ton admirable chacureuil, à partir du moment où il reste sobre.

Je découvris en tournant la tête que Rakis avait de nouveau plongé la patte dans mon verre.

– Tu le buvais pas, marmonna-t-il, le regard un peu vitreux.

Beren toussa poliment pour attirer de nouveau mon attention.

– Ce que je te demande, Kelen, c'est de pouvoir m'adresser à toi quand j'ai l'impression qu'il se produit un événement surnaturel, te soumettre des problèmes que ton esprit vif sera plus à même de résoudre que moi.

– Et Furia ? demandai-je.

Beren prit un air compatissant.

– Les Argosi sont des voyageurs, Kelen. Ils ne restent jamais longtemps au même endroit. Je pense que tu le sais, et je pense aussi que tu as compris que ce n'est pas une vie de te lancer sur la première route qui se présente à toi.

Je pris une nouvelle gorgée de *pazione* ambrée. À nouveau, je fus submergé par la cascade de sensations. J'imaginai un avenir bien différent de celui qui consistait à passer chaque nuit sur un sol dur et froid dans la crainte d'une prochaine attaque de chasseurs de primes.

La proposition de Beren était plus tentante qu'il ne pouvait l'imaginer. Avoir un toit, ne pas avoir peur de ce qui peut surgir au prochain coin de rue. Je faisais un très mauvais hors-la-loi : j'aimais le confort, la sécurité et l'étude.

– Mais j'ai besoin que tu fasses autre chose pour moi, Kelen, dit Beren, qui sentit que j'étais prêt à accepter son offre.

– Quoi ?

– Seneira.

Je fus pris au dépourvu.

– Je ne comprends pas.

– Je crois que si, Kelen.

Il s'arc-bouta, comme s'il se préparait à un combat.

– Elle… Seneira est quelqu'un de loyal. Une fois qu'elle a donné son cœur…

Il ne cessait de s'interrompre lui-même, ce qui était bizarre, parce que je suis sûr qu'il avait longuement préparé son discours.

– Elle aimait Revian, ce que tu sais, depuis leur enfance. Le mariage était prévu l'année prochaine, et même quand il s'est révélé que… certes, Revian l'aimait lui aussi, mais qu'il n'était pas…

– Il essaie de te dire que le gamin aimait les garçons, me glissa Rakis en plongeant à nouveau la patte dans mon verre.

– J'avais compris.

Beren dut croire que je lui répondais.

– Revian était un jeune homme exceptionnel. J'aurais été fier de l'avoir comme fils, ou plus exactement comme beau-fils. Mais ça n'aurait jamais été un vrai mariage. La mère de Seneira et moi, avant son décès… Connaître le grand amour, mon garçon, ça change la vie. Et l'idée que sa progéniture ne puisse jamais vivre ça est insupportable. (Je ne voyais pas où il voulait en venir, mais il continua.) Pour ma fille, une parole, c'est une parole. Quoi qu'il arrive, jamais elle n'acceptera de revenir dessus. (Il surprit mon regard perplexe.) Elle te serait fidèle de la même manière, quand bien même elle n'a pas l'ombre au noir, contrairement à toi, quand bien même ça implique de renoncer à son avenir. (Il se pencha dans son fauteuil et me regarda droit dans les yeux.) Ici, à l'Académie, tu serais à l'abri, Kelen. On te protégera comme tu nous protégeras. C'est une belle vie que je te propose là, mon garçon. En revanche, il faut laisser Seneira trouver sa propre destinée.

Rakis lâcha un grognement. Un bref instant, je me demandai pourquoi, puis je compris qu'il ne faisait qu'exprimer mes propres émotions. J'avais envie de jeter mon verre à la figure de Beren, de lui hurler ce qu'il pouvait faire de sa proposition. Je l'aurais peut-être même fait, sauf qu'il n'y avait pas la moindre trace de méchanceté dans ses yeux, pas une once de jugement.

Il se leva. Je l'imitai.

– Réfléchis ce soir. Les habitants veulent organiser un défilé demain matin pour te témoigner leur gratitude. (Il me serra la main.) Quoi que tu décides, Kelen, cela aura été l'un des grands honneurs de ma vie que de te rencontrer.

Je fis alors un geste stupide, quelque chose de tellement embarrassant que ça devait venir d'un désespoir profond dont je n'étais même pas conscient : je le pris dans mes bras.

Beren me serra contre lui comme si c'était parfaitement

normal, comme si nous nous connaissions depuis toujours. Je me sentis encore plus mal. Il n'avait rien d'un patriarche qui abuse de son pouvoir. C'était juste un père ayant perdu son fils quelques jours plus tôt et qui ne voulait pas contraindre sa fille, seulement s'assurer qu'elle trouve sa propre voie vers le bonheur.

J'aurais tant aimé avoir un père comme lui.

53
Le chemin

J'avais prévu de ne prendre ma décision que le lendemain matin, après la fête, ou plutôt le défilé, que les notables de la ville organisaient en notre honneur. Les Jan'Tep ne pratiquent pas les défilés mais, selon Furia, ce genre de grandes cérémonies permet aux gens de se rassurer. Rakis, lui, ne rêvait que de faire les poches des riches. Et moi ? Je voulais juste une nuit voluptueuse dans un vrai lit, avec des draps en soie et de véritables oreillers.

Le confort. Ce n'est peut-être pas le cas de tout le monde, mais moi, j'aime ça.

Je venais de plonger dans un sommeil réconfortant quand je sentis une main sur mon bras. Pendant une brève seconde, je crus que c'était Seneira et me demandai ce qu'il convenait de faire, puis j'entendis, avec ce pénible accent de la Frontière :

– Debout, gamin. C'est le moment que je me désemberlificote d'ici. La route m'appelle.

– Désemberlificoter ne se dit pas, Furia, protestai-je en repoussant sa main et en me retournant dans le lit. Personne ne se lève en pleine nuit, et la route n'appelle pas. Elle dort, comme tout le monde.

Tout en cherchant à nouveau le sommeil, j'attendis sa réponse sarcastique. Comme rien ne venait, je me frottai les yeux. Quand je les ouvris, elle n'était plus là.

– Qu'est-ce qui… ? marmonna Rakis, étendu près de moi, en train d'agiter les pattes comme s'il chassait des faucons en dormant.

Je ne répondis pas et pris tout à coup conscience qu'au cours des dernières semaines, je n'avais pas été tendre envers Furia. Je lui avais donné bien des raisons de se séparer de moi. Alors, puisque la question de la peste de l'ombre au noir était à présent réglée, elle était peut-être prête à me laisser, et c'était sa façon de me dire au revoir. Elle n'avait pas dit que c'était à *nous* de nous désemberlificoter. Elle n'avait parlé que d'elle.

Je bondis en bousculant Rakis, ce qui me valut un feulement de rage et un chacureuil prêt à attaquer, toutes griffes dehors, les yeux encore endormis mais déjà grands ouverts.

– Qui va là ? Qui ose interrompre le sommeil sacré du chacureuil ? Montre-toi, espèce de bout de viande avariée !

– Du calme, dis-je en m'empressant d'enfiler une chemise et un pantalon. Et prends tes affaires.

Les affaires de Rakis étaient contenues dans sa bourse d'objets volés, bien plus grosse qu'à notre arrivée.

– On part ? dit-il en me regardant d'un air désolé depuis le lit. Ou c'est juste qu'on va dire au revoir à Furia ?

Puis il m'observa, et je vis dans ses yeux qu'il avait compris.

– Je…

J'enfouis mes quelques possessions dans mon sac, que je mis sur mon épaule avant d'enfiler mes bottes et de planter le chapeau de Dexan sur ma tête.

– Je sais pas, mais viens.

Il saisit sa bourse en velours entre ses dents et bondit sur mon épaule.

Je dévalai l'escalier le plus discrètement possible en m'efforçant de ne réveiller personne. Devant la chambre de Seneira, je m'arrêtai un instant en me demandant s'il était opportun de lui glisser quelques mots.

– Ça va faire louche, me prévint Rakis.

Il avait raison.

Derrière la maison, je trouvai Furia bras croisés, adossée à son cheval, en train de souffler la fumée de son roseau de feu au bout incandescent vers le ciel étoilé.

– Tu allais vraiment partir sans moi ? demandai-je.

Elle ne répondit pas mais désigna l'écurie, où attendait un deuxième cheval sellé.

Rakis bondit sur le dos du cheval et se plaça à son endroit préféré, juste devant la selle, prévenant aussitôt l'animal qu'il n'avait pas intérêt à trop le secouer.

J'hésitai en observant la grande maison blanche de Seneira, en me souvenant de la promesse d'un autre bon repas et de compliments le lendemain. Plus importante encore, l'offre de Beren d'étudier et de me voir attribuer une mission qui me ferait passer plus ou moins pour un noble : Kelen, le protecteur de l'Académie. Bon, d'accord, il faudrait que je me trouve un meilleur nom.

En regard, qu'est-ce que Furia avait à m'offrir ? Des routes interminables et son mysticisme tordu de la Frontière. Une vie à la dure, un avenir incertain. Ne pas savoir ce que je deviendrais. Le choix aurait dû être simple, et pourtant. Peut-être parce que Furia m'avait si souvent sauvé la vie, ou peut-être parce que ses stupides leçons de danse, de musique ou sur le sourire étaient en train de faire leur effet. Surtout parce que je refusais de lui dire au revoir car, si cinglée soit-elle, Furia Perfax était la personne la plus étrange et la plus audacieuse que je connaissais et que, si je restais là, j'étais sûr de ne jamais rencontrer de nouveau quelqu'un comme elle.

Au vu de mon incertitude, Furia laissa tomber son roseau de feu et l'écrasa avec le talon de sa botte, puis se mit à cheval. Je m'approchai de ma monture.

– Alors ? dis-je à Rakis. T'es d'accord pour qu'on la suive, histoire de continuer à faire un peu de grabuge ?

– M'en fous, fit-il en se cachant la tête sous l'une de ses palmures duveteuses. Moi, je dors.

Furia se mettait déjà en mouvement, alors je glissai mon pied dans l'étrier et je me hissai en selle.

Une fois que je l'eus rattrapée, je demandai :

– Pourquoi on part en pleine nuit ? Ces gens ont organisé un défilé en notre honneur.

Elle ne quitta pas la route des yeux.

– Ouais. Et alors ? Qu'est-ce que ça peut te faire ?

– Je sais pas, grognai-je. Personne a encore jamais donné un défilé en mon honneur. J'imagine qu'il y aurait eu plein de monde pour nous applaudir et nous dire qu'on est formidables. Le père de Seneira m'a raconté qu'ils offrent même une statuette aux gens qui ont œuvré pour l'Académie.

Un soupçon de sourire passa sur ses lèvres.

– Dit comme ça… ça a l'air encore plus ennuyeux qu'en réalité.

– Et Seneira ? On lui a même pas dit au revoir !

Cela me paraissait un bon argument, de ne pas partir sans faire état de ses sentiments à l'égard de quelqu'un. Mais Furia se contenta de lancer :

– Quels sont les derniers mots qu'elle t'a dits ?

Je réfléchis quelques instants.

– Je crois que c'était : « Tu es quelqu'un de bien mieux que tu ne le crois. »

– Eh bien, gamin, si ça n'est pas de belles paroles d'adieu, ça…

La vérité fondit sur moi comme une nuit froide et solitaire. Seneira avait sa vie à vivre. Une existence remplie de gens élégants et importants, de missions diplomatiques et d'accords commerciaux. Elle rencontrerait un jour un garçon qui ne serait pas un paria Jan'Tep avec une prime sur la tête et une malédiction autour de l'œil gauche. Quelqu'un avec qui elle pourrait passer sa vie. Et ça ne serait pas moi.

Seneira, elle, m'avait dit au revoir.

– Et puis, dit Furia, tu as vraiment envie de te trimballer une statuette qui pèse trois tonnes jusqu'en Gitabrie ?

– En Gitabrie ?

Rien que de prononcer ce nom me mettait mal à l'aise, car cette contrée était réputée dangereuse.

– C'est là qu'on va ?

– C'est là que *je vais*, gamin. D'après le journal de Dexan, la plupart des étudiants de l'Académie repartis chez eux avec cette saloperie de ver dans l'œil sont originaires de là-bas. Ils ont besoin qu'on les retrouve avant que les types qui détiennent l'autre moitié du ver se servent d'eux pour leurs petites manigances. Il vaudrait mieux mettre un terme à ces âneries avant que ça devienne embêtant. (Elle tourna enfin la tête vers moi.) Ça te dit de connaître un nouvel enfer avec moi ?

« Petites manigances », « âneries », « embêtant ». On aurait dit que Furia parlait d'enfantillages, et non d'une alliance entre mages seigneurs pour fomenter un complot capable de mettre le continent à feu et à sang.

Furia continuait à me dévisager alors que nos chevaux avançaient d'un pas tranquille sur le chemin de sable. Elle attendait ma réponse.

– Alors, gamin ? Tu as décidé ce que tu voulais faire quand tu seras grand ?

Derrière ces paroles désinvoltes, il y avait la question qui me dévorait depuis que j'avais fui les territoires Jan'Tep. Tout ce à quoi j'aspirais, c'était échapper au peuple qui voulait ma mort et trouver un endroit sûr, ou même une voie, où je n'aurais plus rien à craindre. Plus que tout, j'avais envie qu'on me dise qui j'étais et ce que j'allais devenir. Je baissai la tête et, à ma grande surprise, je découvris que Rakis attendait lui aussi ma réponse.

– Depuis que je suis petit, j'ai toujours imaginé être un mage Jan'Tep comme mes parents, déclarai-je. Passer ma vie à apprendre et à inventer de nouveaux sorts au sein de mon peuple, peut-être même devenir un jour mage seigneur. Mais je ne connaîtrai jamais cette vie, n'est-ce pas ?

– En effet, dit Furia.

– Et je ne serai jamais non plus un vrai Argosi comme toi, non ?

– Ça, ça dépend de toi…

Elle réfléchit un moment, puis dit :

– Mais je ne crois pas.

– Dexan est le seul autre frondeur de sort que j'ai rencontré, or, il s'est révélé être un voleur et un menteur.

– Hé, grogna Rakis, on n'insulte pas les menteurs et les voleurs.

Mon cheval secoua la tête, ce qui manqua de faire tomber

le chacureuil, qui proféra aussitôt des menaces au creux de son oreille. Notre monture se cabra, si bien que je dus m'accrocher à la selle et que Rakis roula par terre. Puis le cheval retomba sur ses quatre fers et attendit qu'il saute de nouveau sur son dos. Ils étaient en train d'apprendre à se connaître, tous les deux.

Je me rendis compte que je regardais fixement le sable, dont le quartz était si pur qu'il reflétait le ciel nocturne à la manière d'une carte géante des étoiles. Chaque astre représentait un guide vers une destination, mais aucun n'exigeait que je le suive au détriment des autres.

– J'imagine que je serai toujours un peu Jan'Tep, dis-je pour finir, même s'ils ne veulent pas de moi.

À ces mots, je sentis un étau se desserrer enfin dans ma poitrine. Je repris :

– J'imagine que je vais aussi devoir devenir un peu argosi. Sinon, comment je pourrais continuer à suivre mes cours de danse ?

Furia sourit et rapprocha son cheval du mien.

– Je peux aussi faire de toi un musicien correct.

Elle défit sa petite guitare de son dos et me la tendit.

– Allez, gamin, joue-nous quelque chose.

Je regardai l'objet.

– Et comment ? Tu ne m'as jamais appris à jouer.

– Parce que j'espérais que tu trouverais tout seul.

Je lâchai les rênes et grattai les cordes comme j'avais déjà vu Furia le faire à de nombreuses reprises. Le résultat fut affreux, mais je m'obstinai.

– Je crois que je devrai malgré tout être aussi un peu un frondeur de sort, dans la mesure où certains persistent à vouloir me tuer.

Elle acquiesça.

– C'est pas faux.

Je m'apprêtais à jouer un air quand je sentis qu'on me tapotait le genou. L'expression de Rakis me fit comprendre que j'étais en grand danger.

– Ouais, bon, d'accord. Et je vais sans doute avoir besoin de devenir un peu chacureuil, aussi.

– Ça, c'est sûr, dit-il en se roulant en boule. Si je vous laisse faire, tous les deux, on va passer notre temps à risquer notre vie pour rien.

– Qu'est-ce qu'il a dit ? demanda Furia.

Quand je traduisis, elle répondit :

– Pas pour rien. Kelen a récupéré un beau chapeau.

Rakis ouvrit un œil et me lança un regard furieux, mais concéda :

– C'est vrai, il est cool, ce chapeau.

On progressa lentement mais régulièrement toute la nuit avec les étoiles au-dessus de nos têtes et le sable scintillant à nos pieds. Je cassai plusieurs cordes de la guitare en essayant de jouer. On inventa des paroles ridicules sur nos aventures, on s'applaudit les uns les autres et, quand Furia chanta une complainte sur Revian, ce garçon que j'avais à peine connu mais dont la mort me transperçait l'âme, je pleurai comme un individu normal. Mais on rit de nos exploits, aussi, parce que tous les trois, on faisait quand même une drôle d'équipe. La plus incroyable que les Sept Sables avaient jamais connue. Et, au cours de cette longue nuit de chants, de rires et de larmes, je trouvai comment j'allais m'appeler.

– Mon nom est Kelen Argos. Je suis le Chemin d'Étoiles sans Fin.

TABLE DES MATIÈRES

REMERCIEMENTS

Pour un auteur, écrire le deuxième tome d'une série revient à s'engager sur une route dangereuse, car semée d'embûches et de pièges. Mais j'ai eu la chance que quelques voyageurs argosi me guident sur cette voie.

La voie de l'orage

La question que l'on pose toujours aux écrivains, c'est d'où ils tiennent leurs idées. Pour la plupart, nous répondons par : « Hum... allez savoir... un peu partout... en vérité... Ce que je veux dire, c'est... Question suivante, s'il vous plaît ! » Mais une fois qu'on a les idées, encore faut-il savoir les exprimer. Alors pour ça, je les teste auprès des experts suivants :

– Ma chère et si perspicace épouse, Christina de Castell ;

– Mon camarade de jeu, un expert en narration, Eric Torin ;

– Mon amie et fidèle compagne de voyage sur la route périlleuse de l'écriture de romans, Kim Tough.

La voie de l'eau

Une fois les idées trouvées et le premier jet rédigé, quelle est l'étape suivante ? Il n'existe pas de boussole pour écrivains, il faut donc demander son chemin en cours de route. Je suis reconnaissant à ces gens avisés pour leurs sages indications :

– Mon éditrice, Felicity Johnson, qui ne me dit jamais ce que je dois faire, alors qu'au final, je suis sûr qu'elle obtient exactement ce qu'elle voulait... ;

– Ma directrice éditoriale, Jane Harris, qui non seulement a trouvé le titre du troisième épisode, mais m'a convaincu d'adoucir un peu la vie de ce pauvre Kelen avec une amourette ;

– Le si astucieux et spécialiste en action Jim Hull, de *narrativefirst.com* ;

– La toujours enthousiaste (et parfois assassine) incarnation humaine d'un chacureuil, Nazia Khatun ;

– La judicieuse et si raisonnable Simone Hay. Je m'engage à pimenter le tome suivant avec davantage de bagarres !

La voie de la pierre

C'est une étrange magie que de voir toutes les parties d'un manuscrit s'assembler pour aboutir à quelque chose de concret. Ce qui n'est possible qu'une fois qu'il se trouve entre les mains des bonnes personnes. Ma gratitude à :

– Talya Baker, qui me permet de transformer une prose brouillonne en phrases cohérentes ;

– Melissa Hyde, qui a repéré tant de coquilles et d'incohérences.

La voie du vent

Une triste vérité sur l'édition, c'est que bien des livres ne sont jamais lus, tout simplement parce que leurs potentiels lecteurs n'ont jamais connaissance de leur existence. J'ai la chance d'avoir à mes côtés des mages qui ont tout fait pour attirer l'attention sur *L'Anti-Magicien* :

– Ma merveilleuse agente, Heather Adams (et son presque aussi merveilleux mari, Mike Bryan) ;

– Le courageux et intrépide Mark Smith, qui m'est toujours redevable d'un jet privé ;

– Annabel Robinson, Sophie Goodfellow et l'équipe de l'agence de communication FMcM, qui ont su mettre le feu aux poudres de *L'Anti-Magicien* ;

– La formidable équipe de représentants de chez Bonnier Zaffre, jamais las de répéter : « C'est un western avec de la magie et sans cowboys. Avec un chacureuil qui parle. Qu'est-ce que c'est qu'un chacureuil ? Eh bien… » ;

– Et si vous avez lu ce roman dans une autre langue que l'anglais, sachez aussi qu'un brillant traducteur a dû faire de ma prose sans queue ni tête un texte agréable et intelligent dans votre langue ;

– Rien de tout ça ne serait arrivé sans Ruth Logan et Ilaria Tarasconi, qui ont su convaincre les éditeurs de nombreux pays de devenir à leur tour frondeurs de sort ;

– Et les si nombreux journalistes, blogueurs et libraires qui ont parcouru les chemins de ce livre au pas de course de façon à respecter les délais de publication et présenter à temps aux lecteurs les aventures de Kelen, Furia et Rakis. Je vous souhaite à tous d'avoir un jour votre chacureuil !

Le Chemin d'Étoiles sans Fin

La magie d'un livre ne peut opérer qu'une fois ses premiers lecteurs ensorcelés et prêts à jeter un sort sur leurs amis et leur famille afin qu'ils le découvrent à leur tour. C'est par cet acte de partage qu'un livre prend vie, alors, à tous ceux qui ont donné de leur temps, mon éternelle gratitude.

Si vous souhaitez m'écrire (en anglais !), contactez-moi sur www.decastell.com ou suivez-moi sur Twitter @decastell.

L'AUTEUR

Après avoir décroché un diplôme en archéologie, Sébastien de Castell s'est rendu compte lors de sa première fouille qu'il détestait creuser le sable. Depuis, il se consacre à sa nouvelle carrière de musicien, de médiateur, de chorégraphe de combat, de professeur, de chef de projet et d'écrivain.

Il est également l'auteur d'une série de livres de fantasy, *Les Manteaux de la gloire* (éditions Bragelonne), qui a été saluée par la critique avec des nominations pour les prix Goodreads Choice 2014 et Gemmell Morningstar pour le meilleur premier roman, ainsi que pour le prix du meilleur premier roman étranger aux Imaginales en France.

L'Anti-Magicien 2 : L'Ombre au noir est le deuxième d'une série de six romans pour adolescents.

À l'image de son héros Kelen, Sébastien de Castell est persuadé que chaque être humain est la combinaison de tous les choix qu'il fait, bien loin du mythe de l'élu habituellement présenté dans les romans de fantasy.

Il vit à Vancouver, au Canada, avec sa charmante épouse et deux chats pugnaces qui ne sont pas sans rappeler une certaine créature du roman que vous tenez entre vos mains.

Retrouvez toute son actualité sur son site Internet :
www.decastell.com

Découvrez le premier chapitre
de L'Anti-Magicien 3
L'Ensorceleur
en librairie en avril 2019

DISCORDANCE

Celui qui aspire à devenir argosi doit d'abord accepter qu'il n'est ni prophète, ni cartomancien. Nos cartes ne contiennent pas de magie. Nous sommes de simples voyageurs, et notre jeu ne constitue rien d'autre qu'un ensemble de cartes dont chacune des couleurs représente une culture, et chaque carte un élément de cette culture. À mesure qu'évoluent les peuples et les nations, nos cartes changent aussi. Ce sont là les concordances, qui révèlent qui est qui.

Cependant, lorsqu'un Argosi a connaissance d'un événement ou d'une chose qui n'aurait pas dû exister mais qui pourrait modifier le cours de l'histoire, il est dans l'obligation de peindre une nouvelle carte. C'est alors une discordance. Chacune constitue un avertissement, un clairon destiné à prévenir les autres Argosi qu'aussi longtemps que la nature de la discordance demeurera secrète, l'avenir sera… imprévisible.

1

La foudre du désert

– Je le savais, grogna Rakis en bondissant sur mon épaule quand l'éclair frappa le sable trois mètres devant nous.

Les griffes du chacureuil transpercèrent ma chemise humide de sueur et ma peau.

– Ah ouais ? fis-je en tentant d'ignorer la douleur avec aussi peu de succès qu'en voulant empêcher mes mains de trembler. Dans ce cas, peut-être que la prochaine fois qu'on aura un traqueur de sort aux trousses, tu pourras nous avertir *avant* que nos chevaux prennent peur et nous plantent en plein désert.

Un nouveau coup de tonnerre retentit au-dessus de nos têtes et fit trembler le sol.

– Oh, et puis, si ça ne te dérange pas trop, qu'est-ce que tu dirais de prévenir *avant* qu'un éclair sec attaque depuis un ciel sans nuages ?

Rakis hésita, à la recherche d'une explication plausible. Les chacureuils sont de très mauvais menteurs. Ce sont des voleurs hors pair et des assassins enthousiastes, mais en bluff, ils sont nuls.

– Je voulais voir si tu pouvais t'en sortir tout seul. Je te mettais à l'épreuve. Et là, je t'annonce, Kelen, que tu as échoué.

– Hé, vous deux, vous vous souvenez que vous êtes censés préparer une embuscade ? lança Furia Perfax qui, agenouillée un peu plus loin, enterrait un objet luisant et pointu dans le sable.

Ses boucles rousses s'agitaient tout autour de son visage mais, malgré l'étrange orage qui se déchaînait autour de nous, elle avait des gestes fluides et maîtrisés. Ce n'était pas la première fois qu'au cours d'une traque, on se retrouvait à la place des proies et non des chasseurs.

D'où la nécessité de l'embuscade.

Ce n'est pas une mince affaire que de piéger un mage Jan'Tep, car on ne sait jamais de quelle magie il dispose. Le fer, la braise, le sable, la soie, le sang, le souffle… Il peut faire usage de tout un arsenal de sorts. Et comme si ça ne suffisait pas, il peut également avoir des complices, hommes de main ou mercenaires destinés à le protéger ainsi qu'à faire le sale boulot à sa place.

– Ça irait plus vite si tu me laissais t'aider à installer tes pièges, suggérai-je à Furia.

Je rêvais d'avoir une bonne occasion de penser à autre chose qu'aux atroces façons de mourir que je risquais de connaître dans les minutes à venir.

– Pas question, gamin. Et arrête de me regarder, aussi, répondit-elle en s'éloignant de quelques mètres pour s'agenouiller et enterrer une autre boule surmontée d'une pointe, un cylindre en verre rempli de gaz soporifique ou allez savoir quel autre type de piège elle utilisait. Le type à nos trousses pourrait avoir jeté l'un de ces jolis petits sorts de soie pour découvrir ce qu'on a en tête. Or, ta tête déborde de pensées, gamin. Il lirait en toi comme dans un livre ouvert.

C'était agaçant. Furia était une Argosi, ces joueurs de cartes énigmatiques qui voyagent à travers le continent pour… En fait, je ne savais toujours pas vraiment ce qu'ils faisaient, à part se moquer des autres. Je n'avais pas grand espoir de devenir moi-même un Argosi, pourtant, j'étudiais les manières de Furia du mieux que je pouvais, ne serait-ce que pour rester en vie. Même si ça ne m'aidait pas qu'elle veuille avant tout m'enseigner des choses stupides comme « écouter avec mes yeux », ou « saisir le vide ».

Évidemment, Rakis adorait quand Furia me réprimandait.

– Elle a raison, Kelen, feula-t-il depuis son perchoir favori, à savoir mon épaule. Tu devrais t'inspirer davantage de moi.

– Autrement dit ne jamais réfléchir ?

Son grognement fut à peine plus fort qu'un murmure, mais si près de mon oreille que…

– Ça s'appelle l'instinct, espèce de sac à peau. Ça complique la tâche des mages de la soie, car ils ne peuvent pas deviner ce que j'ai en tête. Et tu veux savoir ce que mon instinct me commande de te faire, là ?

Un nouvel éclair frappa la dune devant nous, puis un jet de fumée s'éleva du sable. Je faillis faire une attaque. Si Rakis et moi, on avait été amis, on se serait sans doute blottis l'un contre l'autre en priant pour nos vies. Au lieu de ça, il me mordit.

– Désolé, c'est l'instinct, cracha-t-il.

Je secouai l'épaule pour le faire descendre. Il écarta les pattes et ses palmures duveteuses prirent le vent, si bien qu'il glissa avec grâce jusqu'au sol, d'où il me lança un regard mauvais. C'était mesquin de ma part ; je ne pouvais pas lui en vouloir de sa réaction à la foudre. Rakis avait du mal avec les éclairs, le feu et, de façon générale, tous les ennemis qu'il ne pouvait pas mordre.

– Mais comment fait ce type ? demandai-je tout haut. Un orage sec en plein désert sous un ciel sans nuages, ça défie l'entendement !

Certes, la sixième forme de la magie de la braise permet de créer des décharges électriques qui ressemblent beaucoup à un éclair, mais il provenait alors des mains du mage, pas du ciel, et la personne à l'origine du sort devait avoir sa cible en vue.

Je regardai la dune pour la millième fois en me demandant à quel moment j'allais voir surgir le mage sur sa crête, prêt à abattre sept enfers sur nous. Ça faisait trois jours qu'il nous traquait, et on n'arrivait pas à s'en débarrasser.

– Mais pourquoi il ne renonce pas ? protestai-je.

Furia eut un petit rire.

– Peut-être parce qu'il y a une prime sur ta tête, gamin. La cabale de mages ayant implanté des vers d'obsidienne dans les yeux de ces gosses de riches ne doit pas apprécier qu'on cherche à leur faire la peau.

Malgré le danger pressant, rien que la pensée des vers d'obsidienne me donna des haut-le-cœur. Il s'agissait d'une sorte de parasite mystique qui, une fois logé dans l'œil de sa victime, permettait aux mages de contrôler la personne à distance. Furia, Rakis et moi avions passé les six derniers mois à la recherche des anciens étudiants de la célèbre Académie, lesquels ne se doutaient absolument pas qu'ils étaient lentement mais sûrement en train de se transformer en espions contre leurs propres familles, voire en assassins.

– Quand est-ce que c'est devenu notre boulot de sauver le

monde des vers d'obsidienne ? lançai-je en retirant mon chapeau pour m'essuyer le front avec ma manche.

Malgré l'air sec, je transpirais abondamment. Il faut dire que mon chapeau noir et trop grand ne m'aidait pas. Je l'avais pris à un autre frondeur de sort du nom de Dexan Videris, lequel avait tenté de me tuer. Selon lui, les glyphes en argent sur le bandeau empêchaient les mages de traquer le porteur du chapeau, mais comme tout ce qu'avait dit Dexan, ça s'était révélé un mensonge.

– C'est pas *notre* boulot, répondit Furia. C'est le mien. Le but des Argosi, c'est d'empêcher que des calamités s'abattent sur des innocents. Et une bande de crétins de mages Jan'Tep qui a décidé de s'en prendre aux familles les plus puissantes du continent, ce qui pourrait aboutir à une guerre, ça entre dans mes attributions.

Le vent souffla sans prévenir et mon chapeau dépourvu de magie m'échappa des mains. Je faillis courir derrière, puis décidai de ne pas me donner cette peine. De toute façon, ce machin ne m'allait pas.

– Ça serait bien que, pour une fois, quelqu'un vienne nous demander de l'aide plutôt que de chercher à nous tuer.

Furia se redressa et scruta le désert, puis déclara :

– C'est pas pour cette fois, apparemment.

Je regardai dans la même direction qu'elle et découvris alors un mur de sable de trente mètres de haut qui progressait vers nous.

– Et maintenant, on est bons pour une foutue tempête de sable, gémit Rakis.

Il s'ébroua, et sa fourrure passa de son habituelle couleur terre avec des rayures noires à un beige poussiéreux parsemé de gris qui correspondait en tout point au nuage de sable et de petits cailloux. Une fois que la tempête serait sur nous, s'il le souhaitait, il disparaîtrait, ce qui se produirait sans doute s'il jugeait que ça tournait mal. Les chacureuils ne sont pas des individus sentimentaux.

Comme la tempête approchait, je me demandai si je préférais mourir étouffé sous une tonne de sable, électrocuté par un éclair d'orage sec, ou assassiné par de la magie noire. Ce n'est pas le choix qui manque quand on est un frondeur de sort et un hors-la-loi avec une joueuse de cartes argosi pour mentor, un chacureuil pour partenaire, et qu'on a toute une troupe de mages à ses trousses.

De plus, j'étais presque sûr que c'était mon anniversaire, le jour de mes dix-sept ans.

– Et qu'est-ce qu'on fait, maintenant ? demandai-je.

Furia, les yeux fixés sur l'épais nuage de sable qui avançait vers nous, répondit :

– Je crois que tu ferais bien de prendre une grande bouffée d'air, gamin.

ON LIT
PLUS
FORT.
COM

L'ACTUALITÉ DES ROMANS
GALLIMARD JEUNESSE

Le papier de cet ouvrage est composé de fibres naturelles,
renouvelables, recyclables, et fabriquées
à partir de bois provenant de forêts gérées durablement.

Mise en pages : Dominique Guillaumin

Loi n° 49-956 du 16 juillet 1949
sur les publications destinées à la jeunesse
ISBN : 978-2-07-508560-1 – Numéro d'édition : 362845
Dépôt légal : septembre 2019

Imprimé en Italie
par Grafica Veneta S.P.A.